사랑하는 나의 어머니

20   년   월   일

_____ 님께

_____ 드림

사랑하는 나의 어머니

초판 1쇄 발행 2014년 5월 8일

지 은 이 정진우
발 행 인 권선복
편 집 김정웅
디 자 인 최새롬
전 자 책 신미경
마 케 팅 서선교
발 행 처 도서출판 행복에너지
출판등록 제315-2011-000035호
주 소 (157-010) 서울특별시 강서구 화곡로 232
전 화 0505-613-6133
팩 스 0303-0799-1560
홈페이지 www.happybook.or.kr
이 메 일 ksbdata@daum.net

값 15,000원
ISBN 979-11-5602-056-1 03810

도서출판 행복에너지는 독자 여러분의 아이디어와 원고 투고를 기다립니다. 책으로 만들기를 원하는 콘텐츠가 있으신 분은 이메일이나 홈페이지를 통해 간단한 기획서와 기획의도, 연락처 등을 보내주십시오. 행복에너지의 문은 언제나 활짝 열려 있습니다.

아 무 리 불 러 봐 도 늘 그 리 운 이 름

사랑하는
나의
어머니

정진우 지음

도서
출판 행복에너지

한만동(한외과 원장)

"친구의 이야기를 천거하면서"

며칠 전에 친구 진우로부터 추천사를 써줄 것을 요청받고 내심 기뻤습니다.

몇 달 전 대학 동기 홈페이지에 올린 그의 글을 읽고 무어라고 말할 수 없는 큰 감동을 받았고, 그래서 즉시 격려의 회신을 보낸 적이 있었습니다. 그때 '정진우란 친구가 이렇게 깊은 친구였던가?' 하고 새삼 놀랐습니다. 그리고 '이 아름다운 글들을 책으로 만들면 참 좋겠다.'는 생각을 하고 있었습니다.

그런데 그 후 서울에서 그를 만날 기회가 있어서 그의 글이 책으로 나올 때가 다 되어간다는 사실을 알았고, 친구 일이 제 일처럼 기뻤습니다. 그런데 추천사까지 부탁하니 친구 된 입장에서 무척 영광이고 기쁠 따름입니다. 이런 진솔한 책을 소개하는 일처럼 신나는 일이 또 어디 있겠습니까?

저는 사실 6년 동안 진우와 한 교실에서 공부했지만 별로 친밀한 교제를 나눌 기회는 갖지 못했습니다. 그런데 이번에 그가 쓴 글을 보고 그의 진가를 알게 되었고, 특히 친구가 나처럼 청소년 시절을 아주 작은 시골 마을에서 보낸 사람인 것을 알고 나서는 동질감이랄까 친밀감이랄까 하는 것을 느낄 수 있었습니다. 단지 시골에서 살았다는 사실 때문이 아니라, 그의 이야기는 우리 조상들의 수많은 유산을 품고 있기 때문입니다. 즉 1950~1960년대 우리나라 시골의 가난했지만 여유롭고 때 묻지 않은 사람들이 사는 모습, 그리고 오염되지 않은 고향 산천의 모습, 투박하나 인정이 넘치는 시골 사람들의 성정, 억척스럽게 부지런히 일하는 시골 사람들의 삶, 대가족을 이루면서 끈끈한 정으로 뭉쳐 살아가는 사람들의 모습 등이 잘 묘사되어 있습니다. 저는 이 책 『사랑하는 나의 어머니』를 읽으면서 저 자신의 마음 깊은 곳에 녹아 있는 그 옛날 그 시절로 돌아간 듯했고, 읽는 내내 어머니 생각에 가슴이 뭉클했고 눈시울이 뜨거워졌습니다.

그뿐이 아닙니다. 나의 친구는 놀라운 기억력을 소유한 천재라는 사실을 알게 되었습니다. 형님의 군번이나 초등학교 1학년 때의 성적표, 시험문제지까지 기억하고 있다는 사실을 접하고는 입이 떡 벌어져서, 과연 정말일까 의심스러울 정도였습니다. 그러나 누구보다 신실한 친구가 거짓말을 쓸 리도 없고 그럴 필요도 없었을 터이니, 역시 그는 대단한 기억력을 가진 사람인가 봅니다.

어디 그뿐인가요? 투박하지만 간결하고 담담하게 수채화 그리듯 써내려간 글 솜씨에서 정겹고도 풍성한 서정이 넘쳐나는 것을 보면서, 마치 로버트 프루스트의 시를 감상할 때 느끼는 것과 같이 고즈넉한 시골마을의 정취를 넉넉히 그려낼 줄 아는 여유로운 마음을 소유한 사람이란 것을 알 수 있었습니다. 이야기를 술술 쉽게 풀어간 솜씨 하며, 간간이 순박한 시로써 그 진솔하고 깊은 심정을 표현한 문학적 재능에 감탄을 금할 수가 없었습니다.

그 바쁜 일과 중에 언제 그렇게 글을 쓸 수 있었느냐고 물었습니다. 그랬더니 진료 중에, 수술을 기다리는 중에, 부스러기 시간들을 이용하여 틈틈이 스마트폰에 써두었던 것이라고 했습니다. 그는 따로 문학적 수업을 받은 일도 없었을 텐데, 이런 풍성한 글을 쓸 수 있었던 것을 보면 확실히 문학적 재능을 타고난 사람인 모양입니다.

『사랑하는 나의 어머니』는 한 사람의 자전적 실화입니다만, 읽는 사람에 따라서 다양한 감상을 주리라고 생각합니다.

위에서 말씀드린 바와 같은 문학적 풍성함이나 사상의 진솔함을 느끼는 분도 있을 것이고, 50~60년대 우리나라 시골의 자연풍광을 잘 묘사한 글이라고 생각하는 분도 있을 것이고, 어머니에 대한 눈물겨운 사랑, 사모하고 애타는 마음을 노래한 아름다운 글이라고 평하실 분도 있을 것이며, 옛날 우리나라의 대가족 생활에서 오는 따뜻하고 정겨움에 감격하는 분도 있을 것입니다. 심지어는 한 시골소년이 역경을 헤치고 열심히 공부해서 미국에서 크게 성공한 의사가 되기까지의 성공 스토리로 보는 분도 있을 것입니다.

그러나 무엇보다도 저자의 어머니에 대한 애끓는 사랑과 추억, 다시 말해 근면하시고 모든 고난을 순순히 받으시고 자식을 위하여 헌신하신 지혜롭고 사랑이 넘치는 우리나라 어머니 중의 어머니로 고이 간직하고 싶은 마음을 잘 표현한 글이 아닌가 싶습니다.

저는 여기에다 한 가지를 더 추가하고 싶습니다. 저자가 언뜻언뜻 표현한 글귀 중에 자신과 주변의 모든 일들에 관하여 하나님께 감사하는 마음이 잘 드러나 있습니다. 이 모든 일들에 대해서 우리 주 하나님에 대한 전적인 신뢰와 감사, 그리고 긍정적인 마인드, 자기 주변에 있는 모든 사람들을 사랑하고, 평생 동안 열심히 살아온 한 사람의 일생이 아름답게 묘사되어 있다고 생각합니다.

그리고 보면 친구는 하나님이 주시는 복을 풍성히 누리며 참으로 행복한 일생을 산 사람입니다.

이 책은 50~60년대 충청도의 한 작은 시골마을에서 마음이 풍요한
소년으로 살았던 이야기에서부터, 잠언서 마지막 장에 나오는 현숙
한 여인처럼 지혜롭고 근면하며 희생적이고 사랑 그 자체이셨던 한
어머님의 슬하에서 잘 자란 덕분에, 따뜻하고 긍정적인 노의사가 되
기까지, 저자의 60여 년의 인생여정이 고스란히 담겨 있는 책입니다.
모든 독자 분들에게도 『사랑하는 나의 어머니』란 한 권의 책이 자
신의 어머니와 인생을 뒤돌아보며, 우리에게 허락된 인생의 마지막
목표가 무엇이어야 할까를 진지하게 성찰해 보는 좋은 기회가 되리
라 확신합니다.

머리말

"어머니!"

이 얼마나 우리들의 가슴을 따뜻하게 해주고 우리들의 마음에 다가와 평안과 기쁨을 주는 이름인가? 어머니란 이름은 푸른 하늘보다도 높고 쪽빛 바다보다도 넓다. 그러기에 어머니 품안에 안겨 있으면 이 세상 어디보다 따뜻하고 마음이 그지없이 편안해진다.

그렇게 좋으신 어머니! 나는 나의 어머니를 무척이나 좋아하고 사랑했다. 어머니를 나의 모든 것처럼 느꼈기 때문에, 내가 지금까지 살아오는 동안 도저히 어머니가 곁에서 멀리 떨어져 계심을 생각조차 할 수 없었다. 그도 그럴 것이 어머니께서는 101세에 돌아가실 때까지 거의 항상 나와 함께 계셨고, 우리 가족을 사랑하시고 염려해 주시고 돌보아 주신 귀한 분이셨기 때문이다. 그만큼 나에게 있어 어머니란 존재는 세상의 전부이며 전체였다.

그러나 부끄럽게도 나는 어머니가 곁에 계실 때에는 어머니의 고마움에 대해 별로 생각하지 않았다. 돌아가신 후에야 비로소 어머니가 나를 얼마나 사랑하셨고, 가정과 자녀들을 위해 얼마나 헌신하셨는지를 깨닫게 됐다. 그 왜소한 몸으로도 자식들을 위해 온갖 세파를 다 겪어내시고, 늘 햇볕에 검게 타고 주름이 깊게 파인 늙으신 어머니의 모습이 떠오른다. 그때마다 가슴이 뭉클해지고 나도 모르게 뜨거운 눈물이 흘러내린다.

어느 날 지인과 함께 저녁을 먹으면서 대화를 나누던 중이었다. 지인이 말했다.

"정 선생님, 정 선생님은 늘 어머님과 함께 살아오셨기 때문에, 다른 사람에 비해 소소한 일까지 어머니 모습을 기억하는 일이 많지 않으십니까? 그러니 지금부터라도 어머니에 대한 글을 한번 써보시지요?"

당시에는 그저 지나가는 말인 듯해 마음속에 그다지 깊게 다가오지 않았다. 더구나 그때는 어머니가 살아 계셨기 때문에 별로 관심을 두지 않았는데, 1년 후 어머니가 돌아가시고 나니 새삼스럽게 지인의 말이 떠올랐다. 동시에 어머니의 살아생전 모습이 마치 장편영화를 보듯 한 장면 한 장면씩 파노라마처럼 펼쳐졌고, 나는 어머니가 옆에 계시지 않은 슬픔과 어머니에 대한 그리움과 어머니께 해드릴 수 있던 일을 해드리지 않았던 것에 대한 후회스러움 등이 스쳐 지나가 콧날이 시큰해졌다.

내가 어렸을 때 나를 업고 일하시던 모습, 밤에도 쉬지 않고 등잔불 밑에서 길쌈을 하시면서 우리들의 구멍 난 양말을 기워주시고 다음날 학교 갈 채비를 해주시던 모습, 머리에 흰 수건을 쓰고 밭으로 나가셔서 쪼그리고 앉아 하루 종일 밭을 매시던 모습, 동네 공동우물에서 땀을 흘리면서 물동이를 머리에 이고 집으로 들어오시던 모습, 2, 30리 길을 곡식과 길쌈을 한 베, 모시, 명을 이고 장터까지 가서 장사꾼들에게 파실 때 조금이라도 돈을 더 받아내기 위해 머리싸움을 하시던 모습, 어떤 밤에는 옷감을 잘 포개어 다듬잇돌 위에 얹어놓고 "뚜닥뚜닥" 다듬이질하시던 모습, 벼와 보리를 도구통에 넣고 물을 부어 축축하게 한 후 얼굴에 흐르는 땀을 닦으시며 "쿵쿵" 절굿대로 찧어 쌀과 보리쌀을 만든 후 우리들의 밥을 지어주시던 모습……

아, 나의 어머니! 그 오랜 세월 집안일과 자녀들을 위해 일하시면서 얼마나 힘들고 지치셨을까? 그때 내가 어머니께 어떻게 그럴 수 있었을까? 왜 좀 더 잘해드리지 못했을까? 지금 와 후회한들 아무 소용없는 철없던 시절의 내 모습이 생각난다. 뒤늦게나마 어머니에게 불효자식으로서 한없이 용서를 빌고 싶은 심정이다.

이제 어머니는 하나님의 부르심을 받으시고 나로부터 멀리 떠나가셨다. 내가 힘들고 어려울 때마다 응석을 부리며 기댈 수 있었던 어머니가 나의 곁을 영원히 떠나셨다.

내가 일이 끝나 집에 들어오면 항상 내 왼쪽 의자에 앉으셔서 식사를 하시던 나의 어머니. 이제는 어머니 없이 아내와 단둘이서만 식사하는데, 그때마다 어머니가 밥을 남기지 않으시고 다 잡수시면 내 마음이 흐뭇해지던 그 식사시간이 사무치게 그립다.

어머니 방에 들어가면 침대와 옷장, 가구들은 다 그 자리에 있건만 그 방의 주인인 어머니는 계시지 않고 어머니의 사진과 성경책만이 놓여 있을 뿐. 그전 같으면 내가 "어머니!" 하고 부르면 살짝 웃으시면서 "왜 불러?" 하고 금방 대답하셨을 텐데, 이제는 사진 속의 어머니만이 그 빈 자리를 지키고 있다. 헛헛한 마음으로 어머니 방을 둘러보고 나올 때마다 나는 얼굴을 뒤로 돌려 어머니 사진을 보면서 나오곤 한다.

나는 이 헛헛한 마음을 지우기 위해 어머니의 사랑과 어머니에 대한 그리움, 눈물과 기쁨과 서러움이 서로 얽혀진 어머니의 일생, 그 모습을 그려보고 싶었다.

이 책은 어머니에 대한 내 개인적인 글들을 모아놓은 것이지만, 이 책을 통하여 독자 여러분 또한 자신의 어머니를 다시 한 번 생각하고 어머니에게 감사를 느끼는 아름다운 읽음의 시간이 되길 바란다.

끝으로 이 책이 나오기까지 여러 면으로 도와주고 격려해 준 내 아내 정숙희, 큰며느리 은송, 둘째며느리 지선, 그리고 바쁜 직장생활을 하면서도 이 글을 읽어주고 조언해 준 나의 처남 김기석에게 한없는 감사를 드린다.

차례

Chapter 1

Spring
어머니의 기쁨이 된 나

Chapter 2

Summer
나는 농사짓기 싫어!

Chapter 3

Autumn
아, 어머니! 나의 어머니!

Chapter 4

Winter
아름다운 색깔을 지니셨던 어머니

사 랑 하 는 나 의 어 머 니

Spring
어머니의 기쁨이 된 나

하늘에서 떨어진 우리 아기 예쁜 아기
밥을 주어도 먹지 않고 물을 주어도 마시지 않고
물 같은 설사는 쉴 줄을 모르네

시간이 갈수록 수분이 모자라
온 몸에 생기를 잃고 축 늘어졌던 나
어머니의 억척같은 사랑이 나를 살리셨네

나의 사랑하는 어머니

어머니! 어머니! 어머니!
아무리 불러보아도 수없이 생각해 보아도 부족한
한없이 크시고 넓으신 나의 어머니

어머니란 단어는 누가 만들었을까?
"어머니!" 하고 부르기만 해도 내 마음이 편하고
힘든 이 세상에 편히 쉴 수 있는 안식처 나의 어머니

어머니
언제나 어디서나
보고 싶고 생각나는 나의 어머니

살아 계실 때 그 어머니의 모습
환하게 비춰주는 보름달처럼
웃으시면서 나를 반겨주시는 나의 어머니

어머니가 가신 곳은 영원히 아름답고 기쁨이 넘치는 곳
그곳에서 나를 위로해 주시고 보살펴 주시는
나의 어머니

이미 돌아가셔서 이제는 과거가 되어버린 어머니와의 추억을 생각해 본다.

우리 자녀들을 위해 무한하신 사랑과 온갖 희생을 다하신 어머니. 그토록 알뜰하시고 부지런하셨던 우리 어머니. 한 여인으로서 강한 의지력을 가지고 세찬 바람이 불어와도 꺾이지 않고 굽히지 않고 살림을 잘 꾸려나가, 그 노력의 결실로 우리들을 키우고 이끌어 주셨던 나의 어머니.

어려서 자라는 동안 철이 없던 나는 어머니의 그 힘들고 어려웠던 세월은 조금도 생각하지 않은 채, 오히려 어머니를 더 힘들게 해드렸다. 나의 지나간 철부지 시절을 생각하며 어머니께 온 마음으로 늦게나마 용서를 빌고 감사를 드리고 싶다. 사랑하는 나의 어머니, 나는 어머니를 무척 사랑한다. 이 세상 어느 곳에 어머니보다 더 소중하고 귀하신 분이 있을까?

미국 우리 집에 오셔서도 어머니는 하루도 쉬지 않으셨다. 뜰에서
손수 농사지으셨던 호박을 수확하고 좋아하시던 어머니.

나의 어머니는 2010년 3월에 이 세상의 모든 것을 다 남겨두시고
떠나셨다. 떠나실 때는 아무 말씀도 없으셨다. 아무리 울어도 소용
없고 아무리 불러도 입을 열지 않으셨다. 우리가 그렇게 흐느껴 울
고 어머니를 안타깝게 불러보았지만, 어머니께서는 아무런 대답이
없으셨고 아무 표정도 보이지 않으셨다.

아마도 당신의 지난 101년 동안의 삶을 끝마치시고, 그중에서도
아버지와의 짧은 결혼생활을 아쉬워하시면서 아버지와의 추억을 생
각하셨기 때문인지도 모른다. 아니면 101년간 사시면서 아쉽긴 해
도 그런대로 만족해하시는 얼굴 표정이었을지도 모른다. 그도 아니
면 자녀들에게 어떻게 하고 어떻게 되라고 가르치시고 타이르셨지
만 마음에 차지 않으셔서 침묵을 지키셨는지도 모르겠다. 아무렴 우
리를 위해서 하신 가르침이실 텐데 완전히 만족하시지는 않으셨을
것이다.

돌아가시기 며칠 전만 해도 어머니는 나를 챙겨주셨다. 내 아래 바짓가랑이에 딱딱하게 말라붙어 있는 밥풀을 보시고, 바른손 둘째 손가락 손톱으로 그 밥풀을 다 긁어내시고는 아무 말씀 없이 웃으셨다. 어머니는 아직까지도 내가 밥을 흘리고 먹는 어린아이로 보이셨는가 보다.

강철보다 더 강했고
나를 항상 보살펴 주셨던
어머니의 그 손
우리를 위해 열심히 일하시다가
거칠 대로 거칠어져
터져서 피가 줄줄 흐르던 손

어머니의 따뜻했던 품에
가만히 안겨 편안히 잠들고 싶다
그렇지만 어머니의 품은
멀리멀리 떠나가고
이제는 영영
다시 볼 수 없는 나의 어머니

어머니의 가정

　우리 어머니는 1909년 11월 3일 충청남도 예산군 광시면 관음리라고 하는 아주 작은 농촌 마을에서 태어나셨다. 경주 김씨인데 그마을에서는 꽤 양반이셨나 보다. 외할아버지는 내가 태어나기 이전에 돌아가셔서 한 번도 뵌 적이 없지만, 완전히 학자 타입이어서 항상 책 읽으시기에 시간을 보내셨다고 한다. 그 때문에 외할머니께서외향적으로 변하셔서 외할아버지 대신 집안 살림을 꾸려나가야 하셨단다. 아주 심한 농촌이었으므로 모든 밭일과 논일을 외할머니 혼자서 맡으시고 거두셨다는 것이다.

　어머니에게는 세 분의 오빠와 한 분의 남동생이 있었는데, 5남매중 외동딸이었다. 외할아버지처럼 선비 타입이던 큰외삼촌은 언제나 근엄하고 말씀이 적으셨고, "찬물 마시고 이 쑤신다."는 속담처럼전형적인 양반 행세를 하던 분이었다. 먹을 것이 없어 밥 대신에 찬

물을 마시면서도 다른 사람들 앞에서는 부자처럼 보이기 위해, 고기를 먹고 이빨 사이에 낀 고기를 빼내려고 이를 쑤시는 것처럼 행동하셨다고 한다. 그만큼 양반으로서의 체통을 철저히 지키시는 분이었다. 둘째 외삼촌은 사업적인 능력이 특출했는데 일찍부터 서울에 정착하여 사업적으로 크게 성공한 분이었다. 셋째 외삼촌은 큰외삼촌과 같이 농사를 짓는 시골 분이었지만, 열심히 일하는 전형적인 농부였다. 넷째 외삼촌 역시 사업을 위해 서울에서 살았는데, 둘째 외삼촌과는 달리 크게 성공하지 못해 힘들게 사셨고 술을 좋아하던 분으로 기억한다.

어머니는 나이는 어렸지만 양반이었기 때문에, 동네 어른들에게도 "아씨, 아씨!" 하고 존대를 받았다고 한다. 환하게 웃으시며 그때 일을 자랑하시던 어머니의 모습이 눈앞에 생생하다. 아무리 나이가 어려도 양반에게는 존대를 하는 것이 그 시대의 사회 법도였다. 그러므로 몸가짐에 절도가 있고 행동에 품위가 있어야, 그 양반 가정이 동네 사람들로부터 흠을 잡히지 않았다.

그런데 어머니는 그런 전형적인 양반집에서 태어나셨는데도, 조부모님께서 학교를 보내지 않으셨다. 도대체 왜 그 이유가 무엇인지 궁금하다. 아마도 학교를 보낼 수 없을 만큼 아주 가난하셨든지, 외갓집이 너무 완강하고 보수적인 집안이어서 딸을 학교에 보내므로 인해 의식구조가 현대화되어 당시의 여성상에 어긋난다고 생각하셨을는지도 모른다. 또는 여자는 사회에서 활동을 많이 하지 않기 때문에 남자처럼 공부를 가르칠 필요성을 느끼지 않으시고, 집에서 적당히 글을 읽을 수 있을 정도로 가르치면 충분하다 생각하셨을는지도 모른다.

어머니 입장에서는 시골의 여식으로서 그 동네에서 학교 다니는 여자가 거의 없었기 때문에, 학교에 가 배워야 한다는 생각은 못 하셨을 것이다. 오히려 부모님께 효도하고 순종하며 사는 것이 당연하다고 생각하셨을 것이고, 그런 삶이야말로 그 시대의 그 마을에서 요청하는 어머니 삶의 중요한 부분이라고 생각하셨음에 틀림없다. 더욱이 고향에 살고 있던 같은 또래의 친구들도 학교를 다니지 않았기 때문에, 어머니 역시 특별나게 학교 다닐 필요성을 느끼지 못하셨을 것이다.

외할아버지는 여식을 학교에 보내지 않으셨지만 그래도 글눈은 뜨게 해주고 싶으셨나 보다. 어린 딸을 방으로 불러들여 그 당시 정식 학교 대신 마을의 한 집에서 어린아이들을 모아놓고 가르치던 글방에서처럼, 어머니에게 글을 가르치셨다고 한다.

"애야, 내가 글을 가르칠 테니 내가 하는 대로 따라서 해보아라."

"예, 아버님."

"자, 따라 해 봐. 가 자에 기역 하면 각 허구, 나 자에 시옷 하면 낫 허구."

"가 자에 기역 하면 각 허구, 나 자에 시옷 하면 낫 허구."

"잘했다. 다음엔 천자문이다. 나를 따라 소리를 내보아라. 하늘 천 따 지, 검을 현 누를 황, 집 우 집 주."

"하늘 천 따 지, 검을 현 누를 황, 집 우 집 주."

할아버지 말씀을 재미있게 따라 하셨을 어린 시절의 어머니 모습이 상상된다. 어머니 역시 내가 국민학교에 들어가기 전 어린 나를 앞에 앉혀놓으시고 할아버지랑 똑같이 가르치셨다.

"가 자에 기역 하면 각 하고 나 자에 시옷 하면 낫 하고. 하늘 천 따 지, 검을 현 누를 황……."

외할아버지의 그런 가르침 덕분인지 어머니는 느리긴 해도 신문도 읽을 수 있으셨다. 물론 어머니께서 학교를 다니셨다면 더 많은 것들을 나에게 가르쳐 주셨을 텐데 하는 아쉬움도 있다. 그러나 만일 많이 배워서 학식이 높은 어머니였다면, 나의 삶과 생애가 지금과는 완전히 달라졌을 것으로 생각한다. 그랬더라면 어머니는 자녀 교육을 위해 우리와 함께 서울과 같은 큰 도시로 이사하셨을 것이고, 그 큰 도시에서 실력 있고 명성이 자자한 고등학교에 입학시키기 위해 온갖 노력을 다하셨을 것이다. 나는 또 나대로 좋은 학교에 들어가기 위해 열심히 학원 다니며 가정교사를 두고 공부했을 것이다.

지금 와 생각해 보면 어머니는 선견지명을 가지고 계셨던 것이 아닐까 싶다. 자녀들이 자연 속에서 자연을 즐기면서 자연과 함께 커가기를 원하셨기 때문에, 우리를 시골에서 자라도록 내버려 두셨는지도 모른다. 반대로 시골에서 농사를 짓는 것만 해도 무척 바쁘실 텐데, 그렇게 깊이 생각하고 자녀를 기를 마음의 여유가 있었을까 하는 생각도 든다. 어찌 됐든 분명한 사실은 내가 시골에서 태어났고 시골에서 자랐기 때문에 지금의 내가 있는 것이고, 유복자가 되어 홀로 되신 어머니의 그 크고 놀라운 사랑 안에서 자랐기 때문에 지금의 나의 삶이 있다고 늘 생각하고 있다.

물론 어느 부모님인들 자식을 사랑하지 않는 부모가 있을까마는, 나는 특별히 하나님께서 선택하셔서 자녀에게 큰 사랑을 베푸신 내 어머니 같은 분을 주셨으니, 하나님께도 무한한 감사를 드리고 싶다.

어머니가 당신을 희생하며 애지중지 키웠던 자식들이 한자리에 모였다.
왼쪽부터 형수님, 형님, 어머니, 큰누나, 작은누나. 나는 사진을 찍느라 빠져 있다.

고향의 봄

　아버지의 고향 집도 어머니처럼 시골의 작은 마을이었다. 나는 충청남도 홍성군 홍북면 대인리 매산부락의 송계마을이라고 하는 산골짜기에 있는 아주 작은 농촌마을에서 태어났다. 나의 할아버지는 아주 완고하시고 고집이 대단하셨다고 한다. 게다가 성격도 호랑이처럼 무서운 분이어서, 할아버지만 나타나시면 우리 집 식구 모두가 '고양이 앞에 쥐' 신세가 되었다고. 그러니 어머니 역시 시아버지 앞에서는 기를 전혀 피지 못하고 사셨을 것이다.

　할아버지는 집에 한약방을 차리셨는데, 마침 그 근처에 약방이 없었고 치료 또한 잘하기로 소문이 나서 근방에서는 꽤 명성 높은 한약방이었다고 한다. 우리 집은 초가집이었지만 집 본채에 들어가는 대문과 사랑채로 들어가는 대문이 있었다. 사랑채 대문 위에는 크게 붓글씨체 한문으로 〈大仁堂 藥房(대인당 약방)〉이라고 쓰인 간판이 걸려 있던 생각도 난다.

　우리 마을은 그리 높지 않은 자그마한 뒷동산 아래 10채의 초가집들이 가지런히 자리 잡고 있는, 아름다우면서도 충청도 시골의 고유한 냄새가 가득하게 풍기는 마을이었다. 산 밑에 옹기종기 모여 있는 우리 고향의 집들! 옆으로 보아도 위아래로 보아도 조화를 잘 이루어 순박하고 겸손해 보이는, 구수한 시골의 맛이 듬뿍 담겨 있는 우리 송계마을! 어린 시절의 고향마을을 떠올리는 것만으로도 마음에 힐링이 된다.

　자다가 닭장의 수탉 우는 "꼬끼오~꼬" 소리와 하늘 높이 떠서 요란스럽게 지저귀는 종달새의 "재갈재갈" 노랫소리에, 마을 사람들은 잠에서 깨어 밥을 짓고 일 나갈 준비를 하고 아이들은 뒷산으로 밤새 떨어진 밤톨을 주우러 나갔다. 우리 집 뒷산에는 밤나무가 십여 그루 심어져 있었는데, 동무들과 나는 바가지 하나씩을 들고 다른 아이들보다 먼저 밤을 줍기 위해 부지런을 떨었다. 밤이 제대로 보이지 않는 깜깜한 이른 아침부터, 땅에 떨어져 있는 밤을 일일이 발로 밟아 확인하면서 줍곤 했다. 간혹 밤인 줄 알고 주웠던 것이 작은 돌멩이임을 확인할 때마다 무척 실망했던 기억이 난다.

　해가 떨어지면 바쁘게 돌아가던 농촌 일이 뜸해지면서, 농부들이 동네 앞의 시냇물 여기저기에서 낮에 일하는 동안 흘린 비지땀과 먼지를 씻어내기에 바빴다. 어머니와 어린 딸들은 밭에서 호박잎, 풋고추, 애호박, 오이, 상추, 들깻잎 등을 따다가 반찬을 정성껏 준비하여 저녁 밥상을 차리기에 여념이 없었다. 우리 마을과 물 건너 보이는 강정마을에서도 집집마다 굴뚝에서 긴 연기가 모락모락 올라왔다. 오늘 하루 바쁘게 일했던 농촌 일이 드디어 끝나 감을 알려주는 신호였다.

나는 어릴 때 식사 중에 말을 하다가 형님으로부터 여러 번 꾸중을 들은 기억이 난다. 우리 집에서는 온 식구들이 밥상 주위에 둘러앉아 저녁식사를 했는데, 밥을 먹을 때는 서로 대화하지 않는 것이 일종의 불문율이었다. 아마도 식사 중에 말을 하게 되면 침이 튕겨 음식에 들어가기 때문이었던 것 같다. 또한 가장 나이 많은 어른이 수저를 드신 다음에 모두 수저를 들고 식사하는 것도 그 당시 우리 집의 식탁 예의 중 하나였다. 오랜만에 잘 구워진 조기가 상에 놓여 있을 때도 제일 웃어른의 젓가락이 먼저 조기에 갈 때까지 기다린 후에야, 그토록 먹고 싶었던 조기를 맛볼 수 있었다. 이렇듯 식사시간에도 어른을 존경하고 높여드리는 아름다운 전통과 풍습의 하나였다.

우리 마을의 봄철은 시골의 향기가 물씬 나면서 무척 아름다웠다. 겨울잠에서 깨어 힘껏 기지개를 켠 다음, 앞으로 있을 풍성한 가을의 열매를 맺기 위해 실록이 활기를 띠면서 약동하는 계절이었다. 우리 집 뒷문을 열면 실록의 냄새가 코에 진동하고, 보이는 나뭇잎마다 옅은 초록색으로 햇빛에 반들반들 빛나면서, 봄의 건강하고 싱싱함을 자랑했다.

뒷산에는 울긋불긋 진달래꽃이 만발했고, 집 주위에 우뚝우뚝 솟아 있는 복숭아나무와 살구나무가 서로 경쟁하듯 꽃을 피우고 있었다. 각자 자기의 아름다움을 뽐내듯 활짝 핀 꽃은 힘찬 새봄이 왔음을 알려주는 신호탄이었다. 시냇가의 버들강아지가 꽃을 내보이고, 앞 동네의 키 큰 미루나무들이 제철을 맞아 초록색의 새 잎으로 몸을 치장하면서 처녀들의 생머리처럼 우아하고 균형 잡힌 모습으로 봄바람에 휘날리며 출렁거렸다.

언제 왔는지 겨울에는 보이지도 않던 종달새들이 이른 새벽부터 시끄러울 정도로 하늘 높이 날개를 흔들며 지저귀고, 우리 집 마당가에 있는 오동나무와 뒷산에 있는 참나무 위에선 노란 꾀꼬리들이 "꾀꼴꾀꼴" 짝을 지어 흥겹게 노래 부르며 아름다운 모습을 자랑했다. 따오기는 이 나무에서 저 나무로 나무 사이를 날아다니며 "따옥따옥" 노래를 불러댔고, 이 논 저 논에서는 뜸부기가 "뜸북뜸북" 노래 부르고, 눈과 같이 하얗고 예쁜 황새는 '어슬렁어슬렁' 걸어 다니면서 우렁이를 찾느라 정신이 없었다. 멀리 강남에 갔던 제비는 잊지 않고 옛 주인을 다시 찾아와, 마루 위에 있는 추녀 밑에 집을 지었다. 그러나 아무리 보아도 추녀 밑 마룻바닥만 제비 똥으로 더럽혀져 있을 뿐, 다리 부러진 제비는 보이지 않았다. 아마도 놀부와 같은 욕심꾸러기는 그 시절에는 없었던 모양이다.

노란 감꽃은 봄바람에 살랑살랑 땅 위로 떨어지건만, 아무리 입을 벌려 감꽃을 받아먹으려고 해도 마음대로 되지 않았다. 아이들은 감꽃을 실에 꿰어 목걸이를 만들기도 하고, 뒷산의 진달래꽃을 하도 많이 따먹어 머리가 아프다고 짜증을 내기도 했다.

산밑에 위치한 우리집 근황, 옛 초가지붕도 사라지고 집 모양도 바뀌었다.

고향에 봄이 오면
아지랑이가 연한 연기처럼 말없이 모락모락 기어오르고
추웠던 겨울을 지나 봄의 따스한 햇살이 온 사방을 녹여주네

꽁꽁 얼어붙었던 시냇물 겨울을 보내고 기뻐서 졸졸졸
물고기들도 따뜻한 봄의 햇살을 반기는 듯
끼리끼리 모여서 봄이 왔다고 신나서 헤엄치네

뒷산의 울긋불긋 진달래꽃
앙상했던 미루나무 푸른 옷 갈아입고
마당가의 앵두꽃 매화꽃 노랑나비 흰나비 너울너울 꽃을 찾아 춤을
추네

뜸북뜸북 꾀꼴꾀꼴 따옥따옥 지지배배지지배배

온갖 새들이 모여 봄을 노래하면

겨울에 편히 쉬고 있던 농부들 허리띠 졸라매고 농사일 시작하네

우리 고향마을은 아담하고 소박하며 이웃끼리 서로 돕고 사는 평화로운 동네다. 경제적으로 풍요롭지는 못하지만 마음씨 착한 사람들만 모여 사는 마음 부자인 동네다. 왼쪽부터 순자네, 진두형네(둘째 작은아버지 댁), 우리 집, 진해형네(셋째 작은아버지 댁), 환교네, 공식이네, 진구네, 재수네, 상천이네 그리고 마지막 집이 창수네 집이다.

대부분의 농촌은 싸리나무를 엮어서 만든 싸리문이 있고 그 앞에 마당이 있다. 마당가에는 비가 내리면 물이 괴었다 흘러가는 작은 도랑이 있고, 도랑을 끼고 바로 앞에 작은 밭이 있는데 이를 '텃밭'이라고 부른다. 농촌의 마을은 장소와 지형에 따라 다르다. 우리 마을은 텃밭 앞에 논이 넓게 자리 잡고 있고, 논 다음으로 우리 고장의 중요한 젖줄 역할을 하는 시냇물이 아름답게 왼쪽에서부터 오른쪽으로 굽이굽이 흘러 내려간다. 이 시냇물은 예산군에 속하는 대응산 기슭에서 시작이 된다.

대응산은 높이가 535m가 되며 우리 마을에서 보면 바가지를 엎어 놓은 것같이 보이나, 자세히 보면 대응산의 능선에 3개의 봉우리가 있어 한문의 뫼산山 자를 여기에서 따다 만들었나 하는 생각이 들기도 한다. 대응산은 우리 집에서 보면 멀리 떨어져 있지만 크고 웅장하며 날씨에 따라서 짙은 푸른색 또는 잿빛을 띠고 있다. 뭉게구름

이 산허리를 떠다닐 때의 모습은 마치 하늘을 바다삼아 둥실둥실 먼 여행을 떠나는 하얀 배처럼 참 보기 좋은 광경이었다. 오색찬란한 아름다운 무지개가 대응산 허리를 휘감을 때면 더없이 황홀하게 보였는데 그때마다 마을어른들이 "저 무지개를 따라가면 그 끝에 아름다운 연못이 있고 그곳에 아름다운 선녀가 살고 있단다. 그뿐만 아니라 그곳에는 이 세상에서 볼 수 없는 큰 보물동산이 있단다."라고 말씀하셨던 기억이 난다. 그래서 나의 어릴 때 꿈은 무지개가 뜰 때마다 대응산에 올라가서 아름다운 선녀도 만나보고 마음껏 보물을 캐보는 것이었다.

멀리 대응산 허리에서 시작하는 시냇물은 굽이굽이 흘러 우리 마을 앞쪽으로 내려오는데, 이를 금마천이라고 불렀다. 시냇물 줄기가 대응산에서 금마면으로 흘러 내려오기 때문이었다. 시냇물 건너편은 금마면에 소속된 송정리였다. 금마천을 따라 우리 마을 쪽으로 한길(큰길)이 놓여 있었고, 이 길은 금마천을 쉬지 않고 따라다니는 길이었다. 멀리 대응산 기슭 아래에서부터 시작하여 금마면의 넓은 들판을 거쳐, 금마면과 홍북면의 경계선인 한다리(일명 대교리라고도 불림)를 지나게 된다. 한다리는 이 근처 주민들에게 매우 중요한 지역이었다. 서울에서 홍성으로 가는 국도와 이 한길이 만나는 사거리가 바로 한다리였기 때문이다. 이곳에는 교회, 이발소, 잡화상, 버스정류장, 음식점, 다방, 담배가게 등이 있었다. 우리 집에서 한다리까지 걸어서 약 25분쯤 걸렸다.

우리 집에서 마주 보이는 웅장한 대응산.

어렸을 때 즐겨 찾던 금마천. 시냇물을 일직선으로 고친 하천 공사로 인해
모래사장은 사라지고 잡초만 무성하다.

그러나 뭐니 뭐니 해도 우리 지역의 가장 크고 중요한 도시는 홍성이었다. 당시 집에서 홍성읍까지 가려면 한다리를 거쳐 포장되지 않은 도로를 걸어갈 수밖에 없었는데, 약 한 시간 반쯤 걸렸다. 홍성 가는 또 다른 방법으로는 금마천에 놓여 있는 돌다리를 조심스럽게 건넌 다음, 논이 많은 강정들(송정들이라고도 함)의 좁고 풀이 무성한 논둑을 지나 송정리 쪽으로 가는 것이었다. 송정리를 지나면 소나무가 무성한 송정산이 나오는데, 그 소나무 사이로 난 꼬불꼬불한 산길을 따라 고개를 넘어 올라간 후 다시 내려가면 밭과 논이 있는 들을 가로지르는 오솔길과 만나게 된다. 이 길을 따라 계속 걸어가면 장항선 철길이 나오고, 이곳에 조그만 간이 기차역 화양역이 있었다.

　이 화양역은 중고등학생 시절에 홍성역까지 기차 통학을 했던 나에게는 매우 중요한 역이었다. 홍성역과 삽교역 중간에 위치하고 있었고, 역 표지판에 의하면 기찻길로 화양역에서 홍성역까지 5.7Km라고 기록되어 있었다.

어머니의 결혼과 시집살이

　나의 어머니는 18세 되던 해에 12세인 아버지와 결혼하셨다. 어머니는 결혼 전에 아버지의 얼굴을 한 번도 보지 못한 채로, 어른들의 결정에 따라 시집을 오셨다고 한다. 그 때문에 신랑 얼굴이 대강 어떻게 생겼는지조차 알지 못했다는 것이다. 어머니로서는 무척 궁금한 노릇이었지만 양반집 규수로서 그에 걸맞은 예의범절을 갖춰야 했으므로, 부모님께 여쭈어 볼 수도 없었다고 한다. 얼굴 생김새뿐만 아니라 아버지의 집안도 모르시고 성격도 직업도 장단점도 학벌도, 그 어느 것 하나 아는 것 없이 부모님의 명령에 순종하여 시집을 오셨다는 것이다.

　어머니가 그토록 사랑하고 사랑받고 싶어 하고 꿈속에서도 그리던 사람! 양가 부모님의 주선으로 아버지를 처음 만나던 그 순간, 어머니는 정말 행복하셨으리라. 그러나 한편으로는 아버지를 만나기 전까지 어머니가 얼마나 노심초사하셨을지 상상이 된다. 그도 그럴 것이 당시에는 우리 어머니처럼 그저 부모님 결정에 순종하여, 당사자인 신랑신부가 한 번도 만나보지 않은 상태에서 결혼하는 경우가 많았기 때문이다. 그런 결혼을 하게 되면 어떤 경우에는 상대방이 신체장애자거나 무능력한 사람일 수도 있고, 심할 때는 신랑이 이미 사망하여 그의 혼과 결혼해야 하는 경우도 있었는데, 이 경우엔 신랑 측 부모님이 서로 타협된 돈을 지불하여 신부를 사서 들여오는 형식의 결혼이었다고 한다. 그러니 신랑에 대해 아무것도 알지 못하는 어머니의 마음이 얼마나 불안했겠는가.

어머니와 더불어 외조부님들의 마음도 미루어 짐작이 간다. 어머니가 시집가기 전날, 그토록 사랑하고 아끼던 외동딸이 내일이면 시집을 간다고 생각하니 얼마나 마음이 허전하고 섭섭하셨을까? 외할아버지는 기회 있을 때마다 시집가서 지켜야 할 법도를 가르치고 또 가르치셨으리라. 마지막으로 시집가기 전날까지 앞으로 조심해야 할 일들을 어머니에게 다짐 받으셨겠지만, 외할아버지 생각으로는 여러 면에서 시집가는 외동딸이 부족하다고 느끼셨을지 모른다. 좀 더 관심을 가지고 많은 것을 가르쳐서 집을 떠나도 잘살 수 있게 도와줬어야 한다고 후회하셨을지 모른다. 그러나 이제는 더 가르쳐줄 시간이 없어 안타깝기만 하셨을 것이다.

말 잘 듣고 어리광도 곧잘 부리며 곱게 자란 외동딸. 철없는 이 어린 딸을 동래 정씨의 대종가大宗家로 시집을 보내는 외할아버지의 마음은 두렵기도 하고, 다른 한편으로는 시집갈 나이에 맞춰 결혼을 시킬 수 있어 시원한 생각도 드셨으리라. 무조건 시부모님들을 비롯한 시집 식구들 잘 섬기고 아무 문제없이 지혜롭게 잘살아야 할 텐데 하는 걱정으로 밤을 지새우셨을지 모른다.

나의 사랑하는 딸아
시집가서 잘 살아다오
이제 너를 볼 수 없으니
허전한 마음 견디기 힘들구나

너는 나에게 귀한 복덩어리
내가 아플 때면 머리 만져주며 약 달여주고
내가 기뻐하면 옆에서 함께 웃어주던 너
너의 웃던 그 모습 다시 보지 못하겠구나

가 자에 기역 하면 각 하고
나 자에 시옷 하면 낫 하고
하늘 천 따 지 검을 현 누를 황
네가 나에게 배우던 그 시절 자꾸만 생각나는구나

나의 사랑하는 딸
너는 내일이면 동래 정씨 집안의 맏며느리

친정집은 아예 생각하지 말고
시집에서 큰 사랑받는 귀한 며느리가 되어라

힘들고 어려운 일이 닥쳐와도
견디기 힘든 환란이 닥쳐와도
강하고 담대하여 슬픔과 눈물 보이지 말고
참아내고 인내하며 살거라

　온 관음리 마을 사람들이 시집가는 어머니를 축하하기 위해 잔칫
집에 모여들었다.
　동네에서 신부화장 좀 할 줄 아는 아주머니가 하얀 분가루를 어머
니 얼굴에 발라주셨다. 어머니는 그동안 하도 농촌 일을 많이 해서
얼굴에 분가루가 잘 먹지 않았다. 지금처럼 파운데이션도 없었다.
검게 탄, 햇빛과 먼지에 시달린 얼굴이었으니 아무리 화장을 한다 해
도 잘 받지 않았을 것이다.
　다음으로 어머니는 이마의 한가운데와 양 볼에 빨간 곤지를 찍고
머리에 아주까리기름을 발라 참빗과 대빗으로 곱게 빗은 다음, 머리
를 뒤쪽으로 올려 외할아버지가 혼수로 사준 은비녀로 감아 고정시
켰다. 머리 위에는 오색찬란한 족두리를 쓰고 양단저고리(은실이나 색
실로 수를 놓고 겹으로 두껍게 짠 고급 비단의 하나인 양단으로 지은 저고리)와
뉴똥치마(빛깔이 곱고 보드라우며 잘 구겨지지 않는 명주 옷감으로 지은 치마)
를 입었다. 마지막으로 외할머니가 손수 만드신 하얀 버선과 새 고

무신을 신고 나니 아주 예쁜 새댁이 되었다.

그런데 이렇게 신부화장을 받는 동안 어머니는 좋으면서도 불안한 느낌이 드셨다고 한다.

아, 내가 드디어 시집을 가는구나
내 마음이 왜 이렇게 설레느뇨?
가슴이 두근거리고
안개에 가려 보이지 않는 먼 나라
그곳이 시집인가요?

보여주세요
알고 가고 싶어요
눈을 소눈처럼 크게 떠도
언덕 위에 서서 아무리 보려고 애써 봐도
보이질 않네요?

그 집은 큰 집에 대문도 크지요?
시집식구들 정말 좋을 것 같아요
나를 도와주고
웃음과 사랑 속에서
시부모님 모시고 잘살고 싶어요

보고 싶은 당신의 얼굴

다정다감하시고

늘 나와 그림자처럼 함께하시며

언제나 어디서나 이 세상 끝날 때까지

사랑을 속삭이면서 살고 싶어요

집 마당에서는 온 마을 사람들이 다 모여 시집갈 신부를 보고 한마디씩 내뱉는다.

"아씨, 오늘 참 예쁘다." "시집가니까 좋겠네." "아씨는 시집가는데 나는 언제나 갈지, 부럽다 부러워." "내가 속으로 은근히 좋아했었는데, 짝사랑했던 아씨가 시집을 갈 것을 생각하니 살 생각이 사라지는구먼." "경주 김씨 양반 댁의 외동딸인데다 얼굴이 귀엽고 예쁘니 시집도 양반 댁 부잣집으로 잘 갈 것이구먼." "그렇게 예쁘던 경주 김씨 댁 따님이 시집가니 동네 총각들, 닭 쫓던 개 지붕 쳐다보는 격이 되었구먼."

마을 사람들이 저마다 한마디씩 보태는 바람에 보통 때보다 더 웅성웅성하며 시끄러웠다. 그때 신랑이 조랑말을 타고 들어왔다. 12세밖에 안 된 신랑이 마부의 도움으로 조랑말에서 내린 후에 본격적으로 예식이 시작되었다. 그 다음부터는 일사천리로 진행되어 신랑신부가 서로 큰절을 하는 것으로 결혼 예식을 무사히 끝마쳤다. 첫날밤을 지낸 후 신랑은 조랑말, 신부는 가마를 타고 30리(약 12Km) 길이나 되는 신랑 집을 향해 출발했다.

이제 막상 집을 떠나 시집을 간다고 생각하니 어머니는 벌써 고향 산천이 그리워졌다. 부모님의 사랑 안에서 지난 18년 동안 엮어진 추억들이 하나하나 진주알을 실로 꿰어 아름다운 진주 목걸이가 된 것처럼, 그 추억의 목걸이를 아주 소중하게 마음 깊은 곳에 간직하고 싶으셨을 것이다. 자신이 태어나고 어린 시절의 추억이 고스란히 담겨 있는 고향산천을 떠나는 일이 정말로 힘드셨으리라. 이제 가면 이 정든 고향에 언제나 다시 올 수 있을지, 시집에 도착하기도 전에 벌써 고향땅이 그리우셨으리라.

당분간 보지 못할 집 안 구석구석을 다시 돌아보고 기억해 두고 싶으셨을 것이다. 집 밖의 텃밭들도 마찬가지였다. 삼밭, 모시밭, 무밭, 배추밭, 목화밭 그리고 고개 너머에 있는 옥수수밭과 감자밭 등등 어머니의 손길이 가지 않은 곳이 한 군데도 없었다.

가을이 되면 우르르 한꺼번에 찾아와 다 익은 곡식을 쪼아 먹어 어머니를 더욱 바쁘게 했던 그 많은 새떼들. 어머니가 매번 헝겊과 막대기로 사람 모형의 허수아비를 만들어 밭 여기저기에 꽂아놓았지만 별 도움이 되지 않아 울상을 짓곤 했던 그 시절. 어머니는 농사일에 바쁠 때에도 틈만 나면 논밭으로 나가 "훠위훠위" 목청을 높이고 막대기를 휘두르면서 새떼들을 멀리 쫓으시곤 했다.

새야 새야
어서 멀리멀리 날아가거라
훠위훠위

네가 곡식을 한 알 한 알 쪼아 먹을 때마다
내 마음을 아프게 쪼는구나
휘위휘위

우리 집 가을 추수 잘할 수 있도록
그만 쪼아 먹고 멀리멀리 날아가거라
휘위휘위

또 큰 광주리를 들고 목화밭으로 가 하얀 목화송이를 마음껏 따며 기뻐하던 일도 빼놓을 수 없다. 저녁식사 후에는 동네의 또래 친구끼리 함께 모여 봉숭아꽃을 딴 다음 식초를 섞어 돌로 이긴 것을 손톱 위에 얹어놓고, 넓은 아주까리 잎으로 그 위를 싸매어 봉숭아 꽃물을 들이던 일. 다음날 아침에 함께 모여 누가 가장 예쁘게 봉숭아 물이 들여졌는지, 서로 손톱을 내보이며 자랑하던 소녀시대의 친구들. 아, 이 친구들과의 추억을 어찌 잊을 수 있으리.

8월 추석이면 색동저고리와 빨간 치마에 빨간 갑사댕기를 하고 동네 마당에 만들어진 널판에서 쿵더쿵 쿵더쿵 널을 뛰던 일들, 동네의 큰 나뭇가지에 동아줄로 맨 그네를 같이 밀어주기도 하고 끌어주기도 하면서 덩실덩실 그네를 타던 처녀 친구들, 저녁을 먹고 나서 친구 집에 모여 신나게 노래 부르며 까르르 웃어대던 일들…….

이런 친구들과 그 많은 추억들을 고향에 다 두고 홀로 떠나시는 마음, 얼마나 가슴 졸이며 마음 아프시고 발걸음이 무거우셨을까?

고향을 떠나는 나의 마음

섭섭하기 한이 없어라

부모형제 고향땅에 다 계신데

벌써 보고 싶은 마음 가슴에 스며오네

나의 이웃 나의 친구들 다 고향에 두고서

님을 찾아 떠나는 내 마음 허전하면서 가슴 설레네

산과 들과 일하던 밭 고향에 다 두고

자랐던 집과 부엌살림 그대로 두고

새로운 곳으로 멀리 떠나네

나 혼자 떠나는 이 마음

한없이 무거운 나의 발걸음

뒤를 자꾸만 돌아보고 싶네

꾀꼴꾀꼴 나에게 지저귀던 꾀꼬리야

옛 정을 잊지 말고 나에게 찾아와서

고향의 좋은 소식 들려주게나

아버님 어머님 만수무강하시고

친구들아 잘 있어 나 다시 올 때까지

그때에 내 시집생활 마음껏 들려줄게

어머니의 말씀에 의하면 아버지는 12세밖에 안 된 꼬마신랑이었

Chapter 1 Spring 어머니의 기쁨이 된 나

지만 나이에 비해 굉장히 위엄 있고 말을 아끼셨고 동래 정씨의 종손다운 풍채가 있으셨다고 한다. 오히려 나이에 비해 너무 점잖았기 때문에 많은 사람들이 아버지와 대화하기를 어렵게 생각할 정도였다고. 아버지는 밖에 나갔다가 집으로 돌아올 때면 우선 대문 밖에서부터 들어간다는 신호로 "흐으흠" 하고 헛기침을 하셨고, 이때에는 호랑이가 집 안에 들어오는 것처럼 집에서 일하던 사람들도 대화를 끊고 긴장하면서 하던 일만 계속했다는 것이다. 또한 집 안에 들어올 때는 아래옷 바짓가랑이가 언제나 발 부분까지 내려와 있었기 때문에, 다리 아랫부분을 다른 사람들에게 한 번도 내보이지 않으셨다고 한다.

나이가 어린데도 불구하고 그렇게 예절을 지키고 절도가 있었던 것은 아마도 할아버지로부터 엄한 가정교육을 받은 결과가 아닌가 생각된다. 어쨌든 아버지가 너무 엄격하셨고 또 양반집 종손으로서 그 집안의 기둥 역할을 해야 했기 때문에, 어머니는 아버지를 무척이나 어려워하셨다. 어머니가 여섯 살이나 더 많으셨는데도, 남편 얼굴 한 번 똑바로 쳐다보지 못했다고 회상하시는 것을 오래 전에 들었던 기억이 난다.

그러고 보면 어머니는 아버지와 같이 살아가시면서 얼마나 하고 싶었던 말들이 많으셨을까? 당시만 해도 여자가 요즘처럼 "사랑해요." "일찍 돌아오세요." "당신 없으면 못살아요." "한 번만 안아주세요." 등등의 말을 했다가는 교양 없고 상스러운 여자라 하여 집에서 쫓겨날 지경이었으리라.

아버지가 어려워 말도 제대로 못하고 입이 있어도 벙어리처럼 사셔야 했던 나의 어머니! 어머니의 시집살이에서 남편뿐만 아니라 그 외의 모든 생활이 이렇게 심적으로 힘들었을 것이고, 육체적으로도 쉬지 못한 채 매일매일 열심히 일만 하셨으리라. 그런 어머니를 생각하니 새삼스럽게 어머니의 강하심과 참고 견디심에 한없이 감사드리고 싶다.

아버지의 학창시절. 10대 초반쯤 되신 듯.

당신은 소중하신 나의 남편
당신에게 더 가까이 다가가고 싶은
내 마음 간절하지만
더 가까이 갈 수 없는 이 내 마음
사막의 풀처럼 힘들어 하네요

당신과 나 사이 사랑의 대화로
메마른 논밭에 단비가 되어
마른땅 촉촉이 적셔주소서
당신과 나 그곳에 사랑의 꽃을 피워서
남부럽지 않게 살고 싶어요

가까이 다가가고 싶지만
용기가 나지 않는 나
그대의 사랑의 손길
견디기 힘든 꿈에서 나를 깨워주시어
내 마음 당신으로 채워주소서

당신은 나의 모든 것
나의 영원한 반려자
나의 사랑
이 세상에 하나밖에 없는 나의 님이여
나의 골수 깊은 곳까지 채워주소서

　신랑 얼굴 한 번 제대로 쳐다보지 못했던 어머니는 또 엄한 시부모님 밑에서 얼마나 많은 집안일을 감당하셨을까? 더구나 할아버지께서 한약국을 하셔서 사랑채는 늘 환자들과 손님들로 만원이었을 테고, 안채에는 세 시동생과 세 올케 그리고 할머니가 계셨으니 정말

한시도 쉴 틈이 없었으리라. 어머니의 하루일과는 나로서는 상상조차 할 수 없는 일이다. 아마도 식구가 많아 더 힘들고 어려운 시집살이를 겪으셨을 것이다. 지금 같으면 세탁소, 전기밥솥, 가스렌즈, 방앗간 등이 있어 가정생활을 하는 데 별 불편함이 없지만, 그 당시에는 어머니 혼자서 그 많은 집안일을 감당하셨을 것이다.

식구들 빠짐없이 옷 지어주고 빨래하고, 보리와 벼를 절구통에 찧어 아궁이에 불을 질러 밥을 짓고, 어린 시동생들과 시누이들 밥 먹여 학교 보내고, 두 명의 머슴들 상 차려주고……. 정신적으로나 육체적으로나 어머니의 시집살이는 말로 표현할 수 없을 정도로 고됐을 것이다. 게다가 그때가 어떤 시절이었나. 언감생심 며느리로서의 자기주장은 내세울 수조차 없었고 '죽으라면 죽으리라.' 하고 참고 순종하는 것이 며느리의 사명과 도리를 잘하는 것이라고 여겨지던 시절이었다.

가끔씩 어머니의 시집살이를 생각하다 보면 '왜 새로 시집온 며느리들에게 그렇게 심하게 시집살이를 시켰을까?' 하는 생각이 든다. 물론 그 당시에는 젊은이는 무조건 어른을 높이고 어른에게 순종해야 한다는 사회적 윤리가 뿌리 깊던 때이다. 그렇다 보니 시집가면 출가외인이 되어 친정을 떠난 몸이므로 친정을 멀리하고, 시부모를 비롯한 시집 식구들과 열심히 살아가는 것이 전통 아닌 전통이 되어버린 것이다. 그런 연유로 우리 어머니뿐 아니라 많은 며느리들이 이 전통을 지키기 위해 심한 시집살이를 하게 됐던 것이라 풀이된다.

그러나 나의 어머니는 그렇게 힘들고 어려운 시집살이를 하면서도 참으로 잘 견뎌내셨다. 눈보라가 치고 폭풍이 세차게 불어와도 절대로 흔들리지 않으셨고, 마치 강함을 자랑하듯 언덕 위에 우뚝 서 있는 한 그루의 장송長松과 같았던 나의 어머니!

어머니의 육체적인 고통은 그나마 조금 짐작이라도 되지만 정신적인 고통은 상상조차 안 된다. 누구한테 하소연도 못하고 무조건 참아야 된다는 다짐 아래, 사람들 눈을 피하여 눈물을 흘리고 삼키면서 얼마나 힘들어 하셨을까? 참다못해 설움이 복받쳐 오를 때면 순간적으로 죽고 싶다는 생각도 많이 하셨으리라. 그럼에도 불구하고 나의 어머니는 이런 힘든 역경을 극복해 내신 진정한 삶의 승리자이다. 두말할 것도 없이 나는 어머니가 자랑스럽다.

어머니만큼 참는 일에 도사인 사람을 나는 아직 보지 못했다. 내게 '어머니'란 뜻을 풀이하라고 하면 "참는 데 세계 챔피언! 울면서 울음을 감추는 데 세계 챔피언! 가정을 위해 몸과 마음을 희생하는 데 세계 챔피언!"이라고 부를 수 있겠다.

그러나 세계 챔피언인 어머니도 강철이 아니었을 터, 하루하루 고된 일과를 겨우 마치고 잠자리에 들 때마다 얼마나 온몸이 쑤시고 아프셨을까? 지금처럼 진통제가 있을 리도 만무하고. 그때마다 눈물이 핑 돌고 나지막한 흐느낌으로 이어졌으리라. 힘이 들수록 고향 생각은 더 간절해지는 법이다.

'고향에 있는 부모님과 친척들, 친구들은 지금 무얼 하고 있을까? 다들 몸 건강히 마음 편히 잘 있는지 궁금하고 무척 보고 싶구나.'

늘 이렇게 중얼거리시며 어머니는 손등으로 눈물을 슥 닦아내시고 조용히 잠자리에 드셨을 것이다. 그러고는 쉽게 잠들지 못한 채 그리움에 한 번 더 목이 메었으리라. 친정 부모 밑에서 사랑받고 살던 시절이 바로 엊그제 같건만, 문득 시집올 때 가슴 설레던 그 옛 시절이 어머니의 머릿속으로 서럽게 스쳐 지나갔으리라.

나는 유복자

　어머니께서 37세 되던 해, 아버지께서 31세로 세상을 떠나셨다. 진하 형님 15세, 진열 누나 9세, 진덕 누나 6세였고, 나는 어머니 뱃속에서 8개월 된 태아였다.

　내가 유복자였기 때문에 아버지가 돌아가셨을 때의 바깥 상황에 대해선 알 수 없었지만, 지금 생각해 보면 배 속에서도 본능적으로 어머니의 슬픔과 상실감을 느끼고 있었던 것 같다.

　그 큰 집안의 기둥이었던 아버지가 돌아가셨으므로, 우리 집은 당연히 헤아릴 수 없는 엄청난 충격 속에 빠졌다. 이와 동시에 아버지의 별세는 우리 집안의 변화를 예고하고 있었다.

　막달이 가까워져 배가 크게 불러와 거동이 불편해지셨지만, 이를 악무시고 맡겨진 일에 최선을 다하셨던 나의 어머니. 누구보다 강한 의지와 인내를 지니신 분이었다. 그러나 그런 어머니도 아버지가 돌아가심으로써 19년간의 결혼생활은 끝이 났고, 앞으로는 당신 혼자 어린자식들과 어떻게 살아가야 할지 무척 걱정하셨음에 틀림없다.

나의 한 분밖에 안 계시는 형님이 태어난 것은 어머니가 22세 되던 해였다. 동래 정씨의 종가 댁에서 장남이 태어난 것이다. 그 당시는 집안에 첫 아들이 태어나면, 가문을 이어나갈 아들이었으므로 그 집 안의 큰 경사로 생각했다. 특히 우리 집에서는 할아버지를 비롯한 온 집안 식구들이 안도의 긴 한숨과 기쁨을 감추지 못했을 것이다. 어머니 역시 정말 기쁘셔서 마음속으로는 빙그레 웃으셨을지 모른다.

아가야, 귀여운 우리 아기
아들인지 딸인지 알 수 없어 내 마음 그리도 답답했지만
고마운 우리 아기 네가 아들이었구나

아가야, 너는 우리 집안의 대종손
우리 집안을 이끌어 갈 너를 온 정성 다해 키울 테니
건강하고 씩씩하고 지혜 있게 자라다오

우리 집 시골에서 아기를 낳을 때에는 윗방(안방에 연결된 방으로 안방보다 추웠음)이나 건넛방(안방에서 떨어져 있고 독립적으로 솥과 아궁이가 있어 난방 되는 방)에서 깨끗한 짚을 방바닥에 깔고 아기를 낳았는데, 산파나 의사도 없이 동네 아주머니가 아이를 받았다.

이때 길에서 주워 미리 준비한 사금파리(사기그릇의 깨어진 작은 조각)를 물로 잘 씻어서 탯줄을 절단했다. 우리 마을에서는 누구나 그렇게 출산하는 것이 전통이었기 때문에, 다른 방법은 아예 생각하지도 않았다. 그 방법이 얼마나 위험한 것이었는지, 지금 되짚어보면 아찔한 생각이 든다. 만에 하나 날카로운 사금파리로 탯줄을 자를 때 테타누스균이 태(胎)의 상처에 들어가면, 온몸의 근육이 경직되어 생명이 위험해질 수도 있기 때문이다. 그러나 형님보다 15년 후에 태어난 나도 그와 똑같은 방법으로 우리 집 건넛방에서 태어났다.

아버지는 돌아가실 때 배가 상당히 불렀다고 한다.

정확한 이유는 모르겠으나, 우리 집에서 한약을 취급하니 할아버지께서 아버지를 너무 사랑한 나머지 보약을 많이 달여 주시지 않았을까 하는 생각이 든다. 특별히 '부자'라는 보약의 재료가 있는데, 이는 몸에 좋을 수도 있지만 간에 독성이 있을 수 있다고 형님에게 들은 적이 있다. 그렇다면 할아버지께서 '부자'가 많이 들어간 보약을, 아버지에게 튼튼해지라고 먹이셨던 걸까?

간이 굳어지는 간경화증의 경우, 마지막에는 복수가 심하게 차서 배에서 물을 빼주어야 한다. 그렇지 않으면 배가 너무 불러서 숨쉬기까지 힘들어지는 질병이다. 아버지도 복수가 너무 많이 찼기 때문에, 우리 집에서 가마를 타고 약 40리(16km) 떨어진 예산읍내의 대동병원까지 가서 자주 주사기로 복수를 빼내셨다 한다. 그동안 아버지께서 얼마나 고통스런 나날을 보내셨을지 짐작이 가고도 남는다.

어머니는 어머니대로 아버지가 편찮으신데도 집안 어른들과 주위 사람 눈치 보느라, 아내로서 위로의 말 한마디 못하고 음식도 제대로 해드리지 못했다 하니, 또 얼마나 마음 아프고 속상하셨을까? 어머니는 사랑채의 많은 손님들을 위해 부엌에서 떠나실 수 없으셨을 것이다. 모든 안살림을 도맡아 하셨으니 신랑이 중병으로 고통 속에 있다 할지라도, 마음은 간절하되 아예 허락조차 안 되었을 것이다. 할 수 없이 어머니는 간병 대신, 시집살이에 온 마음과 정성을 다 바치셨을 것이다. 아마도 눈물로 옷깃을 적시며 밤과 낮을 보내셨으리라.

나의 사랑하는 님이여
얼마나 힘드시고 어려우셔요
참고 잘 견디시면 당신의 건강 다시 좋아지실 거예요

대가족 가정으로 시집온 나 용서하셔요
당신의 고통 이루 말할 수 없음을 내가 모른다고요?
다 알고말고요

내 안타까운 마음 당신께 보여드리고 싶지만
당신은 다 알고 계시잖아요
빨리 건강 되찾아 우리 더욱 행복하게 살고 싶어요

아버지께서는 돌아가시기 직전에 형님에게 "공부 열심히 하여 꼭

의사가 되어라."라고 말씀 하셨단다. 그때 형님 나이 겨우 15세, 현재 중학교에 해당하는 홍성농업학교 학생이었다. 그런데도 형님은 마음속으로 '아버지 말씀에 순종하여 꼭 의과대학을 가야 한다. 우리집의 의사 가문을 내가 이어가야지.' 하고 굳게 결심하셨단다.

어머니 또한 형님이 그렇게 되기를 원하셨다. "그려, 그렇게 혀. 아버지가 원하고 또 네가 대를 이어 의사가 될 수 있으면 좋지." 하시며 형님이 결심한 것에 대해 격려해 주셨다. 그러나 어머니로선 아들의 결심이 자랑스러운 한편 '아버지가 돌아가시면 이 집은 누가 꾸려나가나?' 하는 생각에 속으론 가슴 아프셨을 것이다.

아버지는 아버지대로 병 때문에 얼마나 힘들고 고통스러우셨을까? 벌써 배가 상당히 불러와 어머니가 고생하는 모습을 보시면서, 무척 안타깝고 불쌍히 여기셨으리라.

아버지는 '내가 건강할 때 좀 더 아내에게 사랑을 표현하고 관심을 가져주면 좋았을 것을, 이제는 마음이 있어도 할 수 없게 되었으니…….' 하시면서 지난 19년간의 결혼생활을 반성하고 후회도 많이 하셨으리라. 아버지는 또 어머니 뱃속에 있는 아기가 아들인지 딸인지 무척 궁금히 여기면서, 은근히 아들이기를 기대하셨을 것이다. 그 당시에는 남존여비 사상이 팽배해 있어서 남자들 지위가 여자들보다 훨씬 더 높은 때였다.

그러나 어쩌면 아버지는 아들이든 딸이든, 아기가 무사히 뱃속에 있다가 건강하게 태어나 예절바르고 지혜로운 자녀로 자라길 바라

셨을 것이다. 그리고 아버지 스스로가 어느 때 죽든, 아기가 태어난
후 한 번 안아보고 죽으면 좋겠다는 바람이 간절하셨을 것이다.

여보, 정말 미안하오
어렵고 힘들게 사는 시집살이 다 알면서도
위로의 말 한마디 하지 못하고 이렇게 떠나는 나를 용서해 주오

사랑을 표현하고 싶어도 마음뿐 기력이 없는 나
마지막 한마디 드리고 싶은 말, 당신을 무척 사랑했다오
그 말 한마디 하지 못하고 떠나는 나를 용서해주오

안간힘을 다해 뱃속의 아이를 보고 떠나려고 했지만
보지 못하고 떠나는 나의 마음 몹시 힘들고 안타깝구려
아기 낳으면 부디 바르고 건강하게 잘 키워주길 바라오

아가야, 불쌍한 너
네가 이 세상에 나와서 너의 애비가 옆에 없어도
어머니 가르침 잘 받아 건강하고 훌륭하고 지혜 있는 사람 되어라

여보, 아버지가 마지막 순간까지 아기 보고 싶어 발버둥 치다가
당신의 배를 쳐다보면서 멀리멀리 떠났다고 말해 주구려
사랑하는 당신 홀로 남겨놓고 떠나는 나, 정말 미안하오

아버지는 결국 젊은 나이인 31세에 많은 할 일을 남겨놓으시고, 어머니를 비롯한 가족들에게 슬픔과 동정심을 남긴 채 세상을 떠나셨다.

여보, 불쌍하고 가련하신 당신
나는 어떻게 살라고
나를 버리고 결국 이렇게 떠나셨나요?
아이들 넷을 이 험한 환경 속에서
어떻게 키우고 어떻게 살라고 그냥 떠나셨나요?

여보, 대답 좀 해봐요
당신은 나의 모두이시며 당신이 없는 나의 인생
아무것도 들어 있지 않는 텅 빈 껍질
당신과 처음 만나던 날 그 꿈 다 멀리 사라지고
외로움이 온 세상을 덮고 있네요

떠나셨어요, 정말 떠나셨네요
내 말을 들으실 수도 없고 대답도 없으신 당신
걱정 말아요, 내가 힘을 내어 저 아이들 잘 키워 당신께 보여 드릴게요
당신이 옆에 계시지 않아도 당신을 늘 생각하며 건강하고 훌륭하게
키울게요
이쪽은 걱정 마시고 편안히 가시어요

아버지는 의사에게 "곧 돌아가실 것이다."라는 진단을 받고, 그를 죽여 버리겠다고 말씀하셨다고 한다. 아마도 어머니 배 속에 있는 아기를 보지도 안지도 못한 채 떠나시는 것에 대해, 거부의식이 커서 그러셨을지 모른다.

결국 아버지는 웃어른들 눈치 보느라 마음과는 달리, 어머니에게 따뜻한 말 한마디 못 남기시고 떠나셨다. 양반집의 위엄이 뭐라고 그동안 어머니가 아버지 얼굴 한 번 똑바로 쳐다보지 못한 것도 마음에 크게 걸리셨을 것이다.

살아생전 부푼 꿈을 안고 사셨지만 어느새 꿈은 온데간데없이 사라지고, 그 대신 지나온 삶이 허무하여 안타깝고 원통함만 느끼셨을 아버지. 동년배의 친구들은 다 젊음을 만끽하며 열심히 살아가는데, 자신만 어찌하여 이렇게 힘들어하는가? 아버지는 속이 상해 미칠 것 같은 심정이었을 것이다.

우리 마을의 동네 사람들, 친한 친구들, 우리 집에 드나들던 많은 환자들, 삶을 함께하면서 정이 든 그들 모두와 헤어져 동반자 없이 홀로 떠나신 불쌍하신 나의 아버지. 지금도 아버지만 생각하면 가슴이 먹먹해진다.

세아들과 아내와 함께

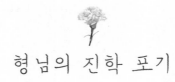

형님의 진학 포기

　형님은 그 당시 15세의 어린 중학생, 아버지의 소원대로 의과대학을 꿈꾸던 소년이었다.

　그러나 아버지가 돌아가심으로 인해 형님이 갑자기 동래 정씨 종가집의 가장이 된 것이다.

　아버지는 돌아가실 무렵 15세밖에 안 된 어린 아들이 집안일을 잘 이끌어가기에는 역부족이라고 걱정하셨음에 틀림없다.

　어머니 역시 임신 8개월의 무거운 몸으로 안과 밖의 집안일을 도맡아하실 것을 생각하니 마음이 착잡하셨을 것이다. 더욱이 지난 19년간의 결혼생활이 이렇게 허무하게 끝이 났으니 어머니의 인생항로가 중간에서 탁 끊어진 느낌이었을 테고, 외로움과 절망과 슬픔으로 뒤섞여 앞으로 우리 집안에 닥쳐올 크고 작은 수많은 일들이 두려우셨을 것이다. 이들을 모두 처리하고 해결할 자신도 없으셨을 테고, 그로 인해 불안감과 초조함 속에서 떨고 계셨을 것이다.

아버지가 돌아가심으로써 일단 한약방 문이 닫힐 것이고, 우리 집에는 남자어른이 없으니 무슨 일이 생기면 양쪽 집의 작은 아버지들과 의논해야 할 것이다. 그러나 그보다 더 큰 문제는 형님이 학업을 계속하느냐 중단하느냐를 결정하는 것이었다.

이런 상황을 누구보다 잘 알고 있던 형님이 곰곰이 생각한 끝에 힘든 결정을 내리셨다.

아버지가 원하셨고 형님의 꿈이었던 의과대학 가는 것을 포기하고, 중학교 졸업 후 어머니를 도와드리면서 가사 일을 돌보겠다고 어머니께 건의한 것이다. 어머니는 현재 처해 있는 우리 집의 모든 상황을 고려하고 나서 결국 형님의 뜻을 받아들이셨다.

형님이 가문을 이어 의사가 되려던 꿈을 포기하고 이제는 고향땅에서 부모의 유산을 받아 농사꾼이 된다고 생각하니, 어머니 마음이 오죽이나 아프셨을까.

불쌍하고 가련한 내 아들
우리 집의 바람이며 힘이 되는 내 아들아
우리 집안이 이렇게 힘들게 되었구나
아버지가 돌아가신 것이
너의 앞길의 방향을 완전히 바뀌어 놓았구나

우리 집이 아무리 힘든 역경을 만나도
너는 잘 견디고 잘 참는
우리 집의 튼튼한 대들보
우리 집의 기둥
능력의 강한 방패가 되어라

　형님은 형님대로 이제는 옛날의 꿈을 깨끗이 버리고, 단단한 각오
를 다졌으리라. 그리하여 대대로 내려온 고향을 지키고, 열심히 농
사지어 조상님께 감사드리며 집안을 잘 돌보겠다고 결심했으리라.

아버지가 지고 가시던 무거운 짐 모두 나에게 주셨네
생각도 못했던 짐을 지니 그 짐 무겁기도 하여라
견디기 어려워 수없이 넘어져도 온 힘을 다하여 우리 가정 잘 지키리

어머니 조금도 걱정 마시고 저를 믿어주셔요
이제는 제가 어른스럽게 변하여 어머니의 큰 힘이 되겠으니
앞으로 우리 집의 잘됨은 어머니의 기쁨이네요

아! 올 것이 드디어 내 앞에 닥쳐왔구나
내가 할 일 생각하니 높고 험한 언덕이구나
쉬지 말고 열심히 올라가서 우리 집 만세 외치리

아버지! 멀리 계시지만 저와 항상 함께 계셔서 저에게 능력과 지혜를
부어주셔요
저의 가는 길 만사형통하게 하셔서 우리 집 잘살게 하여주셔요
그러면 어머니 기뻐하실 거예요

아버지가 돌아가신 후 우리 집은 순수한 작은 농촌 마을에서 농사
를 전업으로 하는 다른 농촌 집과 다를 바가 하나도 없었다. 특히 한
약방을 닫고 나니 늘 환자나 손님들로 웅성웅성하던 사랑채에 발길
이 뚝 끊어져, 더욱 고요하고 적막하게 느껴졌다.
형님은 동네의 다른 농사꾼들보다 쉽게 지치고 힘들어했다. 왜냐
하면 그동안은 농촌에서 살았어도 별로 농사일에 관여하지 않았기
때문이다. 내가 아주 어렸을 때였는데 형님 친구들은 벼 한 가마니

나를 길러주신 고마우신 두 분, 형님과 어머니.

를 지게에 지고도 힘들지 않게 잘 다니는 반면, 형님은 비틀거리다가 쓰러지던 장면이 기억난다.

　우리 집안을 위해 의사가 되고자 했던 자신의 꿈을 포기해야 했던 형님! 지금도 참 고맙고 미안하다.

어머니의 기쁨이 된 나

　나는 끝이 없는 어머니의 사랑을 받고 자랐다. 어머니가 특별히 나를 더 사랑하신 이유는 내 위로 하나밖에 없는 독자 형님과 두 딸을 두셨으니, 아들 하나만 더 낳았으면 하고 은근히 기대하셨기 때문이다. 그러다가 마침내 아들을 낳게 되었으니 어머니로서도 얼마나 기쁘셨을까. 더군다나 내가 유복자였기에 나의 대한 사랑이 더 애틋하셨으리라.

아가야, 귀여운 아가야!
나와 함께 놀자고 배를 툭툭 치고 있지만
너를 만져주지도 못하고 너와 대화조차 제대로 못했구나

뱃속에서 네가 움직일 때마다 나의 어려움 모두 사라지고
기쁨과 희망을 주는 너

마음껏 영양 보내줄 테니 건강하게 나오너라

내가 태어날 때도 어머니는 형님과 누님들을 낳으실 때처럼, 건넌
방 방바닥에 볏짚을 깔고 그 위에서 나를 낳으셨다. 지금 생각해 보
면 그런 환경에서 출산한 것은 산모인 어머니에게도 신생아인 나에
게도 상당히 위험했으리라. 어머니는 산후 출혈이나 임신중독 또는
불결한 환경에서 균이 온몸에 퍼지는 패혈증으로 말미암아 치명적
일 수 있었을 것이고, 나 역시 어머니의 산소와 영양을 공급받던 탯
줄을 소독도 하지 않은 사금파리로 절단했으니 신생아에게 흔하게
발생했던 테타누스균 감염에 의해 사망했을 수도 있었을 것이다.

내가 아주 어렸을 때 우리 동네에서 홍역과 염병(장티푸스, 고열을 일
으키며 설사를 심하게 하는 균에 의한 전염병)으로 많은 어린이들이 사망했
다고 한다. 나도 그때 장티푸스에 걸리는 바람에 축 늘어져 다 죽어
갔는데, 그런 나를 어머니가 등에 업고 뙤약볕 속에서 30리(약 12km)
가 넘는 길을 달려가셨다는 것이다. 외할머니가 사시던 마을 한약방
에 도착해 약을 사서 달여 먹인 후에야 그 치명적인 질병을 고칠 수
있었다고, 어머니가 과거를 회상하며 귀띔해 주셨다. 험하고 힘든
생활 속에서 그렇게도 사랑하는 막내아들이 생사를 헤맸을 때, 어머
니 가슴은 얼마나 아프고 힘드셨을까?
아, 한여름 무더위에도 저 멀리 고향땅에 있는 한약방을 기억해 내
시고 '걸음아, 이 아이를 살려라!' 하면서 탈수현상으로 축 늘어진 나

를 업고 정신없이 뛰어가셨을 어머니! 정말로 고맙습니다. 정말로
사랑합니다.

> 하늘에서 떨어진 우리 아기 예쁜 아기
> 밥을 주어도 먹지 않고 물을 주어도 마시지 않고
> 물 같은 설사는 쉴 줄을 모르네
>
> 시간이 갈수록 수분이 모자라
> 온 몸에 생기를 잃고 축 늘어졌던 나
> 어머니의 억척같은 사랑이 나를 살리셨네

어머니는 어디를 가시던지 나를 등에 업고 다니셨다.

어렴풋이 기억하기로는 세 살쯤 되었을 때 같은데, 어머니가 나를
안고 수도 없이 부르시던 노래가 있었다. 평소에도 어머니는 방바닥
에 앉은 채로 나를 무릎 위에 올려놓고 양팔로 감싸 안으며 "아이고,
우리 아기 하늘에서 떨어졌나? 땅에서 솟아나왔나? 우리 아기 예쁜
아기, 가자 기자 낳남(가다가 아니면 기어 다니다가 낳았남)? 우리 아기 예
쁜 아기!" 하시고는 나를 위해 어머니 특유의 창법으로 노래를 불러주
셨다. 이 노래는 동네 어느 사람으로부터도 들어본 기억이 없는 걸로
봐서, 어머니가 손수 나를 위해 흥얼거리시다 보니 '아들 진우를 위한
노래'로 자연스럽게 작사·작곡하신 느낌이 든다. 어머니는 이 노래
를 하루에 열 번도 더 흥얼거리신 것으로 기억하는데, 나를 안아주실

때나 업고 일하며 부르시던 노랫소리가 아직도 내 귀에 생생하다.

어머니가 나를 등에 업어주실 때에는 검은색 명으로된 허리띠를 이용해 포대기로 사용하셨다. 그러고는 온몸을 흔들며 발을 크게 구르셔서, 내가 딱 기분 좋을 정도로 흔들리게 해주셨다. 이런 때에도 어머니는 등에 업혀 있는 나에게 노래를 불러주셨다. "둥가둥가 둥가야 우리 아기 예쁜 아기 하늘에서 떨어졌나? 땅에서 솟아 나왔나? 둥가둥가 둥가야 우리 아기 예쁜 애기!" 나를 안으시고 양팔로 흔드실 때에도 어김없이 기쁨에 찬 얼굴로 이 노래를 불러주셨다.

내가 얼마나 좋으셨기에 힘든 집안일을 하시면서도 이런 기쁜 사랑을 주셨을까? 막내아들을 유복자로 하나님께서 주셨으니 기쁨에 넘쳐, 아버지께서 돌아가신 슬픔과 어려움을 조금쯤은 이겨내시고 안정을 되찾으실 수 있었으리라.

어머니는 항상 나와 함께 계셨다. 일하러 밖으로 나가실 때에도

아쉽게도 내가 아주 어릴 때 사진은 거의 없다. 그만큼 사진이 귀하던 시절이었고 먹고 살기에도 바쁜 시절이었다. 내 큰아들을 안고 계신 어머니. 이제 저 아이도 장성하여 어엿한 가장이 되었다.

늘 나를 등에 업고 일하셨다. 날씨가 추운 듯하면 검게 물들인 무명에 솜을 넣고 누벼 만든 포대기로, 바람이 들어가지 않도록 꼭꼭 싸매주셨다.

내가 세 살 적 일로 생각된다. 늦은 가을이나 이른 겨울이었음에 틀림없다. 어머니와 이웃 아주머니들 7, 8명이 우리 집 마루에 모여 앉아 삼을 삼고 계셨다.

우리 집 밖에 있는 마당가에는 지름이 5m 정도 되고 깊이가 1m 정도 되는 아주 작은 연못('헛새암'이라고 불렀음)이 있었다. 그 연못은 뒷동산에서 내려와 고여 있는 물이었는데, 비교적 물이 맑고 차가워 무더운 여름밤이면 우리 마을 여자들이 바가지로 물을 퍼 몸에 끼얹으며 더위를 식히기도 한 중요한 연못이었다. 연못가에는 아주 좁은 길이 나 있었고, 그 길에는 여름에 비가 와서 물이 넘칠 때 연못에 들어있는 물이 내려갈 수 있도록 도랑이 파져 있었다.

그때 도랑 근처에서 동갑내기인 나와 환교, 윤모 이렇게 셋이 솜 바지저고리를 입고 기우뚱기우뚱 걸으면서 놀고 있었다. 그러던 중 내가 도랑을 건너다가 그만 연못에 빠져버리고 말았다. 생생하게 기억나는 것은 솜옷을 입어서 그랬는지 아니면 하나님이 나를 살리시려고 그랬는지, 내가 고무풍선처럼 물위에 둥둥 떠서 파란 하늘을 올려다보며 뭉게뭉게 흘러가는 흰 구름을 즐기고 있었다는 것이다. 다시 말해서 나는 전혀 물에 빠졌다는 생각이 들지 않았다. 겁도 없이 물위에 둥둥 떠서 파란 하늘과 뭉게뭉게 흘러가는 구름을 보는 것이 그저 즐겁고 신기하기만 해서, 밖으로 나갈 생각조차 하지 않고 있었다.

그러나 환교는 달랐다. 환교가 뒤뚱뒤뚱 우리 집으로 걸어가서 마루에 앉아 삼을 삼고 계신 어머니에게 소리를 질렀다.

"진우가……, 연못에 빠아…… 졌…….."

환교가 서툰 말로 더듬더듬 소리치자 깜짝 놀란 어머니가 다급하게 되물었다.

"뭐라고? 진우가 헛새암에 빠졌다고?"

그러고는 쏜살같이 헛새암으로 달려가셔서 나를 연못에서 건져주셨다. 이후 어머니는 가끔씩 나에게 "환교는 생명의 은인이니 그 은혜를 꼭 갚아라." 하고 말씀하셨다.

막내아들이었던 나는 여섯 살 때까지 어머니의 젖을 빨아먹었다. 어머니 등에 업혀 양손으로 가슴을 만지작거릴 때면 어찌나 그 느낌이 좋던지.

지금 돌이켜 생각해 보면 어머니의 가슴은 크고 젖의 양도 많으셨던 것 같다. 여섯 살에도 젖을 빨아 입 안 가득히 채운 다음, 입 안에 있는 젖을 공중으로 세게 뿜어 하늘 높이 퍼져 올라가는 것을 까르륵거리며 즐거워했지만, 어머니가 한 번도 나를 혼내거나 나무랐던 기억은 나지 않는다. 그저 내가 좋아하면 힘드시든 안 힘드시든 어머니도 다 좋아해 주셨다. 그러고 보면 내가 어렸을 때부터 개구쟁이였나 보다.

그렇게 자식을 위해서라면 생명조차 아깝지 않게 생각하시고, 오

로지 자식들이 잘 자라도록 기도하시고, 영양을 공급해 주시고, 아픈
곳을 정성껏 어루만져 주시던 나의 어머니셨다.

어머니의 사랑 높으시고 넓으시도다
이 세상에 태어나기도 전에 항상 나에게 말을 걸어주시던
고마우신 나의 어머니

아프지 말고 잘 자라서 튼튼한 몸으로
이 세상에 나오라고 항상 노래 불러 주시고 만져주시던
고마우신 나의 어머니

내가 어머니 뱃속에서 손과 발을 힘껏 움직여
어머니 배를 흔들 때 안도의 숨을 쉬고 즐거워하시던
고마우신 나의 어머니

내가 큰 소리로 울며 나올 때 출산의 고통 다 잊으시고
기뻐 웃으시며 나를 반갑게 들여다보시던
고마우신 나의 어머니

젖을 먹여주시고 입혀주시고 잘 길러주시기 위해
항상 기도하시면서 손발이 다 닳도록 고생하시던
고마우신 나의 어머니

사 랑 하 는　나 의　어 머 니

Chapter 2

Summer

나는 농사짓기 싫어!

우리는 한 길을 걸어갔지요
조용하고 한적한 길
그 길은 돌부리도 많고 언덕이 있어 거닐기 힘들지만
마음은 편안한 길
모두가 그 길을 가고 있네요

어머니도 그 길로
형님도 그 길로
동네 마을사람 거의 모두 그 길로 가는데
그 길은 나에게 너무 힘든 길
어느 길이라도 좋으니 다른 길로 가고 싶었던 나

가장이 되신 어머니

　내가 다섯 살 무렵이었다. 그해가 6·25사변이 났던 해이므로 여러 가지로 쉽게 볼 수 없었던 장면들이 떠오른다.

　우리 집 앞으로 멀리 보이는 강정산 허리에서 수많은 사람들이 줄을 지어 걷거나 뛰어가던 모습들, 왼쪽으로는 저만치 한다리 신작로의 수백 대가 넘는 군용차들의 행렬과 그로 인해 생긴 짙은 먼지가 가득했고, 가끔씩 우리 집에 들어와 집안을 샅샅이 뒤지고 갔던 인민군들도 빼놓을 수 없다. 특히 인민군이 우리 집 장롱까지 구석구석 뒤질 때 그 옆에 서서 무언가 빼앗기지 않을까 두려워하던 어머니의 모습과, 그런 어머니의 얼굴 표정을 읽어내고는 장롱을 뒤지던 인민군들을 몹시 미워하며 노려보던 내 모습이 겹쳐진다.

　밤에 비행기 소리만 나면 우리 집에 비상이라도 걸린 듯 폭격을 피하기 위해 숨죽여가면서 어머니, 누나, 나 모두 양손을 활짝 펴고 서로 합하여, 등잔 불빛이 문 밖으로 새어나가지 못하게 등화관제를 했던 일도 잊을 수 없다.

또 수십 명이 대나무를 뾰족하게 깎아 만든 긴 대창을 하나씩 들고 우리 집에 들어와 괴뢰군이나 붉은 사상을 가진 사람을 찾곤 했는데, 그들의 얼굴에는 하나같이 살의가 가득 차 있었다. 그때마다 나는 무서워서 벌벌 떨고 있었지만, 어머니는 전혀 자세나 표정에 변함없이 침착하게 그들의 요구에 대처하며 잘 응하셨던 모습이 생각난다.

하루는 대낮에 멀리서만 들려오던 비행기 소리가 점점 우리 집을 향해 다가오는 것처럼 크게 들려왔다. 어머니는 안마당에서 놀고 있던 나를 덥석 안으시고, 헛간 가장 깊은 모서리에 앉혀 놓으셨다. 그러고는 비행기소리가 멈출 때까지 온몸과 양팔로, 마치 이불을 덮어씌우듯 나의 몸을 완전히 덮어주셨던 기억이 난다.

그렇지 않은 어머니가 어디 있을까마는 이것이야말로 희생적인 사랑의 극치로서, 우리의 죄를 사하시고 영원한 생명의 천국을 죄인인 우리들에게 주시기 위해 돌아가신 예수 그리스도의 사랑 다음으로 가장 소중하며 놀랍고 귀한 어머니의 참사랑이라고 생각한다. 아들을 살리기 위해서라면 대신 포탄을 맞아도 좋다는 내 어머니의 강력한 의지의 표현이고, 자신의 목숨까지도 아끼지 않으신 순수하고 진실하고 고마운 어머니의 참사랑이리라.

그런데 어머니는 나를 그렇게나 사랑해 주셨는데, 정작 나는 어머니를 위해 무엇을 해드렸나? 내 자신에게 새삼 물어본다. 우리 자식들도 어머니의 자식에 대한 사랑처럼 목숨을 바쳐 부모를 사랑한다면, 이 세상이 얼마나 아름다운 세상이 될까 하는 생각을 해본다.

형님은 6·25사변 당시 20세의 청년이었고, 누군가 형님을 찾기 위해 우리 집에 오면 뒷문을 통해 담을 넘어 피했던 일이 여러 번이었다. 하루는 무섭게 생긴 두 명의 경찰이 긴 총을 메고 와서 어머니에게 물었다.

"여기가 정진하 씨 댁 맞지요?"

"예, 맞어유." 어머니는 두렵고 걱정스러운 표정을 지으며 짤막하게 대답하셨다.

"정진하 씨 찾으러 왔는데 집에 있습니까?"

"몰러유. 그저께까지 집에 있었는디 워디 간단 말 하나두 않구 읍서져 버렸슈. 지두 개가 빨리 집으루 돌어왔으면 좋것슈."

"아주머니, 거짓말하지 마쇼. 정 그렇다면 집안을 뒤져볼 수밖에 없군."

"뒤져볼라면 실컷 뒤져 보슈. 그런디 내 아들은 집에 읍슈."

그들은 형님을 찾기 위해 집안을 샅샅이 뒤진 후 뒷산까지 찾으러 갔다. 이때 어머니의 심경은 담을 넘어 뒷산으로 피신한 형님이 붙잡힐까봐, 상당히 불안하고 초조하셨을 것이다.

그 후의 일로 기억되지만 형님은 결국 위험을 피해 남하하셨다. 형님이 얼마 동안 남하해 있었는지는 확실히 기억나지 않지만, 우리 집 식구들은 밤낮으로 형님의 건강을 위해 걱정하고 염려했다. 가장인 형님이 오랫동안 집을 비웠기 때문에 집안 분위기도 우울하고 살림도 혼돈된 상태였다. 어머니는 새벽마다 부뚜막에 냉수 한 그릇 올려놓고, 형님이 건강히 빨리 돌아오게 해달라고 빌고 또 비셨다.

그러던 어느 날 캄캄한 밤에 형님이 예고 없이 나타났다.

"아이구, 이게 웬일이여. 우리 큰아들 진하 아녀? 월마나 고생 많았누? 어서 이리 앉어."

"오머니, 안녕허셨슈? 저 왔슈! 절 받으슈." 형님은 우선 어머니에게 큰절로 인사를 드렸다.

"오머니, 일하시느라구 얼마나 힘드셨슈? 손이 많이 상허셨네유." 하면서 어머니 손을 만져드렸다.

"오머니, 인저는 오머니 곁을 절대루 떠나지 않을게유. 오머니, 맹세헐게유."

형님이 입고 있던 옷은 너덜너덜했고, 예전에 균형 잡혀 있던 몸은 어디 가고 무척 수척해 보였다. 못 알아볼 정도로 빼빼 마르고 햇볕에 새까맣게 탄 형님을 본 순간, 우리 식구들은 너무 놀라 말문을 열기도 힘들었다. 형님은 그동안 배가 고픈 것이 가장 힘들었는데, 겨우겨우 소금을 뿌린 주먹밥으로 연명했다고 한다. 어머니는 물론이고 나와 두 누님들 모두 한동안 숨을 죽이고 있었다. 침묵이 방 안 가득히 흘렀다.

그러나 한편으로는 무척이나 기쁜 순간이었다. 아무래도 무슨 일이 생겨 소식이 끊긴 것이라고 생각했던 형님이 살아 돌아왔기 때문이다. 얼마간의 침묵이 흐른 후 갑자기 형님이 소리를 내어 크게 흐느꼈다. 단 한 번도 우는 모습을 가족에게 보여주지 않던 형님이었다.

그 순간 마치 약속이나 한 듯 우리 가족 모두가 울음을 터뜨렸다. 살아 돌아온 것에 대한 기쁨의 눈물과, 오랫동안 못 먹고 헐벗은 채

내가 중2 때의 작은 누님 결혼식 사진. 왼쪽으로 우리 옛 초가집이 보이고, 벼 바심 후 짚토매를 쌓아올린 짚누리도 보인다. 나는 신랑, 신부사이에 서있고 신부 왼쪽에 어머니가 서 계신다.

고통 속에서 헤맸을 남하생활에 대한 슬픔의 눈물이었다. 그날 밤 우리들은 어머니가 정성껏 준비한 저녁을 먹으면서 밤새도록 대화의 꽃을 피웠다.

얼마 후 형님은 군에 입대하여 논산 훈련소에서 훈련을 받았다. 재미있는 것은 내가 아직도 대략 60년 전의 형님 군번을 기억한다는 사실이다. 형님의 군번은 10440520이었다.

형님이 군대를 가니 우리 집에는 다시 40대의 어머니, 어린 두 누님들, 그리고 꼬맹이인 나만 남았다. 일할 사람이 어머니밖에 없었다. 할 수 없이 동네사람 중에서 순하고 건강한 남자를 머슴으로 고용했다. 주로 그의 일은 힘이 필요한 논과 밭을 관리 경작하는 일이었다.

어머니는 농촌에 사시면서 다른 사람들보다 훨씬 바쁘게 생활하셨다. 낮에는 밖에서 하루 종일 쉴 새 없이 일하시고, 밤에는 늦게까지 집안일을 마무리하셨다.

9살 위인 큰누나, 6살 위인 작은누나, 그리고 어머니와 내가 모두 안방에서, 검정색과 빨강색으로 물들여 솜을 넣어 만든 무명이불 한 채를 덮고 잤다. 아랫목(부엌 아궁이에서 가까워 가장 따뜻한 곳) 왼쪽 구석에는 천장에 가깝게 방 모서리의 양 벽에 길고 큰 못이 박혀 있었다. 그 두 못에 삼베로 된 굵은 노끈을 연결시켜 만든 '횃대'가 있었다. 우리 식구들은 주로 횃대에 옷을 걸어 두었는데, 방 안을 정리하다 보면 당장 필요 없는 옷가지들도 다 이 횃대에 걸어 놓았다.

겨울철에는 우리 네 식구가 이불 하나를 가지고 안방에서 잤기 때문에 춥게 잘 수밖에 없었다. 그래서 나는 누나들과 이불을 많이 덮기 위하여 싸우기도 참 많이 했다. 더욱이 어머니가 누나들보다 날 더 귀여워하신다는 걸 알고 있었기 때문에, 제일 어린데도 기고만장했다.

"진우야, 이불 너무 끌어가지 마. 내 추워서 잠이 잘 안 온다." 하면서 작은누나가 이불을 끌어가면 나도 지지 않고 대꾸했다.

"누나, 그러지 마. 그렇게 이불을 많이 끌어가믄 난 어케 자? 그니까 쬐끔만 끌어가. 알렀어, 누나?"

우리들이 계속 이불을 가지고 싸우면 등잔불 밑에서 바느질이나 인두질을 하시던 어머니가 한마디씩 하셨는데, 그때마다 꼭꼭 내 편에 서서 말씀해 주셨다.

"진우 이불 점 많이 덮게 혀. 진우가 너버덤 어리잖여, 알렸남?"

어머니의 나에 대한 편애를 나는 무척 좋아했고 그 덕분에 우쭐거릴 수 있었다. 그렇지만 이불싸움은 그 순간일 뿐, 자기 전에 누나들과 이불 속에서 하는 놀이도 꽤 재밌었다. 내가 고양이 역할을 하고 작은누나가 고양이를 찾는 단순한 놀이였다.

"고양이야, 고양이야, 너 어디에 있니?" 누나가 물어보면 나는 이불 속에 숨어 있으면서도 거짓말로 대답한다. "횃대 밑에 있지." 그러면 누나가 거짓말하는 나를 이불 속에서 찾아내고는 "잡았다!"하고 기뻐하던 놀이였는데, 그때는 그런 놀이들이 그렇게도 재미있었다.

어머니도 우리와 같은 이불에서 주무셨지만, 그 무렵 나는 한 번도 어머니가 주무시는 모습을 본 기억이 나지 않는다. 계속 일하시다가 우리가 다 잠든 후에야 잠깐 눈을 붙이시는 모양이었다. 때론 잠결에 내가 춥게 잘까봐 이불을 덮어주시는 어머니를 느끼곤 했는데, 어머니는 찬 공기가 접근하지 못하도록 이불로 온몸을 덮어주신 후, 머리에서 발끝까지 내 몸의 가장자리에 덮인 이불 위를 손으로 꾹꾹 눌러서 밖으로부터 공기를 차단시켜 주셨다.

그런데 대체 우리들이 자고 있는 동안 어머니는 무슨 일을 하신 걸까?

깊은 밤까지 무언가 하지 않으면 직성이 풀리지 않는 분이 또 어머니였다. 양말이나 장갑을 짜고, 구멍 난 곳을 깁고, 옷과 버선을 만들고, 화롯불에 뜨겁게 달군 인두로 주름을 펴고, 누나들이 학교 입고 갈 옷을 손질하는 등등, 내가 잠들 때까지 늘 바쁘게 일하고 계셨기에 주무시는 어머니 모습이 기억나지 않는 것이다.

어머니는 자식들이 편안히 자는 모습을 보는 것만으로도 몹시 자랑스러우면서 흐뭇하셨을 것이고, 다른 한편으로는 돌아가신 아버지를 생각하며 무척이나 그리워하셨을 것이다. 아버지가 살아계셨다면 이 아이들이 벌써 이렇게 커서 잘 자란 모습을 보시고, 얼마나 마음 흡족해하시며 기뻐하셨을까? 특히 막내아들인 나를 보지 못하고 돌아가셨으니 더더욱 아버지가 불쌍하고 안타까우셨으리라.

"여보, 허락한다면 지금 이 순간만이라도 나타나서 이 아이들 잠자는 모습을 보셔요. 많이 자랐지요? 당신이 그렇게 보고 싶어 하던 아이도 보지 못한 채 안타깝게 떠나셨잖아요? 그때 제 뱃속에 있던 아이가 아들이었어요. 당신 닮았어요. 귀, 눈, 코 다 닮았어요. 자세히 보셔요. 내 말이 맞지요? 대답해 봐요. 아, 당신 말이 없으시네요. 그래요, 하나님이 주신 큰 선물이에요. 잘 키워서 훌륭하게 만들게요."

어머니는 슬픔에 젖어 긴 한숨을 내쉬면서도, 그날 할 일을 모두 마친 후에야 이불 속으로 들어오셨으리라. 그러고는 틀림없이 지금 울고만 있을 때가 아니라는 것을 인식하시고, 여자로서 집안의 가장이 되었으니 해야 할 일이 너무 많다고 생각하셨을 것이다. 어머니로서는 게으르고 싶어도 게으를 틈이 없었던 것이다.

길쌈의 여왕

　어머니는 낮에는 주로 밭에서 일하시고 밤에는 주로 길쌈(실을 내어 옷감을 짜는 모든 일을 통틀어 이르는 말)을 하시는 데 시간을 보냈다. 그중에서도 특히 삼베, 모시, 명주, 무명 옷감을 잘 짜셨다. 어머니는 대부분 나를 데리고 앉아 길쌈을 하셨기 때문에, 어렸던 나도 자연스럽게 길쌈에 알게 되었다.

　삼베 옷감을 만들려면 제일 먼저 삼씨('열씨'라고도 함)를 이른 봄에 텃밭에 심고, 잘 자란 삼 줄기(약 1~2m 높이)를 한여름에 벤다. 임시로 삼밭에 땅을 파서 불을 피운 후 큰 가마솥에 물을 적당히 붓고, 그 속에 모든 잎을 훑어버린 삼 줄기를 넣어 충분히 찐다. 적당히 익은 삼 줄기를 가마솥에서 꺼내 삼 껍질을 하나하나 벗긴다.
　껍질이 벗겨진 삼 줄기는 땔감으로 쓰고, 껍질은 삼베를 만드는 데

쓴다. 이때 삼 껍질은 나중에 베를 짤 때 쓰이는 실오라기가 될 수 있도록, 일일이 가늘게 쪼개는 작업을 해야 한다. 이렇게 가늘게 쪼갠 약 1m 길이의 삼베오라기는, 하나하나 서로 이어주는 연결 작업을 해야 하는데 이를 '삼 삼는다.'라고 한다. 삼 삼는 일은 시간이 많이 걸리는 일이기 때문에 때에 따라 동네 아주머니들이 한집에 모여 그 집의 삼 삼는 일에 동참해 주고, 돌아가면서 서로 일하여준 만큼 갚아준다. 이렇게 돌아가면서 함께 모여 서로 일해 주고받는 것을 '품앗이'라고 한다.

축축한 삼 껍질의 한쪽 끝을 '톱'(15cm 길이의 칼날이 있으나 무딘 칼로, 칼날 반대편에 길게 손잡이가 달려 있음)으로 이음새를 만들기 위해, 도마 위에 올려놓고 긁어서 다른 부분보다 얇게 만든다. 이 부분을 송곳니로 물어뜯어 끝부분의 2~3cm를 Y자 형의 두 갈래로 만들고, 다른 삼 껍질의 끝부분을 두 갈래 속에 넣는다. 이 이음새를 서로 연결하기 위해 엄지손가락과 둘째손가락 사이에 넣고 새끼 꼬듯 비빈다. 그 후 바른쪽 허벅지에 이음새를 올려놓고 바른쪽 손바닥으로 두세 번 비비면, 두 개의 삼 껍질이 더 튼튼하게 연결된다. 이 일을 반복하면서 하나씩 완성될 때마다 옆에 놓인 대나무 광주리에 담아놓는데, 하루 종일 삼을 삼아도 한 광주리가 가득 차지 않을 때가 많다.

어머니는 매일같이 방바닥이나 마루에 앉으셔서 이 일을 하셨으니, 허리도 무척 아프고 무릎 관절이 굳어 잘 펴지지도 않으셨을 것이다. 그뿐이랴, 삼을 비벼대시던 바른쪽 허벅지는 삼물이 들어 새까맣게 변색된 데다 반들반들해지고, 딱딱하게 굳은살도 박이셨을 것이다. 나중에는 계속되는 삼의 자극 때문에 허벅지 피부가 상하고 터져서 잔주름처럼 작은 상처를 볼 수 있었다. 그럼에도 불구하고 하루에도 수만 번씩 삼을 더 비벼대셨을 터이니, 얼마나 허벅지가 쓰리고 아프셨을까?

이런 상황에서도 우리 어머니는 자식들 앞에서, 힘들다든가 어렵다든가 아프다든가 하는 말씀을 하신 적이 없다. 그 대신 나는 어머니가 신음소리를 내시며 어두침침한 등잔불 밑에서 멘소래담(지금의 바셀린같이 피부 튼 데 바르고 문지름), 아니면 노란 색깔의 고체로 된 소기름을 환부에 바르고 손으로 비비시는 모습을 종종 볼 수 있었다.

어머니가 삼을 삼으시던 때를 떠올리니 생각나는 일이 있다.

언제였던가, 아마도 국민학교 4~5학년쯤 되었던 것 같다. 선생님께서 사회시간에 이조시대 사람인 김만중의 효도에 대해 말씀하셨는데, 나는 그때 무척 큰 감명을 받았다. 그도 세상에 태어나기 전 아버지께서 돌아가셨기 때문에, 나와 같은 '유복자'라는 선생님 말씀이 마음에 더욱 와 닿았다.

김만중이 멀리 유배되었을 때 어머니는 혼자 외롭게 살아가실 수밖에 없었다. 유배된 아들은 어머니를 그리워하며 보고 싶어 했고, 아들과 헤어져 사시는 어머니를 위로해 드리고 싶었다. 그래서 아들이 곁에 없는 외로움과 적적함을 조금이라도 덜어드리기 위해, 어머니께서 읽으실 책 『구운몽』을 썼다고 한다.

마침 그 무렵에 사부인(형수님의 어머님)께서 우리 집에 오셔서 저녁식사를 하시고, 희미한 등잔불 밑에서 어머니와 함께 삼을 삼으셨다. 그때 나는 김만중과 같은 처지의 유복자로서 학교에서 배운 대로 김만중처럼 어머니를 위해 소설을 쓰면 좋겠다고 생각했지만, 그건 그냥 잠시 스쳐가는 꿈같은 생각에 불과했다. 대신 내가 할아버지 때부터 쓰던 약장에 옛날 책이 많이 있는 것을 알았으므로, 그중 한 권을 약장에서 꺼내 밤늦게까지 읽어드렸다.

지금 생각나는 것은 옛날이야기 책으로, 글이 위에서 아래로 내려오는 종서縱書 형식이었고 'ㅏ' 대신에 'ㆍ'로 쓰인 글이었다. 즉 '하다' 대신에 'ㅎ다'라고 쓰인 글이었으며, 내용은 '순애보'임에 틀림없었다. 그 당시 나는 나이가 너무 어렸기 때문에 내용은 거의 이해하지 못하고, 어른들이 사랑방에서 이야기책을 읽는 것처럼 계속 소리 내어 읽어 내려갔다. 지금 생각해 보면 청춘남녀의 사랑이야기가 많이 쓰여 있어서, 두 어른들은 내가 책을 읽는 동안 가끔씩 대화하시면서 재미있다는 듯 "킥킥" 웃으셨다. "불을 끄고"란 말도 그 책을 읽는 중에 어렴풋이 생각나는 것으로 보아, 두 젊은 남녀의 사랑이야기가 아니었던가 생각해 본다.

그 후에도 어머니에게 여러 권의 이야기책을 읽어드렸다. 책을 읽어드리는 나도 재밌었지만 워낙 어머니가 듣는 것을 좋아하셨고, 밤늦게까지 등잔불 밑에서 삼을 삼으시는 고단함을 좀 덜어드리고 싶었기 때문이다.

삼 삼는 일을 마치면 광주리에 들어 있는 삼을 '물레'를 이용해 '가락'(삼 껍질을 20cm 길이의 철사에 감은 삼실타래)을 여러 개 만든 후, 다시 이들을 풀어 더 큰 삼실타래를 만들고, 마당 한가운데에 가로 2m, 세로 1m 정도의 크기로 불을 피운다. 이때 땔감으로는 주로 왕겨를 쓰는데, 이는 삼실이 타지 않도록 불꽃이 비교적 위로 올라오지 않는 것이 그 이유였다. 삼실타래는 풀을 먹여서 왕겨 불 위를 통과하게 되고, 삼실은 풀이 스며들어서 베 짜기에 충분히 강하고 질긴 실이 되는 것이다. 이렇게 삼실에 풀을 먹여 튼튼한 실을 만드는 과정을 '베매기'라고 한다. 튼튼해진 수백 올의 실은 다시 '도투마리'라고 하는 큰 실패에 감겨, 마지막 단계인 베 짜기의 바로 전 단계가 된다. 그리고 최종적으로 삼실이 감겨진 '도투마리'를 베틀 위에 올리면, '북'에서 나오는 삼실이 '도투마리'에 감긴 실 사이를 한 올 한 올 좌우로 오가며 마침내 삼베가 짜이기 시작한다.

　어머니는 삼베뿐 아니라 목화를 이용한 무명, 모시(우리 집에는 동네에서 유일하게 큰 모시밭이 있었음), 그리고 누에고치를 사용한 명주(비단이라고도 함)까지 짜셨다. 어머니는 길쌈이라면 뭐든 빼놓지 않고 하셨다.

　네 가지 길쌈은 만드는 과정이 거의 비슷하다. 무명, 모시, 삼베를 만들 때는 대부분 같고, 명주를 만들 때만 누에를 길러야 하므로 뽕잎이 많이 필요하다. 누에가 아주 어릴 때는 작은 개미 크기여서 뽕잎을 연한 것으로 작게 썰어줘도 그만이지만, 누에가 크게 자라면 손가락만큼 크기 때문에 뽕잎이 상당히 많이 필요하다. 우리 집 역시 근처에 있는 뽕나무로는 누에 먹이를 충당하지 못하여, 어머니가 뽕잎을 구하기 위해 동분서주하던 기억이 난다.

한때는 어머니를 따라 걸어서 2시간 이상 걸리는 대웅산 밑에까지, 뽕잎을 따러 간 적이 있다. 외할머니 댁을 가려면 대웅산을 거쳐야 했는데, 아마도 어머니가 친정을 오가는 길에 대웅산 기슭에 뽕나무가 많음을 이미 알고 계셨던 듯했다.

정말로 대단하시다. 뽕잎을 따기 위해 2시간 거리도 마다하지 않으셨으니, 어머니의 길쌈에 대한 노력을 상상하고도 남음이 있다. 어머니는 뽕잎을 될 수 있으면 많이 가져가려고 큰 자루에 꾹꾹 눌러 담은 후 머리에 이셨다. 무거운 자루를 머리에 이신 채로 한 손으로는 내 손을 꼭 잡으시고, 그 먼 길을 다시 되돌아가셨다. 얼마나 목이 아프고 다리가 아프셨을까. 그러나 어머니는 누에에게 뽕 밥을 줄 생각에, 몸이 아픈 것쯤은 아랑곳하지 않으시고 오히려 뿌듯하고 기쁜 마음으로 걸음을 재촉하셨으리라.

누에가 완전히 자라면 누에 색깔이 흰 바탕에 짙은 재색 무늬에서 약간 누런 색깔로 변하면서, 활동성(기어 다니는 속도)이 떨어진다. 또한 식욕도 떨어져서 먹는 양도 점점 줄어든다.

크기가 줄어든 누에는 따뜻한 온도에서 편안히 겨울잠을 자기 위해, 몸에서 열심히 명주실을 뽑아내어 보온이 되게 한다. 동시에 숨쉬기 편하게 공기가 잘 통하도록 자기 집을 튼튼히 짓는다. 이것이 바로 명주실을 뽑아내는 데 필요한 '누에고치'이다.

우리 집에서는 주로 맨 끝에 위치한 건넌방 부엌에서 명주실을 뽑았다. 부엌에는 보통보다 약간 큰 양은솥이 있었는데, 양은솥이 반쯤 차도록 물을 붓고 펄펄 끓는 물에 누에고치를 10~15개 정도 넣으면, 누에고치가 물 위로 둥둥 떠올랐다. 어머니는 바른손으로는 물레를 돌려가며 명주실을 뽑아 명주실타래를 만드셨고, 왼손으로는 명주실이 누에고치에서 뽑혀 나올 때 명주실에 따라 올라오는 것을 저지하기 위해, 긴 젓가락으로 누에고치를 잡아 다시 양은솥에 넣으셨다.

하나의 누에고치에서 실을 다 뽑아내면 옷을 홀랑 벗은 익은 번데기만 남는다. 어머니 옆에 쭈그리고 앉아 흥미롭게 구경하던 나는, 따뜻한 번데기를 마음껏 즐겼다. 그때 나의 기억으로는 크고 물렁물렁한 번데기보다 크기가 작고 물기가 적은 쫄깃쫄깃한 번데기가 훨씬 더 먹음직스럽고 맛있었다.

"오머니, 그 번데기 줘유. 쫄깃쫄깃하니 맛있게 생겼슈."

"알었어, 많이 먹어. 번데기는 몸에 좋탸."

농촌에서 자란 덕분에 나는 번데기로 조금이나마 몸에 필요한 단백질을 보충할 수 있었다고 생각한다.

이렇게 누에알에서 나온 아주 작은 유충부터 키워 명주실을 뽑을 때까지는, 많은 시간과 정성과 인내를 쏟아 부어야 한다. 다음해에 또 비단을 짜기 위한 준비과정으로서, 어머니는 5개 정도의 누에고치를 장롱 서랍에 잘 보관하여 겨울을 지내게 했다. 이른 봄이 되면 누에고치 속에서 흰 나방이 스스로 구멍을 뚫고 나온다. 이 나방이 준비된 종이 위에 수천 개의 알을 낳는데, 이 알에서 수많은 어린누에가 다시 태어난다.

명주타래까지 끝내면 삼베를 생산하는 과정과 똑같은 순서를 거쳐 비단을 생산하게 된다. 즉 베틀을 이용해 비단을 한 올 한 올 짤 때에 비로소 비단이 한 필 두 필 되는 것이다.

어머니가 베틀에서 마지막으로 '북'을 "짤그락!" 하고 날리시면 비단 짜기가 끝났다는 신호였다. 그 순간 어머니는 그토록 오랫동안 공을 들이느라 쌓였던 피로는 싸악 사라지고, 몸에 긴장이 풀린 듯 한숨을 푸욱 하고 내뱉으셨다. 그러고는 당신께서 손수 짜신 비단을 손바닥으로 느끼면서 무척 흐뭇해하셨다. 하기야 어머니는 길쌈에 도가 트신 분이었으니, 언제나 당신이 짜신 비단에 만족하셨음에 틀림없다.

무명을 만드는 일도 삼베 과정과 비슷한데, 단지 목화송이를 재료로 하는 것뿐이다.

목화를 재배하면 분홍색의 목화 꽃이 핀다. 여기에 열매가 맺히는데 이를 '다래'라고 부른다. 다래는 초록색을 가진 비교적 두꺼운 껍질을 가지고 있는데, 작게는 직경이 1cm 미만에서 2~3cm까지 커지다가, 속이 찬 성숙한 목화가 되면 껍질이 여러 조각으로 나뉘어 점점 열리게 된다. 다래의 껍질 속에서 숨어서 자라던 목화는 처음에는 수줍은 듯 갈라진 껍질 사이로 살짝 보이다가, 시간이 지날수록 점점 대담해져 껍질을 활짝 열고 자기의 결백, 순수함, 우아함 등을 온 세상에 자랑한다. 세상 사람들은 이를 보는 순간 순결함과 따뜻함을 느낀다. 우리가 꽃을 '꽃송이'라고 부른 것처럼, 이 또한 꽃은 아니지만 꽃 이상의 아름다운 자태를 가지고 있어 '목화송이'라고 부르는 것이다.

목화송이가 탐스럽게 피면 수확을 하는데, 어머니는 큰 자루를 들고 나와 함께 손으로 한 송이 한 송이씩 목화를 따셨다. 그러고 나서 목화씨 역시 손으로 하나하나 빼내거나, 아니면 활 모양의 기구에 목화송이를 활 쏘듯 줄에 튕기면 목화와 씨가 분리되는 '솜활'을 사용하기도 했다. 목화를 넣으면 씨가 저절로 떨어져 나오는 기계도 있었지만 삯을 지불해야 했기 때문에, 한 푼이 아쉬웠던 어머니로서는 손수 목화씨를 빼내셨던 것으로 생각된다.

그 다음에는 씨가 없는 목화를 얇게 펴서 될 수 있는 한 솜의 두께를 같게 한 후, 긴 수수깡(수수를 추수하고 남은 제일 길고 가는 수수가 달렸던 끝마디)을 중심으로 담배 말듯이 말아 약 20cm 간격으로 자른다. 이것을 '고치 말기'라고 한다.

고치 말기'로 수백 또는 수천 개의 고치를 만들고 나면 다음 순서는 '명 잣기'로 들어간다. 물레를 돌려 길고 두툼한 담배개비처럼 생긴 솜고치에서 실이 뽑혀 나오게 하는데, 이 명실은 '토리(실을 둥글게 감은 뭉치)'로 자동적으로 감겨져 수백 개의 '가락'을 만든다. 이 가락으로 실에 풀을 먹이는 '명 매기' '명 짜기' 등은, 앞에서 언급한 '베 매기' '베 짜기'와 다를 바가 없다.

모시길쌈 또한 삼베길쌈과 생산 과정이 거의 비슷하지만, 삼베와는 다르게 모시가 다년생 식물인 관계로 매년 봄이면 저절로 싹이 난다. 한여름에 약 1m 되는 모시를 베게 되는데, 삼베와 한 가지 다른 점은 가마솥에 찌지 않는다는 것이다. 생모시나무 껍질을 벗긴 다음 '모시 칼'로 껍질 안쪽을 길게 훑으면 속껍질과 바깥껍질이 완전히 분리된다. 이때 바깥껍질은 버리고 얇고 하얀 안쪽껍질을 이용하여 모시를 짜는 것이다.

이 밖에는 삼베 과정과 다를 바 없다. 모시 껍질을 가늘게 쪼갠 다음 서로 이어나가는데, 삼 삼는 것처럼 이를 '모시 삼는다.'고 한다. 이어진 모시 오라기(실)를 더 질기고 튼튼하게 하기 위해 풀을 먹이고 왕겨 불 위에서 말린 다음(모시 매기), 베틀을 이용해 모시를 짠다. 이때 주로 양손과 발을 이용하지만 사실은 온몸과 정신을 집중해야 가능한 일이다.

모시도 베 짜는 것과 같이 '북'(길이 약 20cm, 폭 약 8cm, 높이 약 4cm 되는 나무의 속을 파서 실 꾸러미를 넣을 수 있고 실이, 풀려나갈 작은 구멍을 만들어 모시 오라기가 풀리면서 나갈 수 있게 만든 나무)을 사용한다. '북' 양끝은 나선형 모양으로 뾰족하여 베 짤 때에 씨줄 사이를 자유롭게 미끄러지는데, 왼손으로는 좌에서 우로 오른손으로는 우에서 좌로 날줄을 보내어 실이 서로 엮어지게 함으로써 옷이 짜이는 것이다. 어머니는 가끔씩 '북' 표면에 아주까리기름을 발라 '북'의 좌우운동을 수월하게 하셨다.

이 좌우로 씨줄 사이를 계속 왕래하면서 모시, 삼베, 무명, 비단이 짜여 나가는데 보통 어머니는 한 해에 2~3필을 짜셨다.

　나는 어머니가 베를 짜실 때에는 주로 베틀 밑에서 놀았다. 어머니가 옆에 계시니까 좋았고 바른쪽 무릎을 오므렸다 폈다 하실 때마다 씨줄이 앞뒤로 번갈아 움직이고, 이때마다 북을 움직이시는 어머니의 빠른 손놀림을 보면서 나는 새삼 어머니가 자랑스러웠다.

　어머니가 바른손으로 북을 잡고 무릎을 굽히면서 씨줄 사이를 통해 북을 왼쪽으로 던지면, 왼손이 북을 잡는 동시에 "짤칵!" 소리를 내면서 실 한 올이 짜인다. 이번에는 반대로 무릎을 펴면서 왼손에서 바른손으로 북이 옮겨가면, 다시 "짤칵!" 소리와 함께 실 한 올이 더 짜인다. 약 30cm 짤 때마다 삼실을 감았던 도투마리에서 막대기가 하나씩 떨어지는데, 이 막대기를 가지고 장난치는 일도 재미있었다.

　그러나 길쌈하시는 어머니 모습을 곁에서 지켜본 나로서는, 길쌈이 얼마나 힘든 일이며 인내심이 없으면 아무나 할 수 없는 일이라는 걸 잘 알고 있었다. 우리 마을에서 이 네 가지(삼베, 무명, 모시, 명주) 길쌈을 모두 했던 집은 우리 집밖에 없었다.

　어머니는 왜 이렇게 바쁘시고 힘들게 사셨을까? 나는 지금까지 사는 동안 우리 어머니처럼 쉴 새 없이 부지런히 일하시고 억척같이 일하시는 분은 본 적이 없다. 어머니의 양손은 늘 터 있었고, 여러 갈래로 금이 가서 가끔씩 빨간 피가 흘러나오기도 했다.

　희미한 등잔불 밑에서 피가 나는 상처를 물끄러미 쳐다보시던 어머니 모습을 잊을 수 없다. 잠시 후 어머니는 이럴 때 바르려고 홍성

손재주가 많으셨던 어머니는 노년에도 부지런히 손을 놀리셨다.
갈대를 이용해 빗자루를 매시는 어머니.

장에서 사온 누런 소기름 덩어리를 안방 벽장에서 꺼내와, 갈라진 손
등 위에 조심스럽게 문지르셨다. 문지르실 때마다 손등이 더 아픈
듯 얼굴을 찡그리셨다. 어디 손뿐이랴. 머리에서부터 발끝까지 고
된 일과를 마치고 잠자리에 드실 때마다 온몸에 피곤함이 밀물처럼
찾아왔을 것이다. 그런데도 불구하고 어머니는 좀 더 넉넉하고 여유
있는 가정을 만들기 위해, 불철주야 일하시고 남들보다 길쌈도 더 많
이 하셨던 것이리라.

우리 어머니의 목은 장수의 목이다.
항상 머리 위에 동그란 '똬리'를 올려놓은 다음 그 위에 물동이, 쌀,
보리쌀, 길쌈하신 베, 일꾼들에게 줄 젓밥이 담긴 함지박 등 닥치는

대로 그 무거운 것들을 머리에 이셨다.

　우리가 장을 보려면 홍성장이나 삽교(삽다리)장까지 가야 했다. 우리 집에서 홍성까지 가는 데는 걸어서 약 1시간 30분 걸리고, 삽교까지는 약 2시간이 걸린다. 홍성장은 1일장(5일마다 장이 서는데 매 1일과 6일에 섬), 삽교장은 4일장(매 4일과 9일)이다.

　언젠가 어머니와 함께 삽교장에 간 적이 있다. 그때도 어머니는 손수 짜신 삼베를 둘둘 말아서 머리에 이고 가셨다. 양으로 봐서 2필이 넘을 것 같았다. 그 먼 길을 크고 무거운 짐을 이고 가셨으니 얼마나 목이 아프고 힘드셨을까? 그런데도 내색하지 않으시고 가는 내내 한 가지 생각에만 골몰하셨다. 마음속으로 삼베를 최소한 얼마는 받아야 한다고 다짐하시고는, 그 삼베 판 돈으로 여러 가지 일을 계획하셨던 것 같다. 머슴에게 줄 담배 한 봉지, 일할 때 구어 줄 갈치 한 꾸러미, 제사상에 놓을 상어, 홍어, 조기, 소고기 한두 근, 사과, 배 등등 살 물건들이 너무 많았다. 중간쯤 갔을까, 내가 어머니에게 말을 건넸다.

　"오머니, 안 힘들어유? 다리두 아프시구 목두 아프시겠네유."

　"괜찮여, 하나두 안 아퍼. 너는 워뗘, 힘들지? 조금만 기다려, 이따가 사탕 사주께."

　그 순간 어머니는 지난 일을 생각하고 계셨을지도 모른다. 나를 안아주고 업어주시면서 "가자 기자 낳남? 아이고, 우리 아기 예쁜 아기. 하늘에서 떨어졌나, 땅에서 솟아 나왔나? 우리 아기 예쁜 아기" 하면서 하루에도 수없이 부르던 노래가 생각나셨는지도. 그때가 바

로 엊그제 같은데 유복자인 막내아들이 벌써 이렇게 자라서, 먼 삽교
장까지 함께 손을 잡고 올 수 있다는 사실만으로도 어머니는 얼마나
마음이 흐뭇하고 기쁘셨을까?

　시장에 도착하니 사람들이 많아져서 어머니는 내 손을 놓치지 않
으시려고 더욱 세게 잡으셨다. 포목점이 많은 장터로 들어서니, 어
머니처럼 길쌈한 물건을 팔기 위해 나온 아주머니들도 여러 분 있었
다. 장사꾼들이 어머니가 짜신 베의 품질을 보고는 한 필에 얼마씩
주겠다고 흥정을 시작했다. 듣고 있던 어머니가 "그건 너머 싸유, 안
되유." 하시고는 뒤돌아서서 몇 발자국 떼시면, 그 장사꾼이 다시 어
머니를 불렀다.
　"왜 그류?"
　"아주머니, 그러지 말고 ○○원 더 드릴 테니 저에게 파시고 가세
요."
　어머니와 시장 내 포목점의 장사꾼 사이에서 이런 과정을 여러 번
거쳐야 팔고 사는 것이 끝이 났는데, "더 달라." "안 된다." "팔아라."
"안 판다." 하시면서 실랑이를 벌이곤 하셨다. 결국은 생각했던 값에
파시고는 씩 웃으시며 만족해하던 어머니의 표정을 아직도 잊을 수
없다.
　어머니는 조금이라도 더 비싸게 팔기 위해서라면 얼마든지 어려
움을 감수하셨다. 그러나 마음 한구석에는 삼베를 파셨을 때 섭섭한
생각도 드셨던 것 같다. 삼베를 짜서 시장에 팔 때까지, 각 단계마다

더할 수 없는 정성과 공을 들인데다, 시간적으로도 1년에 걸쳐 노력한 결과물이었기 때문이다. 삼베를 구성하는 삼 한 올 한 올이 어머니의 정성어린 손길에 의해 탄생한 것이다. 그런 것을 순식간에 얼마의 돈을 받고 파셨으니, 집으로 돌아가는 길이 마냥 좋지만은 않으셨을 것이다. 무거운 짐을 덜어 한결 가벼우면서도, 그와 반대로 귀하고 소중히 여기던 물건을 놓고 온 허전함도 있으셨을 터이니.

한 가지 삼베로 지은 것 중 빼놓을 수 없는 것이 베 홑이불이다.
우리 식구들은 방 안이 너무 더워 저녁식사 후에는 바깥마당에 밀대방석(밀짚으로 엮어서 땅에 깔 목적으로 만든 4~5명의 사람이 누울 수 있는 크기의 방석)을 깔아놓고, 온 식구들이 그 위에 앉아 베 홑이불을 덮고 담소를 나누곤 했다. 그 곁에 모깃불을 피워놓고 밀대방석 위에 누우면 하늘에는 숨 쉬는 듯 보이는 수많은 별들이 반짝였는데, 여기저기에 얇은 구름처럼 펼쳐져 있는 은하수의 은은한 모습을 잊을 수 없다. 밤하늘을 수놓은 별들이 우리들의 마음을 활짝 열어주곤 했다.
누나와 나는 나란히 누워 밤하늘의 별들을 세어보았다.
내가 "별 하나 나 하나" 하면 누나는 "별 둘 나 둘" 했다. 내가 다시 "별 셋 나 셋" 하면 누나가 웃으면서 별 하나를 가리켰다.
"저 별은 유난히도 크고 반짝거리네."
"응, 저쪽 제일 반짝거리는 별은 내 별이고 이쪽 제일 반짝이는 별은 누나 별이야."
"저건 북두칠성이고 이쪽에 있는 것이 견우와 직녀야."

"와, 누나! 저기 봐, 별똥이 쏜살같이 지나가네."

지금도 어제 일처럼 생생한 정겨운 유년시절의 추억이다. 여름철 농촌의 밤하늘에서만 볼 수 있는 아름다운 야경이었다.

삼베보다 하얗고 올이 가는 모시는 옷을 만드는 데 많이 쓰였다. 한소대(칼라가 달린 반팔 티), 바지, 저고리, 치마, 두루마기 등 무슨 옷이든 만들 수 있다. 모시옷은 삼베옷보다 더 세련되고 고급스런 옷으로 간주되었는데, 실제로 나에게도 어머니가 멋있게 만들어 주신 모시 한소대가 있었다.

무명옷은 삼베나 모시와는 달리 열을 잘 차단하기 때문에, 가을이나 겨울옷으로 많이 만들어 입었다. 아마도 어머니가 만들어 주신 옷 중에 가장 많은 것이 바로 목화송이를 원료로 한 무명일 것이다. 나는 국민학교를 졸업할 때까지 무명으로 만든 바지저고리를 입고 다녔다. 주로 무명에 분홍 물을 들인 다음 솜을 넣어 만든 분홍색 솜저고리와 검은 물을 들여 만든 검은 솜바지를 입고 다녔다. 어깨 아니면 허리에 메고 다니던 책보(책을 싸는 책보자기) 역시 어머니가 무명을 검은 색깔로 물들여서 만들어 주신 것이었다.

한 가지 재밌는 것은 우리들이 덮고 자던 이불과 깔고 자던 요를 비롯하여, 집안의 모든 필수품들이 어머니가 길쌈하신 무명으로 만들어졌다는 사실이다. 과연 동네에서도 알아주는 '길쌈의 여왕'다우셨다.

지악스럽게 살라

어머니의 억척같이 강한 손을 어떻게 다른 누구의 손과 비할 수 있으랴.

확실한 것은 나의 어머니는 우리들을 위하여 눈코 뜰 새 없이, 하루도 쉬지 않고 일하셨다는 점이다. 해가 동산에 오르기 전 아직도 아침이라고 부르기 어려운 컴컴한 새벽에 벌써 일어나셔서, 오늘 우리 집에 와서 일하실 어른들의 아침상을 마련하셨다.

우리 집에 큰일이 있을 때면 으레 나를 일찍 깨워 심부름을 시키셨던 기억이 난다. 아침을 일찍 먹을수록 일할 시간도 많아지기 때문에, 일하러 오실 분들을 일찍 모셔서 아침을 드리면 그만큼 우리 집에 이익이 되기 때문이었다.

"진우야, 빨리 일어나서 오늘 일꾼덜 아침 잡수러 오시라구 혀."

"오머니, 알었슈."

어린 마음에 너무 일찍 일어나 속이 상했던 내가, 귀찮다는 듯 옷을 대강 주워 입고 눈에 붙어있던 눈곱을 떼었다. 새벽 공기가 약간 쌀쌀한 느낌이 들었다. 여명이 밝아오고 있었지만 컴컴한 밤의 마지막 꼬리 부분이라고 할까? 아직 하늘에는 드문드문 별들도 보이고 조용하고 쌀쌀한 새벽이었다.

나는 그날 5, 6가구를 방문하여 그들의 잠을 깨운 후 아침식사를 청해야 했다. "○○○아버지, 아침 잡수러 오시래유." 하면 "진우냐? 알았다, 금방 가마." 하고 대답하셨다.

어머니는 우리 집에서 일을 잘할 수 있도록 일꾼들을 잘 대해주어야 한다고 말씀하시곤 했다. 그들을 위해 이미 길쌈한 것들을 팔아 마련한 돈으로 갈치, 조기, 소고기 한두 근 등도 준비해 놓으셨다.

내가 한 심부름 중에서 특별히 기억에 남는 것은, 일꾼들이 담배가 떨어질 때마다 한다리에 가서 담배를 사오라는 심부름이었다. 한다리는 걸어서 약 25분 거리에 있었는데, 어린 나에게는 결코 가까운 거리가 아니라서 별로 달갑지 않은 심부름이었다.

나는 할 수 없이 몸을 비비 꼬고 얼굴을 찡그리면서도 "알었슈!" 하고 짤막하게 대답하고는 마지못해 자리에서 일어서야 했다. 종종 '그때 왜 그렇게 그게 싫었을까?' 생각해 보곤 하는데, 아마도 하루에 몇 차례씩 한다리를 왔다 갔다 하는 것에 싫증이 났던 모양이다.

어머니는 막걸리도 집에서 손수 담그셨다. 일꾼들이 집에서 담근 막걸리나 동동주를 더 좋아해서였는지, 아니면 막걸리를 술도가에서 사면 돈이 더 들어서였는지는 알 수 없다.

어머니가 술을 만들기 위하여 밥을 지으실 때는 보통 먹는 밥보다 물을 적게 부어, 물기가 덜한 밥('된밥' 또는 '술밥'이라고 함)을 만드셨다. 그런 다음 누룩과 섞어 약 1m 높이 되는 질그릇 속에 넣은 후 적당량의 물을 붓고, 질그릇 속이 따뜻한 온도를 유지하여 발효가 잘 되도록 담요로 감싸준다. 술독에서 3일만 지나면 술 냄새가 나기 시작하면서 발효가 되어 부글부글 끓는 소리가 난다. 술이 잘 빚어지고 있다는 신호다. 그러다가 술을 담근 지 5일 정도 지나면 술밥은 밑으로 가라앉고 위에는 맑은 술이 뜨는데, 이것을 '동동주' 또는 '청주'라고 부른다.

그리고 술밥이 가라앉은 밑의 부분에서 막걸리가 생산된다. 즉 술이 다 되었다고 판단되면 술독에 있는 술을 퍼서 삼베 자루에 넣어 짜는데, 이때 나오는 술이 막걸리인 것이다. 술을 다 짜낸 다음 삼베 자루에 남아 있는 술 찌꺼기는 '술찌끼'라고 불렀다. 나는 이 술찌끼가 맛이 새콤하고 막걸리 맛도 나서 어머니 몰래 즐겨 먹곤 했다.

집에 큰일이 있는 날이면 어머니는 늘 이렇게 신경을 써서 일꾼들의 아침, 점심, 저녁 그리고 그 사이사이 간식이 되는 젯밥과 막걸리까지 모두 혼자서 준비하시고 살피셔야 했다. 그것도 한두 번으로 끝나는 일이 아닌, 1년이면 수십 번씩 수많은 세월을 그 일을 치르며 살아오셨으니, 정말로 부지런하시고 강인하셨던 나의 사랑하는 어머니였다.

우리 집의 논일은 머슴이 알아서 했지만 밭일은 어머니께서 맡아 하셨다. 밭에는 주로 보리를 갈았고 작은 규모로는 밀, 담배, 마늘, 감자, 고구마, 땅콩, 무, 배추, 콩, 녹두, 참깨, 들깨, 오이, 가지 등 다양했다.

어머니는 우리 마을에서 일에 대한 욕심이 가장 컸던 분 같다. 농촌에서는 누구나 바쁘게 일하지만, 내 눈에는 어머니가 다른 사람들에 비해 유난히 일을 많이 하시는 듯 보였다.

그런데 이상한 것은 내가 그 당시에 어머니가 열심히 일하시는 것을, 너무나 당연하게만 여기고 있었다는 점이다. 어머니의 건강을 걱정해 드린다든지, 우리를 위해 열심히 일하시니 참 감사하다든지 하는 생각은 전혀 못했다. 나이가 어려 철이 없어서였거나, 호강에 넘쳐 고마움을 표현할 줄 몰랐던 것이다. 지금까지 무척 후회되는 일 중 하나이다.

이 당시의 나를 생각하면 어린 자녀들에게 무조건 철이 없다고 혼내기보다는, 어려서부터 올바르게 가르치고 잘 교육시켜 철이 들 나이가 될 때까지 기다려 보는 것도 덕스러운 일이라고 생각한다.

내가 어렸을 때 어머니는 "지악스럽게 살라."고 자주 말씀하셨다. 이것을 풀이하면 "쉬지 말고 열심히 일하여 재산을 모으라." 즉 "될 수 있는 대로 덜 써서 모으고 열심히 일하여 논밭을 넓혀라."라는 뜻이었다. 이 말씀은 내가 국민학교에 들어가기 전부터 자주 들어왔기 때문에, 머릿속에 깊숙이 박혀 있었다. 정말로 어머니는 나에게 어떻게 생활하는 것이 지악스러운 것인지, 어머니의 생활 그 자체로 보여주신 산 교육자셨다.

어머니가 다녀가신 곳에는 항상 곡식이나 채소가 자랐다. 마당가에도, 걸어 다니기 힘들 정도로 좁은 논둑에도, 어머니는 호미를 들고 다니시면서 알뜰하게 콩이나 팥을 심으셨다. 텃밭 주변에는 우리들을 위해 단수수(사탕수수)를 심으셨다. 누나들과 함께 껍질을 벗기고 씹으면서 단맛을 즐겼던 기억이 난다.

어머니는 컴컴한 이른 새벽에도 밭에 나가셔서 일거리를 찾으셨다. 밭의 구석구석을 살피시며 자갈을 주워 밖으로 버리시고, 잡풀을 뽑거나 채소나 곡식이 너무 한곳에 모여 있으면 솎아주시는 등 참 부지런히 몸을 움직이셨다. 그렇게 새벽부터 밭에서 일하시다 집으로 돌아오셔서는, 또 쉴 틈 없이 식구들과 머슴을 위해 아침을 준비하셨다.

형님과 나, 누나들을 위한 밥상을 한 상 차려주시면 우리는 겨울에는 주로 안방에서, 여름에는 마루에서 식사를 했다. 머슴에게도 따로 아침상을 차려 사랑채로 가져가셨다. 이뿐 아니라 어머니는 집에 거지가 구걸 왔을 때도 그냥 보내지 않으셨다. 꼭 사랑방으로 들여 정성껏 상을 차려주시고 배불리 먹게 하셨다. 풍족하지 않은 살림에도, 내 집에 온 손님은 그냥 보내선 안 된다는 것이 어머니의 신조였다. 존경하지 않으려야 않을 수 없는 내 어머니이시다.

어릴 때 나는 어머니가 주무시는 모습을 본 기억도 없지만, 우리와 함께 밥상에서 식사하신 모습도 본 기억이 없다. 우리들에게 밥상을 차려주신 후 언제나 어머니 혼자 부뚜막에서 식사를 하셨기 때문이다. 그래서 그 당시에는 철이 없게도 부엌에 있는 부뚜막이 어머니의 밥상이라고 인식하고 있었다.

흔한 일은 아니었지만 큰일을 치르거나 제사를 지낼 때면 조기 반찬이 나왔다. 귀했던 음식이라 우리들이 앞 다투어 먹고 나면 앙상한 뼈만 남는 것이 당연했다. 그럴 때에도 어머니는 겨우 남겨진 조기 대가리와 꼬리만 가져다가 부엌에서 발라 잡수셨다.

어렸던 나는 어머니가 부뚜막에서 식사하는 모습을 보며 '어머니는 참 이상해. 조기 살은 못 잡수시는가 봐. 아마도 대가리나 뼈만 남은 꼬리를 좋아하시는 게 틀림없어. 그러고 보니 어머니 식성이 우리 집 고양이와 비슷하네.' 하는 얼토당토않은 생각이나 하고 있었다.

또 한 번은 내가 아주 어렸을 때였다. 식사를 대강 마치신 어머니가 호미를 들고 밭으로 나가 밭고랑에 쪼그리고 앉아 잡풀을 뽑고 계셨다.

그때 내가 어머니를 도와드리기 위해서였는지 호기심에서였는지 이유는 잘 모르겠지만, 호미를 들고 어머니 옆 밭고랑으로 가서 쭈그리고 앉아보았다. 어머니는 쉬지 않고 밭을 매시면서 조금씩 앞쪽으로 나가고 있었다. 그러나 나는 무릎이 너무 당기고 아팠다. 채 1분도 못 되어 무릎을 펴기 위해 앉았다 일어섰다 해야 했는데, 어머니는 끄덕도 하지 않으시고 밭의 잡풀을 뽑으시며 전진해 나가셨다.

우리 어머니의 무릎은 쇠로 만들어진 것이 틀림없다. 내가 1m 거리의 밭을 매면 어머니는 5m 거리의 밭을 매셨다. 나는 결국 5m 정도 밭을 맨 다음 힘이 들고 무릎이 아파 바닥에 털썩 주저앉아 버렸다. 그러고는 더 이상 하지 못하고 포기했다. 어머니는 벌써 한 고랑을 끝내고 둘째 고랑을 매고 계셨다. 이 일을 통해 어머니의 강인하심을 다시 한 번 확인할 수 있었다. 그것은 또 내게 든든한 위로가 되었다.

'어쩌면 저렇게 힘 안 드시게 밭을 잘 매실까? 힘도 세시고 여러 가지를 두루두루 잘하시는 어머니를 가졌으니, 나는 정말 걱정할 게 없어. 다리 특히 무릎이 얼마나 강하시기에 그리 오랫동안 한 번도 일어나지 않으시고, 계속 쭈그리고 앉아 밭을 매실 수 있는 걸까? 분명 나도 크면 강하고 잘 견딜 수 있는 몸으로 변하여 어머니처럼 일을 잘할 수 있을 거야.'

쉬지 않고 밭을 매고 계시는 어머니에게 다가가 내가 쭈뼛거리며 말을 건넸다.

"오머니, 저는 그만 갈게유. 무르팍이 아퍼서 힘드네유."

"그려, 우리 아들. 밭두 잘 매너면 그려. 힘든디 그만 허구 가서 놀어."

"알었슈."

어머니의 저런 힘이 어디에서 나오는지 나는 새삼 어머니의 능력에 감탄을 금치 못했다.

나는 믿는다. 어머니의 육신이 강한 것이 아니라, 지금까지 쌓여온 일에 대한 노련하심과 힘들고 아픈 것쯤 자식들을 위해 얼마든지 참아내는 쓰디쓴 인내의 결과라고.

어머니의 강인하심과 인내심은 홍성장에 갔을 때도 유감없이 발휘되었다.

시골에서는 돈을 만들려면 농산물을 팔아야 했다. 그날은 어머니께서 나를 데리고 쌀 한 말과 달걀 한 줄(달걀 10개를 나란히 한 줄로 만들어 지푸라기로 길고 예쁘게 쌈)을 가지고 홍성장을 보러 가셨다. 보통은 가는 데만 한 시간 반 정도 걸리지만 그날처럼 쌀과 달걀을 가지고 가면 두 시간도 더 걸려, 한번 장에 갔다 오면 하루해가 저물 지경이었다.

장에 가는 도중 싸장수('쌀장수'를 우리 고향에선 '싸장수'라고 부름)들이 여러 곳에 있었다. 그들은 부정직한 방법으로 쌀의 양을 측정하여 종종 어머니를 속상하게 하곤 했다. 그날도 어머니는 집에서 쌀을 한 말 가득 채우신 후, 다시 그 위에 수북이 쌀을 더 올려놓으셨다. 그러고는 마음속으로 '이만하면 충분하겠지. 설마 이런데도 싸장수들이 한 말 안 된다고 값을 깎지는 않을 거야.' 하셨다.

어머니는 쌀 한 말이 든 쌀자루를 머리에 이시고 나는 달걀 한 꾸러미를 든 채, 강아지가 꼬리를 흔들면서 주인을 따라가듯 졸랑졸랑 어머니의 뒤를 따라갔다.

홍성장으로 가는 길에는 '삼거리'라고 불리는 곳이 있었는데, 이곳은 우리 집에서 홍성까지 거리의 약 4분의 3에 해당되는 지점이었다. 싸장수들은 이 '삼거리'와 홍성에 거의 다다라 수백 년 묵은 은행

나무가 서 있는 '은행장이'라는 곳에 많이 몰려 있었다. 장소가 다른 곳보다 비교적 넓어, 장을 보러 가는 사람들이 잠시 앉아 땀을 닦아가며 쉬어가는 안식처이기도 했다. 그와 동시에 이 두 장소는 상거래가 활발하게 이루어지는 중요한 장소이기도 했다.

우리도 삼거리에서 잠깐 쉬면서 쌀을 팔아보기로 하고, 어머니가 머리에 이고 있던 무거운 쌀자루를 땅바닥에 내려놓으셨다. 이고 오는 동안 목과 다리가 꽤 아프셨을 터인데도 전혀 내색하지 않으시고, 이마에 흐르는 땀을 수건으로 닦으셨다.

"오머니, 힘들어유?"

"괜찮여, 홍성장 조금만 가면 되어, 알었남?"

"예, 알었슈. 그런디 홍성장이 굉장히 머네유?"

"그럼, 멀어. 우리 아들 진우, 다리 많이 아픈감?"

"아뉴, 저는 괜찮유."

어머니의 피로감이 채 가시기도 전에 싸장수 한 명이 쌀을 사기 위해 접근해 왔다.

"아주머니, 자루 속에 들어 있는 게 뭐유?"

어머니가 "쌀유." 하면서 자루를 펴서 그에게 보여주셨다. 싸장수가 자신이 갖고 있던 '말'을 꺼내 우리 쌀을 가득히 채웠다. 그러고는 '말'의 옆을 손으로 툭툭 치니 충분하게 보였던 쌀이 푹 가라앉아, 한 말이 되지 않고 부족하게 보였다.

어머니는 과거에도 이와 똑같은 경험을 많이 하셨기 때문에, 집에서 쌀을 담을 때도 한 말 하고 더 되게 넉넉히 담으셨던 것이다. 그런데 이번에도 싸장수가 한 말이 안 된다고 우기는 바람에 어머니가 무척 속상해하셨고, 나는 그 싸장수 아저씨가 얼마나 미웠는지 모른다.

어머니는 결국 약 20분 동안 더 쌀을 이고 가셔서, 은행장이에서 쌀을 파시고 그에 상당한 현금을 만드셨다.

그로부터 10분을 더 걸어 우리가 홍성장 입구에 도착했을 때는, 이미 장터로 들어가는 사람들과 장을 다 보고 나가는 사람들로 가득 차 있었다. 어머니가 느닷없이 장터 입구에 있는 큰 가게를 가리켰다.

"저 가게 옷더미 위에서 옷 파는 사람덜 뵈지? 두 사람덜은 형제간인디 가게 주인들이여."

지금도 내 머릿속에 어머니가 가리켰던 형제들의 얼굴이 뚜렷하게 새겨져 있다. 그전까지 내가 우리 동네에서 항상 만나고 접촉하는 어른들은 모두 일만 하느라 햇볕에 새까맣게 타고, 영양가 있는 음식을 잘 먹지 못해 얼굴에 주름살이 보이고 몸이 마른 사람들이 대부분이었다. 그러나 홍성장 입구에 들어서자마자 피부색도 하얗고 주름살 하나 보이지 않으면서 몸이 통통한 가게 주인 형제를 보고는, 부러운 마음에 사로잡혀 가슴이 뭉클해졌다.

잠시 그들에게 매수당한 것처럼 넋을 놓고 쳐다보았다. 가게 앞에서 조금 더 지켜보고 싶었지만, 아쉽게도 어머니가 내 손을 잡아끌었다. 발걸음을 옮기면서도 나는 그들에게서 눈을 떼지 못했다. 하얀 피부에 두툼한 몸집, 그리고 손님들이 많아 바쁘게 돈을 버는 형제들의 모습에 동경심마저 생겼다.

우리 집 뒤뜰에는 없는 것이 없다. 열심히 심고 가꾸면 수고한 만큼 거두기 마련이라는 어머님의 말씀이 증명되는 곳이다. 어머님과 장인장모님께서 열심히 일하신 덕분이다.

　그 순간 어머니가 자주 "지악스럽게 살라."고 했던 말씀이 생각났다. 그리고 '내가 정말 지악스러워져 저렇게 살 수만 있다면, 어머니도 충분히 기쁘게 해드릴 있을 텐데…….' 하는 한 가지 생각만 들었다.

　나중에 한글을 읽을 만큼 자란 후 내가 다시 홍성장에 갔을 때, 그 가게 이름이 〈홍원상회〉라는 것을 알았다. 이후로 홍성장터 입구를 지날 때마다 〈홍원상회〉의 주인 형제들을 보기 위해 일부로 기웃거리곤 했다. 어린 시절의 내게 일종의 롤모델 같은 것이었다. 그들의 모습을 통해 어머니가 나에게 주신 삶에 대한 산교육은, 나를 지악스럽게 살도록 인도해 주신 정말로 고마운 선물이었다.

　장터에는 항상 사람들이 많았기 때문에, 어머니는 나를 잃어버리실까봐 내 손을 꼭 잡고 다니셨다. 어렸을 때는 장터가 너무 커서 끝이 없어 보였다. 옷감 파는 곳(그때에는 뉴똥, 벨벳, 광목, 비단 등이 유행했다), 생선 파는 해물전, 쌀 파는 싸전, 소를 사고파는 쇠전, 나물 파는 곳, 과일가게, 각종 음식점 등 종류별로 임시로 친 포장 안에 가게들이 나누어져 있었다. 아니면 간단한 벽을 만들어 위에는 양철 지붕을 씌우고, 그 밑에 여러 개의 같은 종류 가게들이 자리 잡고 있었다. 장터의 한 가장자리에는 건물이나 포장도 없이 수십 마리에서 수백 마리의 소가 새 임자를 기다리는 쇠전이 따로 서기도 했다.

장터 하면 또 빠질 수 없는 풍경이 있었다. 약장수가 앉혀 놓은 작은 원숭이 주위로 많은 사람들이 둥그런 원을 그리며 앉아 있었다. 약장수가 고용한 3류 가수가 노래를 부르면, 손으로 아코디언을 연주하는 동시에 발에 연결된 북채를 이용해 북을 치는 한량이 그럴싸하게 재주를 부렸다. 귀엽게 생긴 원숭이를 볼 수 있어 좋았고, 우리같이 먼 길을 걸어온 사람들에게는 노래를 들으며 휴식할 수 있어 또 좋았다.

점심 먹어야 할 시간이 되었나 보다. 배가 고파졌다. 어머니는 내 손을 꼭 잡고 장터 음식점으로 가셨다. 이곳에는 수많은 음식점들이 함께 붙어 있었고, 장을 보러 온 어르신들이 옹기종기 모여 앉아 담소를 나누며 식사하고 계셨다. 어머니와 나는 포장도 치지 않은 국밥집에서 기다란 통나무 의자에 앉아 배고픔을 달래기로 했다.

"진우야, 배고프지? 여기 앉아서 먹자."

"알었슈, 오머니. 오머니두 배고프지유?"

"나는 괜찮다."

처음으로 음식점에서 돈을 주고 사먹어서 그런 건지, 아니면 하도 배가 고파서 그런 건지, 아무튼 대단히 맛있게 먹었던 기억이 난다.

사실 나를 데리고 어머니가 장을 보러 가신 적은 별로 많지 않다. 대부분 어머니 혼자 장을 보러 가셨는데, 그때마다 항상 팔 물건을 머리에 이고 가셨다.

어머니가 장에 가신 날은 밖에서 친구들과 놀면서도 어머니가 돌아오실 때만 눈이 빠져라 기다리고 있었다. 대략 언제쯤 돌아오실지 짐작이 됐기 때문에 그 시간만 되면 안절부절못했던 것이다. 누군가 하얀 옷을 입고 저 멀리 보이는 강정산 기슭에서 내려오는 모습만 봐도 시선이 그 사람에게서 떠나지 않았다. 때로는 밭일하러 가는 동네 아주머니이거나 장에 갔다 돌아오시는 다른 동네 분일 때도 있었다. 그럴 때는 무척 실망했지만 거의 어머니의 걸음걸이와 옷차림새, 머리 모습 등으로 알아맞힐 수 있었다.

멀리 산기슭에서 내려오실 때는 하얀 점처럼 보이지만 그 점이 점점 커지면서 어머니의 모습이 드러나면, 나는 그때부터 신명이 절로 나서 어머니를 향해 뛰기 시작했다. 나는 "오머니, 오머니!" 하고 소리 높여 외치면서 단걸음에 달려가, 어머니가 들고 오시는 장바구니를 빼앗아 들었다.

"우리 애기 진우 왔구먼, 즘신 먹었남?"

"예, 오머니는유? 즘신 잡수셨슈? 힘드시쥬?"

그와 동시에 나는 어머니가 들고 오신 바구니를 샅샅이 뒤졌다. 장에 가시면 꼭 내가 좋아하는 사과 한두 개를 사가지고 오셨기 때문이다.

　"오머니, 사과 워뒀슈? 사과 사셨슈?"

　"그려. 사과 두 개 샀으니 너 하나 먹구 작은 누나 하나 줘."

　이 맛에 어머니가 장에 다녀오실 때마다 마중을 열심히 나갔는지 모른다.

　어릴 때는 철이 많이 없었지만 그래도 간혹 어머니가 기뻐하시는 모습을 보면 보람을 느끼곤 했다. 예를 들어 내가 고사리 같은 손으로 나무를 해오면 어머니가 크게 기뻐하시면서 칭찬을 해주셨는데, 그때마다 마음이 무척 흐뭇해졌다.

　우리 집 뒷산에는 동갑 친구인 환교네 집에서 관리하는 묘가 세 개 있었다. 그곳에서 대나무로 만든 갈퀴로 잔디 잎을 긁어모아 가져가면, 어머니는 그것을 부엌에 불을 때는 땔감으로 사용하셨다. 그보다 더 좋은 땔감은 소나무 밑에 떨어져 있는 솔잎('솔껄'이라고 함)이었는데, 송진이 속에 있어서 그런지 불길이 좋고 잘 탔다. 때로는 곡괭이와 구럭을 들고 소나무 등컬('고주배기'라고도 부름. 나무 벤 다음 남아 있는 나무 그루터기)을 열심히 캐서 드리거나, 소나무 가지에 붙어 있는 광술을 자귀(망치 비슷한 쇠로 만든 연장)로 따서 드리면 어머니가 땔감으로 쓰시곤 했다. 광술은 소나무 가지를 자르면 그 잘린 부분에서 분비된 송진이 단단하게 굳은 것을 말한다. 불이 잘 붙고 잘 타서 땔감으로 인기가 좋았다.

우리 집 안채 부엌에는 3개의 가마솥이, 건넌방에는 큰 양은솥이, 사랑채 부엌에는 여물(볏짚을 3~5cm로 자른 것)을 만들어 콩과 쌀겨를 넣고 끓여 소죽을 만드는 큰 가마솥이 있었다. 사랑채 부엌은 2가지 용도로 사용했다. 그 무렵 동네 어른들은 저녁을 드신 후 우리 집 사랑방에 모여서 담소와 장기 등 오락을 즐기시곤 했다. 그럴 때 겨울에는 난방을 해드려야 했으므로 사랑채 부엌에 불을 때곤 했다. 다른 하나는 우리 소에게 저녁만이라도 따뜻한 쇠죽을 한 솥 끓여주기 위해서였다. 겨울에는 보통 땔감으로 뒷산에 있는 소나무 가지를 잘라 아궁이에 불을 땠다.

하루는 지게를 지고 소나무 가지를 치러 뒷산으로 올라갔는데, 웬일인지 그날따라 우리 산에 있는 소나무 가지를 치는 것이 아까운 생각이 들었다. 우리 산과 접경을 이루고 있는 산에도 소나무가 울창했다. 이웃동네에 살고 있는 이○○ 형네 산이었다. 그 형은 우리 집도 잘 알고 있었고, 나보다 다섯 살 정도 많았다.

나는 가슴 졸이면서 ○○ 형네 산으로 들어갔다. 지게를 작대기로 바쳐 잘 세워놓고 주변을 둘러보았다. 주인에게 발견될까봐 두려워서인지 심장이 두 근 반 세 근 반 했다. 한참을 망설이다가 겨우 용기를 내어 솔가지를 잘라 지게에 계속 쌓아올렸다. 그 순간이었다. 갑자기 소나무 숲속에서 ○○ 형이 나타나는 것이 아닌가. 가슴이 덜컹 내려앉으면서 냅다 도망치고 싶었다. 그러나 이미 들키고 난 후여서

도망가는 건 포기하고 그의 처분만 기다렸다. 한편으론 두려움에 떨고 있었다. 나는 키 작은 어린이였지만 그는 10대의 청년이었으니, 크게 맞을까봐 겁에 질려 있었던 것이다.

다행히 맞지는 않았지만 그는 크게 화를 내면서 내가 보는 앞에서 화풀이를 해댔다. 내게서 지게와 낫을 빼앗더니 보복이라도 하려는 듯, 우리 산으로 들어가 소나무를 닿는 대로 낫으로 치고 다녔다.

나는 얼마 후 이 소식을 들은 어머니로부터 크게 꾸중을 들었다.

"넘의 물건에 손대면 안 되여. 굶어 죽어두 넘의 물건에 손대면 못 쓰는 거여. 앞으른 절대루 그러지 마, 알았남?"

"오머니, 알었슈. 다시는 넘의 물건에 손대지 않으께유."

내가 어린 시절에 자기 물건은 안 쓰고 아끼면서, 남의 물건에는 손을 대는 나쁜 마음을 가졌었다고 생각하면, 지금도 아찔한 생각이 든다. 내 것이 귀한 만큼 남의 것 또한 귀한 것인데. 사실 이런 일들은 일상생활에서도 일어나고 있었다.

동네를 오가면서 밭에 심어져 있는 파랗고 먹음직스러워 보이는 무를 보았을 때 참지 못하고 슬쩍 뽑아 먹던 일, 길가에 있는 남의 목화밭에서 다래를 몰래 따먹던 일, 고구마와 감자도 캐먹고, 콩천대와 보리천대 등등 그러고 보니 이것저것 많이도 해보았다. 콩천대와 보리천대는 콩과 보리이삭을 서리해서 불에 구워먹는 것을 말한다.

가난한 시절이어서 그랬는지 모르지만 내 또래의 친구들이 거의 모두 그런 일을 했기 때문에, 큰 잘못이 아니라고 생각했던 것이 더 문제였던 것 같다. 어쨌거나 서리도 도둑질임에는 틀림없지 않은가.

학교종이 땡땡땡!

내가 8살 때 홍북면 면사무소로부터 산수리에 소재한 산수국민학교에 입학하라는 통지서가 날아왔다. 어느 날 어머니가 기쁜 표정으로 내가 혼자 놀고 있던 안마당으로 들어오시더니, 하얗고 기다란 종이쪽지를 내미셨다.

"진우야, 너 핵교 오라구 통지서 왔다. 이게 핵교 오라구 헌 통지서여, 알었어?"

"오머니, 증말유? 그러면 누나덜처럼 나두 핵교 가는 거유?"

"그려, 너두 인저 책보 메구 핵교 댕기야 되어."

우리 동네에서는 이환교, 정윤모, 나 이렇게 세 명의 남자아이들이 국민학교 입학 통지서를 받았다. 그러나 어떤 이유에서인지 나 혼자만 국민학교에 입학하게 되었다. 나는 입학 통지서를 받고 너무 기뻤다. 학교를 한 번도 가본 적은 없지만 우리 동네에도 학생들이 여러 명 있어, 은근히 '나는 언제 저 학생들처럼 학교에 다닐 수 있을까?' 하고 부러워하던 차였다.

기다리던 입학식 날이 드디어 밝았다. 어머니 손을 꼭 잡고 신바람이 나서 학교로 향했다.

"우리 진우가 이렇게 벌써 커서 핵교 들어가니께 좋은감? 핵교 들어가면 선상님 말 잘 듣구 공부두 열심히 허여, 알었남?"

"오머니, 잘 알었슈. 걱정 말어유."

학교까지는 걸어서 25분 거리였다. 매산과 하리를 지난 다음 새까시 동네를 지나가면 산수리가 나온다. 그 마을 안에 산수국민학교가 있었다.

학교에 가보니 길고 큰 건물과 어마어마하게 큰 운동장이 눈에 확 들어왔다. 학교건물 중간에는 건물로 들어가는 큰 입구가 있었고, 그 입구 바른쪽에 국기 게양대가 하늘 높이 세워져 있었다. 그리고 양쪽으로 길게 여러 교실이 서로 연결되어 있었다. 학교건물 입구 왼쪽에는 교무실이 위치했고, 건물 앞에는 긴 화단이 있었는데 지금까지 보지 못한 여러 나무와 꽃이 아름답게 자라고 있었다. 특히 교무실 앞 화단에서 자라던 층층으로 된 피라미드 모양의 향나무는, 그 아름다운 자태만으로도 잊을 수 없는 나무였다.

학교건물 뒤에는 아직도 큰 반공 구덩이가 여러 개 파여 있어, 어린 학생들이 즐겁게 노는 장소였다. 그 뒤로 연결된 곳이 학교 뒷산이었는데, 산이라기보다는 소나무 몇 그루와 2~3개의 무덤이 있는 잔디밭이었다.

산수국민학교 입구에는 가게(그 당시에는 '송방'이라고 불렀음) 하나가 있었다. 주로 학용품, 과자, 꽈배기, 껌 등을 팔았는데 이 근처에서 라디오를 가지고 있는 유일한 집이었다. 그 집 아래쪽으로 하나밖에 없는 약방이 있었고, 두 집을 건너 장항에서 서울까지 연결되는 장항 선 철길이 지나고 있었다. 학교 바른쪽 뒤로 우뚝 솟아 있는 것은 '수 리봉'과 '닥채산'이었다. 높이는 약 150m 정도지만 그 산 꼭대기에서 보면 서해바다가 어렴풋이 보이는 점으로 보아, 그 근처에서는 그래 도 높은 산에 속했다.

우리 집에서 학교까지 가는 길은 소 마찻길로 되어 있었다. 학교 건물 바로 아래에 쌀을 찧는 방앗간이 있었기 때문에, 벼와 쌀을 나 르기 위해 소 마찻길을 만든 것 같았다.

그 당시만 해도 마찻길은 포장이 되어 있지 않아 비나 눈이 오면 땅이 질퍽질퍽하여, 학교에서 집으로 돌아오면 양말과 솜바지가 진 흙투성이가 되기 일쑤였다.

어떻게 된 일인지 내 바지는 아무리 올리고 또 올려도 한없이 내려 가기만 하는 불쌍한 바지였다. 그때마다 바지 아랫부분이 질퍽한 진 흙과 흙탕물 속에 끌렸다. 그러니 비가 오거나 얼었던 땅이 녹는 날 이면 엉망진창인 흙투성이 바지가 될 수밖에 없었다. 아마도 바지가 잘 흘러내렸던 건 유난히 혁대를 잘 매지 못한 내 탓이었으리라.

어머니는 진흙투성이가 된 솜바지를 뜯어 그 속의 솜을 다 빼내신 후에 바지를 빠셨다. 그 다음 잘 마른 바지에 솜을 다시 넣으시고 최종적으로 바지를 꿰매주셨다. 번거롭더라도 솜이 들어 있는 상태로 바지를 빨 수 없었기 때문이다. 1년 동안 내 솜바지만 족히 10번 이상은 빠셨으리라. 지금은 돌아가신 둘째 작은어머니가 이런 나를 가끔 놀리곤 하셨다.

"진우 너는 맨날 핵교만 갔다 오면 바지가 왜 그렇게 흙투성이냐? 다른 애들은 핵교 갔다 와두 별루 옷이 더러워지지 않는구먼. 너는 왜 그려?"

내가 태연하게 대답했다.

"바지 집에 또 많이 있구먼유. 그리고 오머니가 다 빨아줘유."

곁에서 듣고 있던 어머니가 내 마음이 상하지 않도록 조용히 말씀하셨다.

"땅이 질면 바지를 끌지 말고 손으로 올리구 다녀. 그래야 바짓가랑이가 땅에 덜 끌려 옷이 더러움을 덜 타지."

내가 다른 아이들보다 훨씬 더 번거롭게 해드렸는데도 언제나 참으시며, 기쁘게 나의 모든 힘이 돼주셨던 어머니! 피곤에 지친 몸으로 바지를 빨고 꿰매면서, 또다시 막내아들 내일 학교 갈 옷을 준비해 주시는 고마우신 나의 어머니!

나는 국민학교 1학년과 2학년 때는, 학교정문 바로 밑에 위치한 그전에는 방앗간이었던 교실에서 공부했다. 본 학교건물에는 3학년이 되어야 들어갈 수 있었다.

그런데 재미있는 사실이 있었다. 애초부터 학교건물 아래에는 두 채의 초가집 방앗간이 있었다. 이 두 채의 방앗간은 서로 근접한 거리에 붙어 있었다. 실제로 발동기(쌀을 찧는 기계)가 돌아가서 방아를 찧는 '살아 있는 방앗간'과, 발동기도 없는 텅 빈 이름뿐인 '죽어 있는 방앗간'이 그것이었다. 그 중 '죽어 있는 방앗간' 건물을 칸을 막아서 1학년과 2학년 교실로 사용한 것이다. 당연히 1, 2학년 방앗간 교실은 흙바닥이었고, 그곳에서 50명 정도의 학생들이 공부했다. 그러니 얼마나 많은 흙먼지 속에서 공부한 것인지 미루어 짐작이 간다.

또 화장실조차 없어 화장실 대신 질그릇으로 된 큰 도가니를 방앗간 교실 마당가에 놓고, 1, 2학년 남자아이들이 함께 소변을 보았다. 여자아이들 화장실은 비를 피하기 위해 위쪽과 옆쪽을 짚으로 엮고 V자를 거꾸로 놓은 모양으로 막아놓은 상태였는데, 앞은 환하게 트여 있었다. 남자아이들의 경우 6~7명이 큰 도가니를 중심으로 둥그렇게 서서 소변을 보았다. 그때처럼 소변보는 게 시원하고 즐거운 때가 없었다. 부끄럼 없이 다른 친구들의 고추를 구경하며 소변을 보던, 순진하고 순박했던 그 시절은 영원히 다시 돌아오지 않으리라.

종이 세 번씩 울리면 공부시간이 끝났다는 표시였고, 10분간의 쉬는 시간이 지나면 종이 다시 두 번씩 울렸다. 그러니까 우리들은 "땡! 땡!" 하고 종이 울리면 놀다가도 교실로 다시 들어가야 했고, "땡! 땡! 땡!" 하고 울리면 좁은 교실 문이 터질 정도로 서로 먼저 나가려고 야단들이었다.

그 무렵 나는 딱지 치는 것과 제기 차는 것을 무척 좋아했다.

"땡! 땡! 땡!" 수업 끝 종소리가 울리면 경쟁하듯 교실을 빠져나와, 호주머니에서 제기를 꺼내들고 친구들과 정신없이 놀곤 했다. 딱지 치는 일도 나에겐 국민학교 생활의 중요한 일이었다. 나는 회 부대 종이(갈색의 여러 겹의 종이를 검은 기름을 먹여 만든 두꺼운 종이로, 석회를 담기 위해 만든 종이 부대)로 딱지 접는 것을 좋아했다. 우선 종이가 두껍고 검은 기름이 속에 접착제로 들어 있어, 이것으로 딱지를 접은 후 뜨거운 인두로 다리면 딱지가 얇아지고 딱딱해져, 찔러먹기(딱지를 쳐서 상대방의 딱지 밑으로 들어가면, 상대 딱지가 내 것이 됨)에 아주 좋은 딱지가 되었다.

또 그 무렵 빼놓을 수 없는 놀이가 화투놀이였다. 나는 저녁에 동갑내기인 환교네 집에선 자주 화투놀이를 했다. 환교 형인 환철이 형은 나보다 4살 정도 위였고, 그림 솜씨가 있어서 화투를 크레용으로 잘 그렸다. 당시만 해도 우리 마을에 전기가 들어오지 않은 때여서, 저녁에는 다들 환교네 집에 모여 성냥 내기 화투를 즐겼다. 그때는 대부분의 가정에서 '천안제일성냥공장'에서 만든 성냥을 사용하고 있었다. 저녁 먹은 후 나는 어머니 몰래 성냥개비 한 주먹을 호주머니에 넣고, 환교네 집으로 출근했다. 내 기억으로는 성냥을 딴 기억은 거의 없고, 환철 형에게 항상 잃어 빈손으로 집에 돌아오는 경우가 더 많았다.

그러던 어느 날 성냥이 너무 빨리 줄어드는 것을 눈치 챈 어머니가, 결국 내가 성냥내기 화투놀이를 하고 다닌다는 사실을 아셨다.

나를 부르시더니 단단히 다짐을 받으셨다.

"화투 허넝 건 좋은 거 아녀. 그거 허다가 망헌 사람덜 많어. 진우 넌 절대루 화투에 손대면 안 데여, 알었남?"

"예, 알었슈, 오머니. 화투 다시는 안 허께유."

고개를 숙인 채 내가 다짐하듯 대답했다.

동네에 엿장수 아저씨가 들어오는 날이면 또 한바탕 시끄러웠다. 나는 친구 윤모, 환교와 함께 모여 엿을 사먹을 궁리를 했다. 엿장수 아저씨는 지게를 지고 소리가 잘 나게 만든 큰 가위를 들고, 아이들을 부르기 위해 잘그락잘그락 가위소리를 냈다. 그러고는 동네아이들이 듣게 하려고 "울긋불긋 찹쌀엿 먹어나 봤나? 말만 들었지!" 하는 노래를 목쉰 소리로 연속해서 불러댔다. 자기가 가지고 온 엿을 자랑하는 한편 아이들에게 엿을 사먹게 하려고 크게 불러 젖히는 걸쭉한 노랫소리는, 동네아이들의 마음을 사로잡기에 충분했다. 아저씨의 목소리를 듣는 순간 그 울긋불긋한 엿을 사먹고 싶은 마음이 굴뚝같아졌기 때문이다.

우리들은 각자 집으로 달려가 엿장수가 엿으로 바꿔줄 만한 물건들을 찾아보았다. 나의 경우는 마루 밑부터 뒤졌다. 이미 여러 번 뒤져서 엿과 바꿔 먹은 적이 있었던 터라, 아무리 뒤져도 어머니가 중요한 때만 신기 위하여 마루 밑 한구석에 고이 간직해 둔 흰 고무신 한 켤레밖에 찾을 수 없었다. 나는 두근거리는 가슴을 안정시키며 어머니의 그 흰 고무신을 응시하며 만지작거렸다. 그러나 만일 그신을 가지고 엿과 바꿔 먹는다면, 도저히 어머니가 속상해하시는 감당하기 힘들 것이라는 결론을 내리고, 그저 물끄러미 바라만 볼 뿐 이내 포기하고 말았다. 그렇지만 나는 욕구를 채우지 못해 무척 속이 상했다. 미련을 버리지 못하고 이번에는 부엌으로 들어가 양은솥 뚜껑을 열어보았다. 양은솥 역시 엿으로 바꿔 먹기에는 너무 새것이어서, 잘못하다가는 어머니에게 꾸중을 듣겠다 싶어 포기할 수밖에 없었다.

우리 집 대청마루는 넓고 크기 때문에 내 몸 전체가 다 들어갈 정도였다. 마루 밑이 다른 곳보다 깊고 어두워서 잘 보이지 않았지만, 나는 몸을 들이밀고 찬찬히 살펴보았다. 그 순간 어둠 속에서 희미하게나마 헌 신짝 하나가 보였다. 전에는 미처 찾지 못했던 헌 고무신이었다. 엿과 바꿔 먹으려는 나의 바람을 실현시켜 준 고마운 신발이었다. 고무신을 발견하는 순간 나는 말로 표현할 수 없을 정도로 기뻤고, 그 헌 신발을 가지고 단숨에 엿장수에게로 달려갔다. 엿장수는 아직도 "울긋불긋 찹쌀엿 먹어나 보았나? 말만 들었지!" 하며 굵고 쉰 목소리로 계속 읊어대고 있었다.

헌 고무신을 주니 그가 드디어 엿 상자를 열고 작은 넙적한 끌로 엿을 잘라주었다. 그런데 내 친구 환교와 윤모는 엿과 바꿀 것이 아무것도 없었나 보다. 그들은 나를 무진장 부러워하는 눈길로 쳐다보고만 있었다. 나 역시 매번 엿과 바꿔 먹을 물건이 있었던 건 아니었다. 때때로 집에서 쓰고 있는 물건을 엿과 바꿔 먹어 어머니에게 혼난 적도 많았다. 나는 그만큼 엿을 좋아했다. 그때는 나뿐 아니라 어

국민학교 졸업사진. 나는 맨 윗줄 왼쪽에서 다섯 번째에 있다.

린아이들이 즐겨 먹는 간식 중 엿이 제일이던 시대였다. 덕분에 나는
엿을 너무 많이 먹어 다른 아이들보다 일찍 이가 상하고야 말았다.

그 무렵 환교와 윤모가 내게 가르쳐 준 노래가 있었는데, 가끔씩
셋이 우리 집 뒤 묘가 있는 잔디밭에 누워 이 노래를 부르곤 했다.
"여보나 당신아, 구두를 사줄까? 무슨 구두? 신사구두 뻬딱구두라!
그놈을 신고서 밭을 매면 나도 망신 너도 망신 다 같이 망신일세."
그때는 나이가 어렸기 때문에 아무 생각 없이 함께 불렀지만, 지금
생각하면 가난 때문에 남들처럼 학교를 가지 못하는 가련한 신세를
한탄하며, 배운 사람들과의 삶의 격차를 노래한 감상적인 노래였던
것 같다.

우리는 또 뜻도 모른 채 "영영한 앞길을 바라볼 때, 어찌하여 이내 몸은 못 들어가나?" 하는 노래를 불렀다. 이 역시 '다른 사람은 가정형편이 좋아 국민학교에 들어가는데, 나는 왜 학교에 입학할 수 없을까?' 하고 자신이 학교에 다니지 못함을 한탄한 노래였다.

환교와 윤모는 국민학교를 졸업할 때까지 가장 많은 시간을 함께한 친구들이었다. 싸우지도 않고 서로 사이가 좋아, 유년시절을 외로움을 모른 채 즐겁게 보내게 해준 두 친구에게 새삼 감사함을 느낀다. 언제나 그리운 친구들이다.

유년시절을 추억하다 보면 특히 겨울철에 즐거운 기억이 많았다. 그중 썰매를 타던 일을 빼놓을 수 없다. 우리들은 춥지 않게 솜바지 저고리를 단단히 입고, 머리에는 털모자를 쓰고 토끼털로 만든 귀마개를 했다. 그리고 어머니가 손수 뜨개질하여 만들어주신 무명 장갑을 낀 채 썰매를 들고 얼음판으로 나갔다.

우리 동네의 물을 댄 논은 수심이 얕아 위험하지 않았고, 썰매를 타기에 더 없이 좋은 얼음판이었다. 얼음이 두껍지 않을 때는 송사리들이 얼음 밑을 헤엄치며 노는 것까지 볼 수 있었다. 그렇지만 어떤 때는 얼음이 깨져 양말이 흠뻑 물에 젖기도 했다. 이럴 때는 논둑에 모닥불을 피워놓고 덜덜 떨며 양말을 말렸다가, 양말이 다 마르면 계속해서 얼음 타는 것을 즐겼다. 더 심할 때는 솜바지까지 물에 젖기도 했는데, 이때는 할 수 없이 집으로 돌아가 옷을 갈아입고 다시 와야 했다. 때문에 겨울철에는 어머니 일이 더 늘어날 수밖에 없었다.

나는 또 연날리기도 좋아했다. 창호지를 항상 안방 벽장 속에 보관해 두셨던 어머니는, 창문에 구멍이 나면 찬바람이 방에 들어오지 못하게 다시 창호지를 알맞게 잘라 그 구멍을 막으셨다. 나는 어머니에게 허락을 받고 벽장에서 창호지를 꺼내 열심히 연을 만들었다.

연날리기에 필요한 실은 바느질할 때 쓰는 실은 약해서 사용할 수 없었으므로, 어머니가 시장에서 사다주신 '연실'을 사용했다. 연실을 감는 '도르래'는 형님이 직접 만들어 주셨다. 실을 연에 고정시키고 나면 남은 일은 연날리기뿐이었다. 이미 저녁이 되었으므로 나는 그 다음날 아침 일찍 일어나서 누구보다도 먼저 연을 띄웠다.

그날은 날씨가 너무 추워서 덜덜 떨면서 연을 날렸다. 바람은 잘 불다가도 갑자기 잠잠해지고, 한마디로 자기 멋대로였다. 연줄을 감았다 풀면서 때로는 땅에 떨어지지 않게 탁탁 끌고, 바람이 약해 땅에 떨어질 것 같으면 연줄을 단단히 잡고 달려서 연을 다시 올려보려고 안간힘을 쓰기도 했다.

어떻게 보면 연날리기는 인생행로와 닮은 점이 많다고 생각한다.

연은 바람이 없는 곳에서는 뜨질 않는다. 누구든지 연이 요동치지 않고 오랫동안 하늘 높이 떠 있기를 바라지만 희망대로 되지 않는다. 갑자기 바람의 방향이 달라지면 연이 흔들거릴 수밖에 없다. 인생에 있어서도 환경이 변하면 적응하기 힘든 법이다. 이때 정신을 바짝 차리고 역경 속에서도 잘 인내하여 노력하다 보면 원상 복구될 수 있으나, 인내와 노력 대신 포기를 해버리면 땅바닥으로 곤두박질치고 마는 것이다.

역풍이 세게 불면 우산 뒤집어지듯 쉽게 뒤집히는 것이 연이다. 연을 살리려면 다른 방법은 없다. 피눈물을 흘리더라도 이리 뛰고 저리 뛰면서 온갖 노력을 다할 수밖에. 이와 반대로 바람이 너무 잔잔해도 문제다. 이럴 때는 연이 천천히 땅바닥을 향해 내려오게 되는데, 이때 연을 다시 끌어올리는 방법은 다시 바람이 불어올 때까지 온 힘을 다해 열심히 뛰는 것뿐이다. 다시 말해 언젠가 순풍이 불어와 연을 다시 높이 띄워줄 그 순간까지, 뛰는 것을 멈춰서는 안 되는 것이다.

우리 동네에서 결혼식, 장례식, 환갑잔치 등이 열리는 날에는 돼지를 잡아 손님을 대접하는 경우가 가끔 있었다. 어머니는 그럴 때마다 내게 살짝 귀띔해 주셨다.

"진우야, ○○ 아버지 환갑이 이틀 후랴 내일 돼지 한 마리 잡는다넌디, 가서 돼지 오줌보 은어서 놀어."

나는 곧바로 환교와 윤모에게 기쁜 소식을 알렸고, 마음이 들떠 내일 그 시간이 오기만을 목이 빠져라 기다렸다. 그도 그럴 것이 그때만 해도 우리들이 가지고 놀 수 있는 공이 거의 없었다. 기껏해야 학교에서 '더치 볼 게임' 할 때 공을 만져보는 것이 고작이었다.

다음날 우리 셋은 돼지 잡는 아저씨 옆에 쪼그리고 앉아 있었다. 어서 빨리 돼지 오줌보를 받았으면 하는 마음뿐이었다. 드디어 아저씨가 "여기 있다!" 하시면서 돼지 오줌보를 건네주실 때, 우리 셋은 하나같이 신이 나서 "야호!" 하고 환호성을 질렀다.

돼지 오줌보를 넘겨받는 것은 아주 드물게 있는 기회였다. 기쁨에 찬 우리들은 넘겨받자마자 오줌보에 붙어 있는 노란 기름을 제거하기 위해, 땅 위에 놓고 발로 비벼댔다. 지금 생각해 보면 발로 비빈다고 해서 오줌보의 기름이 제거된 건 아니었던 것 같다. 다만 기름에 흙이 묻어서 우리 눈에 보이지 않았던 것일 뿐.

우리들은 더러운 줄도 모르고 돼지 오줌보 구멍(요도에 해당됨)에 입을 대어 방광이 터질 정도로 크게 불었다. 그렇게 공처럼 부풀린 다음 공기가 새어나가지 못하도록 실로 꽉 묶었다. 약간 핑크색을 띠고 있었고, 자세히 보면 늘어난 방광 벽에 붉은 혈관들이 얼기설기 얽어 있었다. 그런데도 우리들은 징그러워하기는커녕 아무 상관없이 공기를 불어넣고 신나게 차고 다녔다. 돼지 방광을 축구공 대신 사용했던 그 시절의 그립고 잊지 못할 추억이다.

가장 친했던 두 친구, 환교와 윤모! 나는 학교에서 집으로 돌아오자마자 언제나 친구들부터 찾아갔다. 아쉽게도 친구들은 학교를 다니지 않고 있었다. 나는 책보를 어깨에 둘러메고 학교로 향했지만, 그들은 이미 어린 나이에 농부가 되어 힘든 일터로 나가야 했다. 그런데도 나는 그들에게 미안한 생각이 전혀 없었다. 철이 없긴 없던 시절이었나 보다. 어쨌거나 나는 학교에서 돌아오면 그들과 함께하는 시간이 가장 즐거웠고 가장 재미있는 시간이었다.

여름철에는 우리 동네 앞을 흐르는 금마천을 무척 좋아했다. 물이 정말로 맑았다. 물가에 펼쳐진 모래밭도 무척이나 깨끗한 금모래였다. 학교를 다녀온 후에는 어깨에 멨던 책보를 던져버리고 앞에 있는 시냇물을 즐겼다. 여름이라 그런지 물에 잠긴 내 발을 통해 온몸이 시원함을 느꼈다. 하얗고 고운 모래를 가지고 이를 닦아보기도 했다.

물이 너무 맑아 물 바닥이 잘 보였다. 맑은 시냇물 속으로 물결을 그려놓은 듯한 모래바닥이, 마치 화폭에 담긴 그림처럼 아름다웠다. 움푹 파인 모래바닥에는 으레 붕어 2~3마리가 지느러미를 흔들면서, 우리에게 들리지 않도록 조용히 대화하는 것 같았다.

두 손을 펴서 모은 후 눈치를 못 채도록 조심조심 물속에 넣고 붕어를 떠 올려보았다. 붕어는 물을 엄청나게 좋아하고 공기를 싫어한다. 내게 잡힌 붕어가 "빨리 저를 놓아주세요. 물속에 다시 넣어 살려주세요. 곧 죽을 것만 같아요." 하고 온몸으로 애원했다. 마음약한 내가 다시 맑은 물속에 놓아주자, 붕어는 또다시 잡힐세라 뒤도 돌아보지 않고 재빨리 헤엄쳐 사라져 갔다.

나는 옷을 다 벗고 물장구치고 미역을 감았다. 동네친구들도 한 명 두 명 모여들기 시작했다. 너도 나도 신이 나서 서로 손바닥으로 상대방을 향해 물을 튕기면서 물싸움을 즐겼다.

시냇물 속의 모래를 갈퀴로 긁으면 크고 살찐 모래무지들이 튀어나왔다. 당시 우리 동네 시냇물에 물고기가 많았던 이유는 오염되지 않은 깨끗한 물이었기 때문이다.

삼태그물로 붕어 피라미를 잡았고, 물속 구멍에 손을 깊이 넣어보면 민물 뱀장어와 참게도 잡을 수 있었다. 재수가 좋은 날에는 메기도 잡히고 가물치도 잡혔다. 고기들 중 '빠가사리(동자개)'는 등에 뿔이 달렸는데, 날카롭고 뾰족하여 손을 댈 때 찔리지 않도록 조심해서 다루어야 했다.

물고기를 잡아 형수님이나 어머니께 드리면 내가 잡은 물고기에 쌀, 국수, 고추장을 넣어 죽을 쒀주셨는데, 이루 다 표현할 수 없을 만큼 맛있었다. 내가 그 어죽을 무척 좋아했기 때문에, 대학교와 군대 시절에도 집에만 오면 으레 앞의 시냇물에 가서 삼태그물로 고기를 잡곤 했다. 그러면 어머니나 형수님이 자동적으로 어죽을 쒀주셨다. 집에 오면 어죽을 먹어야지, 그렇지 않으면 집에 온 기분이 나지 않을 정도였다. 어머니나 형수님은 나의 식성을 잘 아시기 때문에, 집에서 먹는 어죽은 다른 곳에서 먹는 어죽과 비할 바가 못 되었다.

우리 집 앞 시냇물 금마천
항상 나와 함께해 준 고마운 시냇물
수정과 같이 맑은 물
작은 물결 만들며 굽이굽이 흐르네

붕어가 떼를 지어 몰려다니고
번개같이 빠른 피라미
보라색의 적도치
물이 깨끗해 신이 나서 헤엄치네

물속에는 노오란 작은 금모래
위에는 깨끗한 물의 물결
모래무지는 부드러운 모래 속의 두더지
물이 맑고 모래가 고와서 좋다네

우리 마을 금마천
물고기의 대공원
구굴무치, 뱀장어, 게, 빠가사리, 메기, 가물치
모두 다 모였네

파아란 물새들도
물가에 구멍을 파서 집을 지어놓고
금마천이 너무 좋아
즐겁게 노래하며 날아다니네

우리들도 물이 좋아
물장구치고 헤엄치며
물속의 고기들처럼
물 없인 살수 없다네

나는 국민학교 1학년 마지막 날에 학교 성적표를 처음으로 받았다.
1학년 동안 공부한 나의 실력 평가이면서 처음으로 받아보는 성적표였기에, 약간 떨리는 마음으로 집에 오는 도중 논길에서 살짝 열어 보았다.

49명 중 7등이었다. 나는 그 성적표를 보고 매우 만족했던 기억이 난다. 공부한 것에 비하면 성적이 그리 좋지 않아야 하는 건데, 내 예상과는 다르게 상위권에 포함되었기 때문이다. 나는 무척 기쁘고 흥분되어 가슴이 다 두근거렸다. 빨리 집으로 달려가 성적표를 어머니와 형님께 보여드리고 싶었다.

"너 공부 잘했구나. 더 열심히 해라." 형님이 격려해 주었다. 어머니 또한 무척 기뻐하셨다.

"7등 했으면 잘 했구먼그려. 아이구, 우리 진우! 공부 잘허는 우리 아들!"

곰곰 생각해 보면 시험은 그다지 잘 보지 못했던 것 같다. 그때 자연시험 문제 중 지금까지도 생각이 나는 문제가 하나 있다.

〈물고기는 ( ) ( ) ( ) ( )로 헤엄을 친다.〉

나는 위의 괄호를 채우기 위해 머리를 이리저리 굴려보았지만, 괄호가 왜 4개가 필요한지 알 수 없었다. '분명히 물고기는 (비)(늘)로 헤엄치는데 왜 괄호가 4개? 나머지 2개는 뭐야? 정말 머리 아프네. 아니야, 분명 4글자 말이 있을 거야. 근데 통 생각이 않나……'

될 수 있으면 4글자 낱말을 생각해 보려 했으나 실패하고 말았다. 어쨌거나 나는 물고기가 비늘로 헤엄치는 사실은 틀림없으니, 괄호 안에 '(비)(늘)(으)( )로'라는 답을 써냈다.

당시 담임선생님이었던 한영호 선생님이 내 시험지를 보시더니,

빨간 잉크로 '(지)(느)(러)(미)'라고 답을 고쳐주셨다. 그때 틀렸던 시험답안을 60년이 지난 지금까지도 기억하고 있는 것을 보면, 어지간히도 속이 상했었나 보다.

내가 국민학교를 다니던 무렵에도 우리 집의 사는 모습은 별로 변함이 없었다.

어머니는 세수할 때 우리들에게 이를 닦게 하려고, 잿빛에 가까운 굵은 소금을 늘 접시에 담아 세숫대야 옆에 놓아두셨다. 세숫비누도 없고 칫솔 대신 손가락을 사용해 이를 닦던 시절이었다.

추운 겨울이 되면 나의 손등은 제대로 씻지 않아 그런지, 아니면 학교에서 돌아오자마자 팽이 돌리고 딱지 치고 제기 차고 자치기 등에 열중해서 그런지, 그것도 아니면 돼지랑 토끼 등을 돌보거나 산에 올라가 땔감용 소나무 가지를 잘라오는 일 등을 해서인지, 언제나 손등에 까맣게 때가 끼고 쓰라릴 정도로 여기저기 살이 터 있었다.

어머니가 뜨거운 물에 아무리 내 손등을 담가놓고 불린 다음 손톱으로 긁어주셔도, 아프기만 하지 때가 벗겨지지 않았다. 참 신기하게도 따뜻한 봄이 되어서야 때가 끼고 터 있던 손이 부드러워지고 깨끗해졌다.

보다 못한 어머니가 내 얼굴과 목을 물로 씻어주실 때마다, 어머니 손바닥이 너무 거칠어서 얼굴과 목이 무척 따가웠다. 엄지손가락과 둘째손가락으로 코를 세게 잡으신 후 내가 세게 코를 풀어낼 때, 박자에 맞춘 듯 손가락을 코에서 떼어 콧물로 막혔던 코를 뚫어주시는 것 또한 어머니가 씻겨주시는 내 세수의 일부분이었다. 그리고 나서 세수가 끝나면 집에 있는 꺼칠꺼칠한 무명수건으로 물기를 닦아주셨다. 그 당시에는 '구리모 크림'이란 것이 있었는데, 이것은 누님에게만 해당되는 것으로 간주되어 나는 전혀 사용한 기억이 없다.

어쨌든 어머니가 "진우, 어서 와! 얼굴 씻겨줄게." 하실 때면, 마음속으로는 귀찮고 싫었어도 한 번도 거역해 본 적은 없었던 것 같다.

어머니의 손
그토록 많은 일을 하여
우리들을 키워주신 고마운 어머니의 손

섬섬옥수는 어디에 가고
손등은 소가죽처럼 두꺼워지고
벼 가마니처럼 거칠어진 손바닥

그러나 그 손은 능력의 손
가장 아름답고 귀한 손이여
수천 가지 다할 수 있는 강하고 섬세한 어머니 손

등이 가려워 긁어주실 때
손바닥으로 문질러만 주셔도 시원한
거칠었던 어머니의 손바닥 다시 만져보고 싶어라

내가 국민학교를 다닐 때만 해도 머리를 박박 깎아야 했다. 조금만 길어도 담임선생님이 앞머리를 가위로 댕강 잘라내서, 다음날에는 어쩔 수 없이 머리를 제대로 깎고 등교할 수밖에 없었다.

머리를 깎을 때면 우리 집에서 멀지 않은 머리 깎는 아저씨 '조 서방' 댁으로 갔다. 우리 마을 주위에는 이발하는 곳이 조 서방 댁밖에는 없었다. 머리 깎는 기계는 너무 낡고 녹이 슬었을 뿐 아니라, 기계 이빨도 듬성듬성 빠져 있었다.

그 시절의 시골에서 특별히 위생개념이 있을 턱이 없었다. 당연히 머리를 깎을 때 쓰는 기계도 소독되어 있을 리가 없었다. 사람들 역시 소독이나 염증의 개념이 전혀 없었다. 상처를 입어 손에 피가 나면, 어머니가 모래가 섞이지 않은 고운 흙만 골라 상처에 발라주셨다. 그러면 피가 멎었기 때문에 고운 흙이 출혈을 멈추는 데 좋은 약이라고만 생각했다. 또한 어머니는 오징어에서 나오는 타원형의 하얀 뼈를 곱게 갈아, 그 가루를 상처에 발라 주시곤 했다. 나는 그때마다 흙보다 좋은 하얀 가루약을 쓰는 기분이었다.

사실 그 흙이나 오징어 뼛속에는 얼마나 많은 균이 들어 있었겠는가? 지금 생각하면 '큰일 날 뻔했었구나.' 하는 생각이 든다. 그렇지만 어린 시절에는 균에 대한 개념이 거의 없었으므로, 별다른 걱정 없이 그 시절을 잘 보냈던 것 같다.

"조 서방 아저씨, 머리 깎으러 왔유. 안녕하셨유?"

"오냐, 진우 왔구먼. 잘 있었남? 이리 와서 앉어."

아저씨가 나무로 만든 둥그런 의자에 나를 앉히셨다. 나는 나무의

자에 앉자마자 긴장하면서 얼굴을 찡그리고 온몸에 힘을 주었다. 왜 냐하면 기계가 너무 낡아 머리카락의 일부분이 잘리지 않고 기계 속 으로 말려들어가, 머리가 뜯기기 때문이었다. 기계가 움직일 때마다 여간 아픈 것이 아니었다. 이발이 끝나면 "휴!" 하고 저절로 안도의 한숨이 터져 나왔다.

이발 하면 생각나는 또 한 가지는 '기계총(두부 백선)'에 걸려 고생 한 기억이다. 이발할 때 기계에 붙어 있던 전염성 강한 곰팡이가 머 리에 옮겨와 생기는 것인데, 머리에 지름이 2~3cm 되는 둥그런 염 증을 일으키는 질병이다. 둥그런 원 속에는 곰팡이로 말미암아 다른 부위에 비해서 머리가 잘 자라지 않고, 뻘건 색깔로 변하는 동시에 심히 가렵다. 결국은 긁어서 그 부위가 헐게 되고 진물이 흐르는 등, 아주 귀찮은 병 중 하나다.

그런 때면 어머니는 댓진(긴 담뱃대에서 나오는 검고 찐득찐득한 진)을 발라주시든지, 아니면 오이꼭지(오이줄기가 달려 있는 끝부분으로 아주 쓴 맛이 남)로 병든 부분을 문질러주셨다. 댓진을 바르면 검고 찐득찐득 한 것이 묻어 보기에 흉했다. 그렇지만 내가 어린 시절에는 흔히 볼 수 있는 질병이었다.

나는 국민학교 다닐 때 싸움도 잘했다. 국민학교 1~2학년으로 기 억되는데, 이○○라는 짝꿍이 있었다. 우리들은 처음부터 사이가 좋 지 않았다. 긴 책상을 둘이서 같이 썼는데, 중간을 재어 뾰족한 못으 로 직선을 그어놓고 경계선을 만들었다. 그러고는 서로 간에 절대로 옆의 영역을 책이나 노트, 손이 침범해서는 안 된다는 구두서약을 해놓았다. 마치 대한민국 땅에 38선을 그어놓고 서로 으르렁대는 것과 무엇이 달랐으랴. 그래서인지 우리들은 유독 많이 싸웠다. 사실 무엇 때문에 그렇게 싸웠는지는 잘 기억나지 않는다. 아마도 책상 중간에 그어놓은 경계선을 침범했기 때문이리라.

그런데 우리는 싸워도 그냥 싸운 것이 아니라, 모든 반 친구들이 보는 앞에서 책상 위에 올라가 이틀이 멀다 하고 싸웠다. 그 친구는 생김새부터 나보다 힘이 세고 싸움을 잘하게 생겼다. 내 저고리의 겨드랑 섶이 싸울 때마다 여지없이 터졌는데, 저고리 속에 들어 있던 솜이 삐져나와 훤히 드러나 보일 정도였다. 나는 어머니에게 혼날 걱정부터 했다.

집에 도착하여 어머니 몰래 슬그머니 방으로 들어가 옷을 벗고는, 터진 겨드랑이가 보이지 않도록 횃대에 잘 걸어 두었다. 그러나 어머니를 비롯하여 나, 큰누나, 작은누나가 안방에서 다 같이 자기 때문에, 어머니가 모르실 턱이 없었다. 다음날도 같은 저고리를 입고 학교에 가야 하므로, 어머니는 늦은 밤까지 희미한 등잔불 밑에서 터진 저고리를 꿰매주셔야 했다.

그러고는 흘깃 나를 쳐다보시며 "고만 싸워!" 하시던 어머니의 말씀이 지금도 옆에서 말씀하시듯 생생하게 느껴진다. 순수하기만 했던 그 시절, 고향에서 뛰어놀던 어린 시절의 내가 손에 잡히는 듯하다.

신나는 명절 이야기

설날이 가까워 오면 어머니는 설 대목을 보시기 위해, 그동안 수확해 놓은 여러 가지 곡식들과 길쌈해 두었던 옷감을 가지고 시장으로 팔러 가셨다.

추석 때도 마찬가지였다. 어머니와 형수님은 추석 며칠 전부터 참기름과 들기름을 짜고, 콩을 물에 불린 후 맷돌에 갈아 두부를 만드셨고, 인절미와 시루떡 그리고 내가 좋아하는 조청도 만드셨다. 또 추석을 쇠기 위해 전부터 모아온 송홧가루를 이용하여 다식판에 다식을 박고 두부부침개, 달걀부침개, 수정과, 식혜 등을 만드시느라 눈코 뜰 새 없이 바쁘셨다.

윗방에서는 조상님들께 올려드리고 마실 동동주와 막걸리가 부글부글 끓는 소리를 내면서 발효되고 있었고, 누룩 냄새가 코를 찔렀다.

추석이 다가오면 나는 어쩐지 기분이 좋아져서 어머니와 형수님이 음식 만드는 곳을 기웃거리며 하나씩 얻어먹었는데, 이것도 추석을 맞이하는 즐거움 중 하나였다.

"진우야, 두부부침개 먹어봐." "데리님, 계란부침 먹어봐유. 맛있슈." "우리 아들 진우야, 이루 와서 수정과 마셔."

설날 전날 밤에는 양쪽에 사시는 두 작은아버지가 종가집인 우리 집으로 오셨다. 두 분 모두 한약국을 할 때 약재를 썰던 작은 작두로 설날에 먹을 흰 떡가래를 밤새 써시고, 제사상에 올려드릴 밤 껍질을 벗기느라 무척 바쁘셨다.

우리들은 잠도 자지 못하고 졸음을 참아가면서 두 작은아버지 옆에 앉아, 흰떡 써시는 것과 밤 속껍질을 칼로 쳐서 벗기시는 것을 보아야 했다. 설날 전날 밤에 잠을 자면 눈썹에 서리가 와서 하얗게 센다고 말씀하셨기 때문이다.

우리 집에서는 설날에 고조할아버지와 고조할머니, 증조할아버지와 증조할머니, 할아버지와 할머니 그리고 아버지, 이렇게 7번 제사를 드렸다. 조상님께 올려야 할 상차림으로 상어, 홍어, 조기, 떡, 다식, 사과, 배, 밤 등 많은 음식을 준비했는데, 우리 집에 모이는 식구들이 어른, 아이 모두 합쳐 족히 25명은 되었을 것이다.

때때옷을 입고 차례 지내는 일이 끝나면 아이들은 일렬로 줄을 서서 각자 자기 몫을 받았다. 주로 사과 2쪽, 배 2쪽, 밤, 과자, 사탕 등을 두 손을 활짝 펴고 가득히 받고는, 들뜬 마음으로 옹기종기 모여 앉아 재잘거렸다. 명절에 부모님이 사주신 때때옷을 입고 마냥 즐겁기만 한 어린아이들, 특히 여자아이들이 설날에 입었던 무지개 색깔의 색동저고리는 정말로 아름답게 보였다.

　형수님은 내가 6살 때 시집오셨다.

　국민학교도 들어가지 않은 나를 꼭 "데리님(도련님)!"이라 부르셨고 나에게 정말 잘해 주셨다. 내가 형수님한테 귀염성 있게 느껴지셨는지도 모른다. 형수님은 명절이 되면 꼭 광목이나 옥양목으로 재봉틀을 이용하여 한소대(칼라가 달린 반팔 티)를 지어주셨다. 명절 때마다 기대되는 옷이었다. 내가 생각하기에 가장 좋은 새 옷, 이 세상에서 이보다 더 좋은 옷은 없다고 느낄 만큼 신나게 입고 다녔다. 어쨌든 바지저고리가 아닌 한소대 같은 새 옷을 입는다는 것은 꽤 기분 좋은 일이었다. 어머니는 명으로 양말과 장갑을 떠주셨다. 이 역시 명절에 빼놓을 수 없는 무척 소중한 선물이었다.

　우리들은 어른들을 따라 마을 뒷산에 있는 할아버지, 할머니, 아버지 산소에 가서 성묘를 했다. 그러고는 자기보다 나이가 위인 집안 어른들에게 순서대로 세배를 했다. 세배로 큰절을 올리고 무릎을 꿇은 후 "건강하시고 오래오래 사슈." 하고 새해 인사를 했다. 그러면 어른들이 세배를 드린 아이에게 덕담을 한 마디씩 해주셨다.

　"진우 올해 몇 살이야?"

　"여덟 살유."

　"벌써 네가 여덟 살이 됐서? 세월이 유수같이 빠르구먼. 네 아버지가 작고하신 지 벌써 8년이 지났구먼 그려. 그게 엊그제같이 느껴지는구면. 진우 너는 건강하게 잘 커야 혀. 공부 잘혀서 훌륭한 사람이 돼야 혀, 알었냠?"

"명심헐께유. 작은아버지, 고마워유."

집안 웃어른들께 새해 인사가 끝나면 우리들은 드디어 자유의 몸이 되어 신바람이 나서 밖으로 나갔다. 이때쯤 다른 동네아이들도 한두 명씩 나타나 한곳에 모여들기 시작했다. 이제 우리들이 해야 할 중요한 일은 동네어른들에게 세배를 드리는 일이었다.

세배를 드리면 칭찬 말씀도 많이 해주시고, 어떻게 커 나가라고 삶의 경험을 담아 말씀해 주시는 덕담도 좋았다. 그렇지만 그보다 더 좋았던 것은 세배를 드리러 가는 집마다 "떡국 먹구 가. 이 떡국을 다 먹어야 한 살을 더 먹을 수 있는 거여. 좀 앉어 있어. 떡국 끓여올게." 하시는 것이었다. 떡국은 정말로 한 집도 예외 없이 다 맛있었다. 알맞게 익은 흰떡과 그 위에 머리카락처럼 가늘게 썰어 넣은 빨간 실고추, 거기에 달걀지단과 김 그리고 길게 찢어 먹음직스럽게 올려놓은 닭고기. 세배하고 대접받는 떡국의 맛은 지금도 잊을 수 없다.

우리 동네와 이웃 동네에 계신 어른들에게 두루두루 세배를 드리고 집으로 돌아오면, 어머니는 꼭 내가 혹시 세배를 드리지 않은 어른이 계실까봐 걱정스럽게 물으셨다.

"진우야, 동네어른덜헌티 모두 시배 디렸어?"

"그러면유, 했슈. 맛있넌 떡국두 먹었슈."

"그런디, ○○이 아버지헌티두 시배했서?"

"예, 했슈."

어머니는 내가 모든 어른들께 세배를 드렸는지 확인하신 후에야 안도의 숨을 쉬셨다.

"잘했서, 슬날은 으른들헌티 시배 잘 디려야 허닝 거여, 알었남?"

"알었슈, 오머니."

설날은 나이 한살 더 먹는 날, 그래서 어렸을 때는 더욱 기다려지던 날이었다. 그렇게 오매불망 기다렸으니 1년이 무척 길게 느껴졌을 것이다.

그러나 나이가 든 지금의 마음은 완전히 다르다. "세월은 유수와 같이 빠르게 지나간다."는 말처럼 정말 빨라도 이만저만 빠른 것이 아니다. 내 기억으로 어머니가 43세 되시던 해는 내가 여섯 살 되던 해였다. 어머니 젖을 빨아가며 입에 물고 장난치기도 하고, 어머니가 힘드신 것은 생각지도 않고 그저 분주히 일하시는 어머니 등에 업혀 마치 소등을 타고 다니는 것처럼 즐거워만 했다. 그 시절이 영화의 한 장면처럼 생생하게 기억나는데, 벌써 59년이란 세월이 지나갔다.

어머니는 101세로 재작년에 돌아가셨고 나는 올해 벌써 66세가 되었으니, 어찌 세월이 빠르다고 말하지 않겠는가? 이 나이가 되니 이제 설이 돌아올 때마다 기다려지는 것이 아니라 한숨만 저절로 나온다. '설 지난 지가 엊그제 같은데 또 낼모레가 설이구나." 하면서 세월이 유수가 아니라 쏜살이나 총알처럼 느껴진다고 할까?

아마도 죽는 날이 다가오면 그때는 세월이 '번개'처럼 지나갔다고 생각할지도 모르겠다. 이 세상을 사는 동안 비록 짧은 기간이었어도, 지난 삶을 되돌아보며 그땐 왜 좀 더 보람 있게 살지 못했을까 하고 아쉬워하며 후회하겠지. 내 일생을 다시 회상해 보면서 점검해 보는 그런 시간, 그러나 후회뿐 조금도 고칠 수 없는 그 순간이 그리 멀지 않았음을 생각해 본다.

아, 세월아!
기차보다도 인공위성보다 더 빠른 너
너는 힘이 너무 세어서 아무도 잡을 수 없구나

그렇게 빠른 가속력을 누가 너에게 주었더냐?
나이가 들면 들수록 빠르게 달려가는 세월아
할 일도 많은 우리 인생들을 위해 잠깐 멈춰주지 않으련!

친구들과 어울려서 동네어른들에게 세배를 드리고 나면 어느덧 점심때가 되어, 아쉽게도 그 좋은 설날이 얼마 남지 않게 되었다. 오늘 하룻밤만 자고 나면 그렇게도 고대했던 설날이 별로 한 것도 없이 지나가 버리고, 다시 평일이 되고 마는 것이다.

'내일도 설날이면 얼마나 좋을까?'

우리들은 나머지 시간이라도 재미있게 보내고 싶어 닥치는 대로 제기차기, 연날리기, 자치기, 군기장난 등을 하며 놀았다.

우리 마을에서는 설날부터 쥐불놀이가 시작되었다.

논과 밭둑은 이때쯤 풀이 모두 말라 있어 불에 잘 탄다. 쥐불을 논이나 밭둑에 놓는 이유는 다음해 농사를 지을 때 논과 밭에 병충해가 발생하지 않도록 예방하기 위해서이다. 오래 전부터 전해져 내려오는 우리나라만의 전통이다.

우리들은 성냥을 가지고 논과 밭둑 여기저기에 신이 나서 불을 질렀다. 쥐불놀이에서 빼놓을 수 없는 것은 쥐불깡통에 불을 담아 노는 것이다. 아이들과 나는 저녁을 먹고 밖이 컴컴해지면 쥐불깡통과 깡통 속에서 태울 광술(소나무를 자를 때 나오는 진액)과 성냥을 가지고, 우리 마을 앞에 흐르는 시냇물가로 갔다. 이웃동네인 매산과 뒷굴에 사는 아이들도 이곳으로 모여들었다. 대략 30~40명의 아이들이 설날부터 대보름인 음력 정월 보름까지 저녁마다 모였다.

쥐불깡통은 그 당시 미군들로부터 구호품으로 받은 빈 통조림통(그 당시에는 '간쓰메통'이라고 불렀음)을 이용했다. 내 기억으로는 지금 시중에서 파는 통조림통보다 크고 깡통 벽도 두꺼워서, 웬만해선 찌그러지지 않았다. 쥐불깡통을 만드는 방법은 간단했다. 공기가 잘 통하게 하기 위하여 깡통 벽과 바닥에 큰 대못으로 20~30개의 구멍을 만든다. 불에 타지 않도록 깡통에 가까운 부분에는 철사 끈을 끼우고, 나머지는 부드러운 노끈으로 연결시켜 깡통 끈을 완성시킨다. 이렇게 만든 쥐불깡통 속에 불에 잘 타는 광술을 가득 채우고 불을 붙인다. 그러고는 쥐불깡통 끈을 놓치지 않게 단단히 잡고, 쥐불깡통이 땅에 닿지 않을 정도로 동그랗게 큰 원을 그려가며 돌린다.

밤이기 때문에 더더욱 쥐불깡통이 불꽃을 이글거리며 둥그런 원을 그리며 돌아가는 장면은 장관을 이룬다. 깡통이 돌아갈 때마다 둥그런 모양의 불꽃으로부터 불똥이 떨어져 내린다. 이윽고 있는 힘을 다하여 빠른 속도로 돌리다가 어느 순간 탁 하고 줄을 놓으면, 불똥을 사방으로 튀기며 하늘 높이 올라간 후 순식간에 땅위로 곤두박질친다. 쥐불깡통이 떨어질 때는 더 많고 큰 불똥들이 폭발하듯 땅위로 퍼져나가는 것도 볼 만한 장면이다.

어떤 사람은 깡통을 돌리면서 찬란한 불꽃으로 된 원을 그리고, 어떤 사람은 위로 던져 불덩어리가 불똥을 튀기며 하늘 높이 올라갔다 떨어지게 하고. 이렇게 30~40명이 한데 모여 밤의 들판과 하늘을 불꽃으로 수놓는 광경은, 어떻게 달리 표현할 방법이 없다. 이 때문에 우리들은 학교에서 돌아오는 대로 책보를 방바닥에 집어던지고, 쥐불깡통에 넣을 광솔을 따기 위해 우르르 몰려다니곤 했다.

우리 마을 바로 앞에 보이는 동네가 '송정'이라 불리는 마을이었다.

송정은 우리 마을에서 약 500m밖에 떨어져 있지 않았다. 이웃동네라는 것을 생각하면 서로 교제하면서 친하게 지내야 했지만, 여러 가지 면에서 우리 마을과는 가까워질 수 없는 조건을 가지고 있었다. 지역적으로 볼 때 두 마을 사이에는 '금마천'이라고 하는 시냇물이 흐르면서, 그것을 경계로 송정이 소속되어 있는 금마면과 우리 마을이 속해 있는 홍북면으로 나뉘어졌다. 즉 송정 마을과 우리 마을은 면이 달라 행정도 서로 달랐던 것이다. 그렇기 때문에 우리 동네 아이들은 홍북면에 있는 '산수국민학교'를, 송정 아이들은 금마면에 있는 '금마국민학교'를 다녀야 했다. 자연히 학교가 다르다 보니 쉽게 친해질 수도 없는 관계였다.

정월 초하루부터 앞 동네에서도 밭과 논둑에 쥐불을 놓아 여기저기서 뿌연 연기가 피어올랐다. 저녁이 되니 송정 아이들도 쥐불놀이 하는 수가 점점 많아졌고, 우리처럼 약속이라도 한 듯 시냇물가로 모여들어 서로의 힘을 과시했다.

우리 마을의 어떤 아이들은 나무와 우산대를 잘라 근사한 권총을 만들고, 미리 사두었던 화약을 넣은 후 방아쇠를 당겨 팡 하고 화약 터지는 소리를 냈다. 송정 아이들의 사기를 꺾어 위압감을 주기 위해 온갖 노력을 다했던 것이다. 그 당시 우리 팀의 대장 역할을 하던 ㅇㅇ 형은 아무리 어렸어도 16~17세는 족히 되었으리라. 그는 나무로 만든 권총뿐만 아니라 긴 장총도 가져와서 상대방을 위압했다. 송정 아이들도 시냇물 건너편에 모여서 그들의 숫자를 과시했다. 우리 편의 ㅇㅇ 형과 같이 키 큰 청년처럼 보이는 아이들도 몇몇 눈에 띄었다.

우리 편에서 "와!" 하고 큰 함성을 지르면서 시냇물을 건너 돌격하면, 그들은 그냥 혼비백산하여 후퇴할 수밖에 없었다. 우리의 힘과 능력을 못 따르기 때문이었다. 그날은 그렇게 끝났지만 다음날에는 상대방에서 더 덩치가 크고 힘 있어 보이는 몇 명이 추가되어 우리를 위협했다. 이번에는 어제와는 반대로 우리 편이 뒤로 후퇴할 수밖에 없었다.

이런 싸움이 매일 저녁 계속됐는데 이 쥐불싸움에 가담한 아이들은 실제로 전쟁을 하는 것처럼 마음을 졸이며 상대편을 이기려는 투지에 불타올랐다. 그때 우리 생각으로는 쥐불놀이에는 따로 법이 없었다. 만일 그들에 의해 붙잡혀 매를 맞아 죽는다 해도 전쟁터에서 전사하는 것과 같아서 아무도 여기에 책임이 없는 것으로 생각했다. 우리는 이 쥐불싸움을 통해 어렴풋하게나마 용기와 단결력, 즉 "뭉치면 살고 헤어지면 죽는다."라는 말처럼 서로 힘을 합하면 큰 힘을 이룬다는 사실을 깨닫게 된 것이다. 어찌 보면 산교육을 받은 셈이다.

쥐불싸움 하는 시기에 나는 가끔 어머니와 함께 홍성장을 가기 위해, 혹은 어머니를 마중 나가기 위해 필히 송정마을을 지나쳐야 했다. 그때마다 어머니에게는 말도 못하고 송정아이들에게 붙들려 맞을까봐, 집에 도착할 때까지 얼마나 마음을 졸였는지 모른다.

드디어 쥐불싸움 마지막 날이 되었다. 대보름달이 떠서 우리들의 싸움터는 대낮같이 밝았다. 동네 꼬마병정들이 대부분이었지만 가끔은 덩치가 큰 십대들도 나타났다.

여기저기에서 같은 편끼리 무리를 이뤄 쥐불을 돌리며 웅성거리고 있었다. 불똥을 튀기면서 원 모양으로 돌리기도 하고, 돌리던 깡통을 하늘 높이 던져보기도 했다. 가짜 장총을 만들어 어깨에 메기도 하고, 권총에 화약을 터트려 폭음을 과시하기도 했다. 또 어떤 아이는 쥐불깡통으로도 모자라 방앗간에서 쓰고 버린 엔진 기름('모비루'라고 불렀음)을 가져와 횃불로 만들어 적을 위압하기도 했다. 정말로 작은 전쟁을 방불케 했다.

환한 달빛 속으로 우리 진영의 수십 명의 병정과 송정 진영의 비슷한 수의 병정이 시냇물을 사이에 두고 쥐불싸움을 준비하고 있는 광경이 또렷하게 보였다. 서로 으르렁대며 고성을 지르고, 가짜 총으로 위협하며 밀고 밀리면서 밤새껏 싸움이 계속되었다. 그러다가 어느 순간이 되면 한 명, 두 명 사라져 마침내 치열했던 쥐불싸움도 끝이 났다. 그렇게 정월 대보름날이 지나가면 언제 그랬냐는 듯 쥐불놓기와 쥐불깡통 돌리기 그리고 쥐불싸움은 다음해가 돌아올 때까지 완전히 사라져 버렸다.

어머니는 내가 정월 초하루부터 매일 저녁 쥐불싸움에 나가 송정 아이들과 소리 지르고 싸우는 것을 뻔히 알고 계셨는데도, 한 번도 말리거나 막으신 적이 없었다. 아마도 그 이유는 동네아이들이 모두 쥐불싸움에 가담했기 때문이기도 하고, 아들인 나도 그들과 함께 어우러져 놀기를 원하셨기 때문일 것이다. 게다가 쥐불싸움은 옛날부터 전통적으로 매년 치루는 행사이므로, 내 나이 또래에 이에 가담하는 일은 당연하다고 생각하셨을 것이다.

역시 사려 깊으신 나의 어머니였고, 내게는 잊을 수 없는 아름다운 유년의 추억이 되었다.

15년 전 고향마을. 많이 달라지긴 했지만 아직도 저기 어디쯤에서 신나게 쥐불놀이를 하고 있는
어린 시절의 내가 보이는 듯하다.

형님 마음 어머니 마음

나는 학교에서 돌아오면 농사일을 시간 나는 대로 도와드렸다. 그러다 보니 공부할 시간도 없고 공부를 해야겠다는 생각도 별로 없었던 것 같다.

우리 마을과 같이 농촌에서는 공부를 잘하고 안 하고는 어른들이나 아이들에게나 모두 관심 밖의 일이었다. 대부분이 국민학교 졸업후 농사꾼이 될 터이므로, 공부를 잘할 필요성을 느끼지 못했던 것이다. 부모님들도 아이들이 학교에서 돌아오자마자 농사일을 시키셨고, 일손이 많이 달릴 때는 학교에 가는 대신 부모님 일을 도와드려야 했다. 학교 선생님들 역시 아이들이 바쁜 집안일을 돕기 위해 학교를 결석하는 것에 대해 크게 문제 삼지 않았다. 오히려 농번기에는 학교에서 '가정실습'이라 하여, 농사일이 바쁘니 부모님 일을 도와드리라는 의미로 일주일 내지 열흘 동안 임시방학을 주기도 했다.

형님은 내게 아버지 역할을 해주신 귀한 분이었다. 아버지를 대신해서인지 형님은 대단히 엄하셨고, 나는 그런 형님을 무척 두려워했다. 그렇지만 형님은 엄하면서도, 내게 필요한 것이 있다면 아무리 힘든 일이 있어도 꼭 챙겨주시곤 했다. 그 때문에 나는 무조건적으로 형님의 말씀을 따랐다.

유복자였던 나는 아버지를 한 번도 만나 뵙지 못했지만, 아버지 역할을 잘해 주신 형님이 있었기에 또한 나를 위해서라면 생명도 아끼지 않으시던 어머니의 헌신적인 사랑 속에서 자랐기 때문에, 아버지의 부재에 대해 아쉬워해 본 기억이 거의 없다. 예를 들면 '왜 나는 다른 아이들처럼 아버지가 없는 걸까?' '아버지가 보고 싶다.' '나도 아버지가 살아계셔서 함께 살면 얼마나 좋을까?' 등등의 생각을 해본 적이 없었던 것이다. 그만큼 나를 사랑해주고 보살펴주고 이끌어주던 어머니와 형님이 계셨기에 가능한 일이었다. 두 분이야말로 내가 자라고 크는데 상상을 초월한 큰 힘이 되었다고 단언하고 싶다.

국민학교 3학년 때였다. 하루는 형님이 나를 불러 말씀하셨다.

"너는 이제 일 좀 덜하고 공부를 더 열심히 했으면 좋겠다. 나는 가정형편상 공부를 중단할 수밖에 없었지만, 진우 너라도 내가 못한 공부를 대신해야지. 땅이라도 팔아서 가르쳐줄 테니 공부만 열심히 해라. 네가 공부를 잘하면 멀리 유학이라도 보내주겠다."

그때 나는 유학이 무엇인지도 잘 몰랐고 별 관심도 없었다. 그러던 어느 날 형님이 다시 나를 불러 앉혔다.

"네가 열심히 해서 공부를 잘하면 상을 주겠다."

우리 학년은 남녀 합쳐 모두 49명이었기 때문에, 내가 공부를 잘 해서 형님께 상을 받는 일이 그다지 어렵게 느껴지지는 않았다.

"1등 하면 '책상', 2등 하면 '양복', 3등 하면 '운동화'를 사줄게."

그 당시 나는 책상 대신, 제사 지낼 때 촛대와 술잔을 올려놓는 직사각형의 상을 사용하고 있었다. 옷은 양복 대신 바지저고리를 입어, 늘 혁대가 바지를 지탱하지 못하는 바람에 흘러내린 바지를 끌어올리기에 바빴고, 신은 검은색 '만월신발'을 신었었다.

이렇게 생각만 해도 욕심이 생기는 상품들을 걸어 놓고 내가 공부 잘하기를 원하셨던 형님, 형님의 그런 마음이 나로 하여금 친구들과 다른 삶을 살도록 해준 원동력이 되었다.

형님이 나를 지켜보시니

형님 뜻에 맞지 않네

내가 하지 못한 공부 동생 너라도 해야 할 텐데

형님이 동생을 염려하시네

공부를 하지 않는 동생아

어찌 살려고 그렇게 공부를 하지 않느냐?

이렇게 계속된다면 너도 농사꾼

안 된다 안 돼, 잘하면 상 줄게 제발 공부 잘해라

무섭고 두려웠던 형님

기다리고 기다리시다가 입을 여셨네

형님의 원대로 열심히 하겠사오니

이제 걱정 마시고 저에게 주실 상품 준비해 주셔요

    가을철에는 학교에 다녀오자마자 동네친구들과 함께 바가지를 들고 논으로 나갔다. 우리들은 가을해가 서산에 붉은 빛을 발하고 지면서 사방이 컴컴해질 때까지 벼이삭을 주웠다. 재수가 좋은 날에는 벼를 다 벤 논에도 벼이삭이 많이 떨어져 있어 횡재를 했다. 논둑에 있는 쥐구멍 속에는 쥐가 겨울에 먹고 살기 위해 저장해 놓은 벼이삭들이 많았다. 뱀에게 물릴 위험을 무릅쓰고 손을 쥐구멍에 넣으면, 한 주먹의 벼이삭을 얻을 수 있었다. 스릴과 즐거움을 동시에 맛볼 수 있는 체험이었다.

    어느 날 저녁노을에 벼이삭을 줍다가, 논둑에 있는 벌집을 보지 못

어느 시골 식당에서 형님, 형수님과 함께.

하여 그대로 벌에 쏘인 적이 있었다. 쏘인 데가 너무 아프고 온몸에 두드러기가 나서 몹시 가려웠다. 어머니는 나를 부엌의 아궁이 앞으로 데려가 발가벗겨 세우신 후, 소나무를 태운 연기가 내 몸에 지나가도록 부채질을 해주셨다. 그랬더니 신기하게도 온몸의 두드러기가 가라앉았다. 일종의 민간요법이었을 텐데, 어머니에게 이런 재주도 있으시구나 하면서 감탄했던 기억이 난다.

어머니는 또 내가 배가 아플 때마다 나를 방바닥에 눕히시고, 배를 부드럽게 위아래로 문질러 주셨다. 아픈 배를 정성껏 문지르며 "배 앓이야, 물러가라. 엄마 손이 약손이다." 하는 노래를 부르곤 하셨는데, 그때마다 나는 마음이 편해지고 아픈 배가 다 낳은 듯했다. 어머니의 그 거칠던 손은 내 아픔을 없애주는 귀하고도 귀한 손이었음을 새삼스럽게 느낀다.

한여름이 되면 기력이 없어지면서 식욕도 없어지는 일이 종종 있었다.

어머니는 나에게 곧바로 "더위 먹었다."라고 진단하시고는, 집 주위에서 싱싱한 익모초 잎을 뜯어오셨다. 익모초를 물에 넣어 팔팔 끓인 후 베수건에 넣고 쭉 짜서 만든 익모초 물을 한 보새기(작은 사발) 마시게 하셨다. 얼마나 쓴지 나는 숨을 쉬지 않기 위해 손으로 코를 꼭 잡고, 억지로 꿀꺽꿀꺽 마셨다. 지금도 생각하면 소름이 끼치고 입 안에 쓴맛이 도는 것 같다.

어머니는 나를 치료 해주시는 의사선생님

벌에 쏘이면 소나무 연기 씌워주시고
배가 아프면 어머니의 정성어린 따뜻한 약손이
통증을 없애주시네

더위 먹으면 어머니가 정성껏 달여주신 쓴 익무초 물
손을 다치면 빨간약 바르시고 헝겊으로 싸매주시고
어머니의 정성어린 치료는 백발백중
틀림없이 낫게 해주시네

나의 어머니는 만능의 어머니
부족함이 전혀 없으신 나의 어머니
나의 모든 문제 다 해결해 주시는 해결사 나의 어머니
어머니와 함께 있으면 무슨 일이 닥쳐와도 아무걱정 없네

어느날 어머니와 함께 사과밭에 가서

걷고, 자전거 타고, 기차 타고

　나는 홍성중학교 입학시험에 합격했다. 내 짐작에 지원자 거의가 합격했으므로 80% 이상의 합격률을 가진 학교였다. 구태여 입학시험 공부를 하지 않아도 대부분 합격할 수 있었다.

　이제는 어엿한 중학생의 자격을 정식으로 인정받아, 교복을 입고 교모를 쓰고 운동화를 신고 중학교를 다닐 것을 생각하니 기분이 좋았다.

　어머니와 형님에게 중학교에 합격했다는 말씀을 드렸을 때 두 분 모두 기뻐하셨다.

　"오머니, 저유 중핵교 입학시험에 합격했슈."

　"그려? 우리 아들 진우가 중핵교에 합격했서? 잘했서. 네 형은 공부허다 말었지민 너는 공부 잘혀서 대핵교까지 가야 혀. 그래야 떵떵거리구 살지. 그렇키만 되민 말여, 이 동네에서 네 칭찬이 자자헐

꺼여. 진우야, 알었남?"

"오머니 알었슈, 열심히 헐꺼구먼유."

홍성중학교는 국민학교와는 다르게 학교 교문이 튼튼한 철문으로
되어 있었고 〈홍성중학교〉라고 크게 쓰여 있었다. 학교 교문에 들어
서면 왼쪽에 잘 꾸며진 정구장이 내 눈에 확 들어왔다. 운동장도 넓
고 학교도 국민학교에 비해 커서 교실이 많았다. 화단 또한 잘 정리
되어 있었는데, 지금까지 보지 못했던 글라디올러스 등 아름다운 꽃
들이 많이 피어 있었다.

수업이 끝나고 쉬는 시간인 듯했다. 운동장에는 몇 명씩 팀이 되
어 부드러운 정구공을 손바닥으로 치면서, 즐겁게 정구 게임을 하고
있는 학생들로 가득 차 있었다.

"와!" 소리가 저절로 났다. 약간 어리둥절하기도 했지만, 나도 앞
으로 저 학생들 속에 들어가 저들과 함께 학교생활을 할 것을 생각
하니 가슴이 뿌듯해졌다.

중학교에 들어가니 자동적으로 국민학교 시절과는 외면상으로도
내면상으로도 다른 생활이었다. 사실 그 당시에는 농촌에서 중학교
에 들어가기가 쉬운 일은 아니었다. 사친회비가 국민학교보다 훨씬
비쌌던 것도 이유 중 하나였다. 중학교에 들어가려면 경제적으로도
어느 정도 되어야 했고, 부모님이 자녀를 가르치고 싶은 교육열을 갖
고 계셔야 했다.

특히 우리 마을에서는 중학교에 들어간다는 사실이 그의 부모뿐

아니라 학생 자신도 친구들과는 다른 가정환경에서 사는 것이 인정되기 때문에, 그 가문의 영광이요 학생 자신에게는 기쁨이 아닐 수 없었다. 그래서 누구든지 중학교에 들어가면 소문이 꼬리를 물어, 우리 마을뿐만 아니라 이웃동네까지 그 소식이 좍 퍼졌다.

"진우가 중핵교에 합격했슈!"

동네 아주머니를 만난 어머니는 묻지도 않는 말씀을 하셨다.

"그류? 좋겄슈? 진우네는 돈이 있으니께 그렇츄. 우리 애는 핵교 안 가구 농사짓는 게 더 좋대유. 농사를 열심히 지어서 성공허넌 것두 괜찮유."

"그건 그래유, 농사짓넝 게 제일 좋지유."

어머니는 괜히 미안해지셔서 아주머니에게 맞장구를 쳐주셨다.

그 당시만 해도 농촌은 돈이 너무 귀했고 무척 가난했다. 내가 더 어렸을 때는 달걀이나 닭 한 마리를 장사꾼에게 팔아 돈으로 만들려면, 장장 20리 길을 걸어가야 했다고 한다. 혹시라도 깨질까봐 지푸라기로 싼 달걀 10개를 조심조심 손에 들고 20리 길을 걸어갔을 모습들이 상상된다. 막상 팔았다고 해도 지금 돈으로 계산하면 몇 푼되지도 않았을 것이다. 그만큼 농촌에서는 돈이 무척 귀했다. 그러므로 정말로 대부분의 아이들이 사친회비 때문에 중학교에 진학하지 못한 것이다. 내가 다닌 국민학교도 마찬가지였다. 졸업생 49명 중에서 여학생 1명만 홍성여중에 진학하였고, 나를 포함하여 4명의 남학생이 홍성중학교에 진학하여 아주 낮은 진학률을 보였다.

나는 처음으로 검은색의 명 책보 대신 책가방, 고무신 대신 운동화, 그리고 바지저고리 대신 양복을 입었다. 양복바지는 가볍고 혁대를 고정시키는 고리가 있어 흘러내리지 않아 좋았다. 국민학교 시절엔 책, 공책, 필통과 도시락 또는 내가 좋아하던 콩 누룽지를 한 책보에 싸서 허리에 차고 다녔다. 때에 따라서는 책보가 충분히 넓지 못하여 책이나 필통 등이 자꾸만 빠져나왔다. 학교 갈 시간은 점점 다가오는데 책보는 풀었다 다시 싸야 하고, 그렇게 속을 태웠던 기억이 난다. 그런데 이제는 책가방이 커서 모든 것을 다 넣어도 빈자리가 생길 정도였다. 학교 구내매점에서 구입했기 때문에 가방 한 면에 '홍중'이라고 크게 인쇄되어 있었다. 형님은 내 이름 석 자를 가방 아랫부분에 잉크로 예쁘게 써주셨다.

　검은 교모에는 반짝반짝 빛나는 은색깔의 모표帽標 '홍중'을 형님과 함께 달고, 모자를 쓰고 난 후 내 얼굴을 거울에 비춰보았다. 웃어보기도 하고 찡그려보기도 하고 여러 가지 표정의 얼굴을 해보았다. 처음으로 교모를 쓰고 거울에 비친 내 얼굴을 확인했을 때는 마음이 흐뭇하고 기뻐서 어쩔 줄 몰라 했다. 나 자신이 나르시시즘에 빠진 순간이었다.

　중학교 교복을 입고 운동화를 신고 나니, 이제는 국민학생 모습을 벗어나 의젓한 중학생이 된 것이 실감났다. 동네어른들은 벌써 소문을 듣고 내가 홍성중학교에 입학했다는 사실을 다 알고 계셨다. 만나는 어른들마다 중학교에 들어간 것을 진심으로 축하해 주셨다.

　"진우가 벌써 커서 중핵교 들어갔다지? 공부 잘혀서 성공허구 홀

류한 사람 되어. 그려서 어머니께 크게 효도 혀봐."

바지는 항상 진흙이 묻어 더럽거나 흘러내려가 있고, 저고리 소매
는 매일 터져서 꿰매기에 바빴던, 그 국민학교 시절은 겨울에 눈 녹
듯이 사라져 버렸다. 어느새 어엿한 중학생이 되어 교복을 입고 교
모를 쓰고 운동화를 신은 나를 보면서, 어머니는 어떤 생각을 하셨
을까?

'진우 아버지가 살아계셨더라면 얼마나 기뻐하실까?' 하는 생각을
제일 먼저 하셨을 것이다. 아니면 '당신께선 멀리 계시지만 아이의
미래를 책임져 주세요. 나도 모든 노력을 다할게요.

이 아이는 큰아들이 이어받지 못한 의사가 됐으면 좋겠어요.' 하고
아버지께 무언의 말씀을 드렸을지도 모른다.

그러나 그때에는 미처 어머니의 나에 대한 기대를 알지 못한 채,
그저 중학교에 다닐 수 있다는 사실 자체가 좋았다. 공부를 잘하고
싶다거나 열심히 해야겠다는 생각도 별로 없었고, 다른 사람이 중학
교에 다니니까 나도 함께 다닐 뿐이었다.

우리 집에서 학교까지의 거리는 족히 30리(약 12km)쯤 됐는데, 여
러 통학방법이 있었다.

첫 번째 방법은 주로 자동차 길을 이용하여 걸어서 학교에 가는 방
법이었다.

우리 집에서 금마천을 건너 송정마을을 지난 후 화양리마을을 지
나면, 홍성읍까지 연결되어 있는 포장 안 된 도로를 만나게 된다. 집

에서 이 도로까지는 걸어서 30분 정도 걸리고, 그곳에서부터 홍성중학교까지는 약 1시간이 걸린다. 그러니 집에서 학교까지 1시간 30분, 학교에서 다시 집까지 1시간 30분, 이렇게 하루에 총 3시간을 꼬박 걸어야 하는 것이다.

자동차 길을 걸어 학교에 다닐 때 가장 힘들었던 일은, 차가 지날 때마다 특히 트럭이 지날 때마다 짙은 먼지로 인해 눈을 뜰 수가 없고, 눈을 떠도 주위를 볼 수 없을 만큼 심한 먼지로 가득한 공기 속을 걸어야 했던 점이다. 국민학교에 다닐 때는 거리가 불과 2km밖에 되지 않아서 30분이면 학교에 도착할 수 있었는데, 중학교 때에는 훨씬 부지런을 떨어야 늦지 않고 학교에 다닐 수 있었다.

학교를 다녀오면 다리도 아프고 많이 피곤했다.

"오머니, 핵교 다녀왔슈, 밥 점 줘유. 배고퍼 죽것슈."

"그려, 교복 벗구 기다려. 밥 차려주께."

나의 하얀 교복은 하루 동안에 땀과 먼지로 더러워져 있었다.

두 번째 방법은 자전거로 통학하는 방법이었다.

나는 많은 학생들이 자전거를 타고 학교 다니는 모습이 무척 좋게 보였다. 손에는 흰 장갑을 끼고 책가방은 안장 뒤에 실어 끈으로 단단히 묶은 다음, "따르릉따르릉" 종을 울리며 신나게 학교로 달려가는 자전거 통학! 나도 한번쯤 해보고 싶은 마음이 굴뚝같았다.

그 당시에는 경제적으로 여유 있는 사람들만 자전거를 타고 다녔기 때문에, 감히 형님에게 자전거 통학에 대해 말을 꺼낼 수 없었다.

그러나 항상 내 마음을 꿰뚫고 있는 형님이 모를 리 없었다. 하루는 형님이 나를 위해 자전거 한 대를 사왔다. 그날이 마침 음력으로 보름날이었는지 달이 대낮처럼 밝았다.

형님은 뒤에서 자전거가 넘어지지 않도록 붙잡아주고, 나는 운전대를 잡고 발판을 굴려 앞쪽으로 전진했다. 좁은 마당을 형님과 함께 수십 번은 돈 것 같다. 어느 순간 자전거를 잡고 있던 형님이 손을 놓으니, 나 혼자서도 자전거를 탈 수 있게 되었다. 그러나 운전대는 내 마음대로 조절할 수가 없어서, 결국 비틀거리며 마당가에 파놓은 도랑으로 빠져버렸다. 이렇게 도랑에 빠져 허우적거리다가 다시 일어난 경우가 한두 번이 아니었다. 나는 아무리 넘어져도 아무리 비틀거려도 형님이 옆에 있으니 걱정이 없었고, 다행히도 그날 달이 밝아 늦게까지 연습할 수 있어 더욱 좋았다.

드디어 홍성까지 자전거 통학이 시작되었다.

자전거 통학은 걸어서 학교에 가는 것보다 시간도 단축되고 지루하지 않았다. 그러나 막상 자전거 통학을 해보니 거기에 따르는 단점도 많았다. 아마도 그 당시의 자전거는 여러 면에서 약하게 생산되었었나 보다. 타이어가 '림'(자전거 바퀴의 테를 이루는 고리 모양의 부분)에서 부분적으로 빠져나오기도 하고, 타이어 속에 들어 있는 고무튜브가 약해 '펑크'도 잘 나고, 타는 도중에 자전거 체인이 톱니바퀴에서 빠져나오지를 않나, 운전대가 한쪽으로 치우쳐져 밸런스가 맞지 않아 애를 먹는 등등 여러 가지 문제가 생겼다. 그렇기 때문에 돈이 귀한 농촌에서 자주 휘어진 림을 펴주는 일, 펑크를 때우는 일, 운전대 바로잡아 주는 일, 체인문제 해결 등등의 자전거 수리를 하다 보니, 자전거 통학을 하는 데에도 적지 않은 비용이 들어갔다.

나에게 더욱 힘들었던 것은 자전거를 타고 학교에 가는 도중, 국민학교 때 배운 대로 우리 동네에서 아침 일찍 일하러 나가는 어른들을 만날 때마다, 반드시 자전거에서 내려 정중하게 인사하는 일이었다. 지게를 지고 일터에 나가시는 분, 삽이나 긴 갓(작은 삽 모양이지만 좀 더 납작한 하트 모양을 하고 긴 자루가 달린 것이 특징)을 어깨에 메고 논에 가시는 분, 호미를 들고 밭을 매러 가시는 분 등등, 우리 마을과 이웃 마을의 많은 어르신들을 만나지 않을 수 없었다. 그도 그럴 것이 학교까지 거리가 멀어 남들보다 서둘러야 했던 등교시간이 아침 일찍부터 바쁘게 일터로 가는 어른들의 시간과 맞물려 있었기 때문이다.

어쨌든 나는 국민학교 도덕시간에 최○○ 교감선생님이 가르쳐주신 것처럼, 만나는 분마다 자전거에서 완전히 내린 후 정중하게 인사를 드렸다. 매일 아침 학교에 가기 위해 동네를 지나는 동안, 적어도 10번 내지 20번은 인사를 드렸던 것 같다.

"○○○ 아버지, 진지 잡쉈슈?" 하고 자전거에서 내려 교모를 벗고 정중히 인사드리던 내 모습이 떠오른다. 그때 내게는 웃어른들께 인사드린다는 자긍심과 즐거움이 있었다.

간혹 지각할까봐 서둘러서 학교에 갈 때에는 마음이 조급해져 '자전거 탄 채로 인사하고 지나가면 좋을 텐데.' 하는 마음도 들었지만 나는 그럴 수가 없었다. 그런 자세로 동네어른들께 인사하는 것은 예의가 아니라고 생각했기 때문에, 철저히 자전거에서 내려 인사드렸다.

아마도 내 마음속에는 지각 걱정보다, 어머니와 형님을 생각해서라도 내가 도리에 어긋나는 일을 해선 안 된다는 생각이 더 크게 자리 잡았던 것 같다. 동네어른들에게 인사를 잘하면 잘할수록, 어머니와 형님은 "진우가 참 예의바르다."라는 동네사람들의 칭찬소리를 듣게 될 것이고 그로 인해 무척 흐뭇해하실 것이다. 평소에도 늘 내게 더욱 예의바른 사람이 되라고 말씀하셨던 두 분이었기에.

세 번째 방법은 기차통학이었다.

내가 홍성중학교와 홍성고등학교 시절에 가장 많이 이용했던 방법이다. 다행히도 그 당시에는 '화양역'(지금은 없어졌음)이라고 불리는 아주 작은 간이 기차역이 있어서 홍성까지 기차통학을 할 수 있었다. 역이 작기 때문에 완행열차만 정차하고 급행열차는 그냥 지나쳤다. 완행열차는 하루에 서울행(상행선) 4차례와 장항행(하행선) 4차례뿐이었고, 그나마 학교통학에 맞는 기차는 화양역 아침 7시 30분 기차와 홍성역 저녁 6시 40분 기차뿐이었다.

기차통학의 문제는 첫째, 매달 갱신해야 하는 기차승차권이 너무 비쌌다는 점이다.

당시 학생 승차권은 한 달에 92원이었다. 시골에서는 돈 자체를 별로 볼 수 없었고, 돈을 만들기 위해서는 곡식, 달걀, 소, 돼지, 토끼,

그 밖에 길쌈한 것 등을 팔아야만 했다.

원래부터 어머니로부터 "지악스럽게 살라."는 교육을 받아온 나로서는, 매달 92원씩이나 되는 돈을 내고 승차권을 산다는 것이 너무 아깝게 생각되었다. 그 때문에 승차권을 사지 않고 무임승차할 때가 더 많았던 것으로 기억된다. 기차 안에서 차장이 기차표를 검사할 때는 다른 객실로 피해야 했고, 홍성역에 내려서는 출구에서 승차권을 검사하는 역원의 눈치를 보며 마음을 졸여야 했다.

다행인 것은 학생일 경우 승차권을 검사하지 않고 무사통과할 수 있었다는 점인데, 가끔씩 예외도 있으므로 머리를 써서 잘 피해야 했다. 그때 나는 어린 마음에 역원이나 차장에게 들키지 않고 기차를 타게 되면, 신이 나서 승리감에 도취되어 있었다. 변명 같지만 나뿐만 아니라 많은 통학생들이 그렇게 무임승차를 했으리라. 게다가 통학생 대부분이 무임승차 자체를 큰 죄로 여기는 대신 대수롭지 않게 생각했기 때문이리라.

홍성역원들도 기차에 타고 내리는 학생들의 숫자와 실제 판매된 학생승차권의 판매 숫자가 차이가 남을 모를 리 없었을 것이다. 인정 많은 홍성역원들이 경제적으로 어려운 시골학생들의 처지를 감안하여 눈감아주었기에, 학생들도 부담 없이 편안한 학교생활을 할수 있었던 것이다. 두고두고 생각해 봐도 참 고맙고 인정 넘치는 분들이었다.

내가 국민학교 4학년 때 예산군에 있는 수덕사로 소풍을 갔던 기

고등학교 졸업식 때 친구들과 함께.

억이 난다.

수덕사는 여자 스님만 거하는 여승당, 춘원 이광수 씨의 애인이던 김일엽 스님 그리고 만공탑 등으로 유명했다. 대웅전은 고려시대에 증축한 가장 오래된 목조 건물 중 하나였다.

국민학교에서 수덕사까지는 걸어서 약 1시간 30분 정도 걸리는 거리였다. 형님이 내게 소풍가서 쓰라고 용돈으로 10원을 주셨다. 그런데 나는 한 푼도 쓰지 않고 집으로 돌아와 어머니에게 10원을 보여드리면서 자랑을 했다.

"어머니, 저 소풍가서유 돈 하나두 안 쓰구 그냥 가져왔슈. 이거 봐유 여기 있잖유."

"잘 했구먼. 그렇게 살아야 되는 겨. 그렇게 지악스럽게 살아야 되는 겨."

어머니도 이런 나를 칭찬해 주셨다. 나는 그 10원으로 먹는 것 대신 연필, 지우개, 공책 등을 사서 어머니께 더 많은 칭찬을 들었다.

내가 돈에 대해 지독했던 다른 예로, 중학교 2학년 때를 들 수 있다.

미술책을 사야 하는데 책을 보니 과히 두껍지 않았다. 약 120~150

쪽 정도 되는 것 같았다. 나는 쪽수에 비해 책값이 비싸다고 생각했다. 그래서 홍○○ 미술 선생님께 책을 사는 대신에 책을 베껴도 된다는 허락을 받고나서, 미술 교과서를 처음부터 끝까지 완전히 베껴서 썼다. 어릴 때부터 돈을 아껴 쓰는 버릇이 있었기에 가능한 일이었다. 얇은 미술책을 돈을 들여 사는 것이 아깝다고 생각해서였다.

그렇지만 가끔씩은 승차권이 비싸다는 이유로, 그 먼 길을 걸어서 학교에 갔던 나를 생각하면 '내가 해도 해도 너무했구나.' 하는 생각도 든다.

기차통학의 두 번째 문제점은 지형적인 문제였다.

여름 장마철만 되면 우리 마을 앞에 흐르는 금마천에 물이 불어 건너갈 수가 없었다. 때문에 화양역에 가기 위해서는 'ㄷ'자 형으로 한참을 돌아가야 해서, 원래 30분에 15분이 더해져 45분은 걸려야 화양역에 도착할 수 있었다.

세 번째로 학교수업이 끝난 후에는 기차가 6시 40분 기차밖에 없었으므로, 집에 가기 위해 오랫동안 기차를 기다려야 했다. 특히 낮도 짧고 달도 없는 겨울철 저녁에는 그 기차를 타고 화양역에 내리면 이미 캄캄한 밤이 되어 있었다.

기차에서 내려 화양들의 논길을 걸으면 오르막길이 나왔다. 소나무 사이에 가늘게 나 있는 산길을 걷다 보면, 가끔은 소나무에 부딪치기도 하고 미끄러지기도 한다. 특히 비가 오는 캄캄한 밤에 소나무가 무성한 산속을 혼자 걷는 것은 매우 오싹한 일이었다. 어릴 때

주워들었던 "빗자루가 도깨비로 변해 재주를 부리면서 사람을 해친다." "하얀 옷을 입은 처녀귀신!" "여우에게 홀린다." 등등의 이야기들이 문득문득 떠오르기 때문이다.

소나무가 무성한 산을 내려오면 비로소 송정마을에 도착하게 되는데, 그제야 안도의 한숨을 내쉴 수 있었다. 어렴풋하게나마 불이 켜져 있는 익숙한 집들이 보이기 때문이다. 더욱이 이맘때쯤이면 우리 집 앞에 있는 논둑길로 형수님이 등불을 들고 마중을 나와 있었다. 형수님의 등불이 천천히 나를 향해 오면 그전에 느꼈던 긴장감은 눈 녹듯이 사라져 버렸다. 정말로 내 마음의 불안감과 긴장감을 모두 녹여주고, 나를 안심시켜 준 따뜻한 등불이었다.

마지막 네 번째는 학교 가는 날과 장날이 겹칠 때였다.

홍성장은 1일, 6일, 11일 등으로 5일마다 장이 섰다. 우리가 타던 완행열차는 객실이 4개밖에 없었다. 당연히 장이 서는 날이면 삽교나 예산에 사는 장사꾼들과 거지들 특히 문둥병이 있는 거지들, 그리고 갈고리 손을 가진 무섭게 생긴 상이군인들로 객실이 콩나물시루처럼 빽빽하게 들어차 물 샐 틈조차 없었다.

그때 일을 생각하다 보니 기억나는 일이 있다. 고등학교 1학년 때 나는 남에게 말 못할 괴로움과 고민에 빠진 적이 있었다. 그날이 바로 홍성 장날이었다. 학교 가는 기차는 예외 없이 만원이었다. 기차에 타긴 했어도 몸을 전혀 움직일 수 없었다.

그런데 하필이면 내 옆에 문둥병 환자가 서 있는 것이 아닌가? 나도 모르게 그와 접촉하고 만 것 같았다. 생물시간에 문둥병은 신체 접촉에 의해 병이 전염된다고 배웠기 때문에, 나는 그날부터 고민에 빠지게 되었다. 몇 날 며칠을 계속해서 내 피부를 관찰한 결과, 바른쪽 엄지손가락의 손톱 밑 피부가 다른 피부에 비해 약간 다르다고 판단되었다. 그리고 나니 더 큰 고민에 빠지게 되었다. 누구한테 말하기도 뭣해서 혼자서만 끙끙 앓다가, 이대로는 도저히 안 되겠다는 생각으로 집안 식구들 모르게 홍성행 기차 대신 서울행 기차를 집어 탔다.

서울역에서 내려 얼마 안 가니 〈ㅇㅇㅇㅇ 피부비뇨기과〉라는 간판이 보였다.

'여기야말로 내가 믿을 만한 병원일 거야. 문둥병은 피부과에 속하지만 이 병원은 비뇨기과까지 볼 수 있는 의사선생님이시니, 그의 진단을 믿어도 될 것이야.'

나는 혼잣말을 중얼거리며 층계를 올라가 2층에 있는 병원으로 들어갔다. 그때까지 나의 심장은 한없이 두근거리고 있었다.

'아, 어떤 결과가 나올까? 만일 내가 생각한 그 병에 걸린 거라면 나는 어떻게 살지……'

떨리는 가슴을 진정시키며 나는 의사선생님께 모든 사실을 하나도 빼놓지 않고 자세히 말씀드렸다. 선생님이 내 바른손 손가락을 찬찬히 살펴보시더니 말씀하셨다.

"손가락은 정상이야. 너무 신경을 쓰다 보니 그렇게 느끼는 거야. 그래도 확실히 해야겠으니, 소변 좀 받아와 봐."

의사선생님이 내가 받아온 소변을 원심분리한 후 슬라이드에 놓고 현미경으로 들여다보셨다. 그런 선생님의 모습을 보고 있으려니 마음이 더 걱정과 불안함으로 가득 찼다. 잠시 후 의사선생님이 나를 불렀다.

"학생, 이리 와서 현미경을 들여다봐."

"네. 그런데 선생님, 보이는 것이 무엇인가요? 저는 보아도 모르겠어요. 말씀해 주세요."

"결론은 문둥병이 아니라는 거야. 균이 하나도 없으니 걱정 말고 공부 열심히 해, 알았지?"

나는 무척 기뻤다. 엄지손가락을 다시 보았다. 그제야 다른 피부와 별 차이가 없는 것이 느껴졌다. '그러면 그렇지!' 하면서 머릿속에 있던 짙은 구름이 쏜살같이 사라졌다.

나는 오늘날 의사가 되어 환자를 진찰하면서도, 가끔씩 내가 청소년기에 경험했던 일들을 되새겨 본다.

특히 진찰을 받기 위해 나를 찾아오는 중고등학교 학생 중에는 고환암을 걱정하는 학생들이 많았다. 이런 마음의 질병을 '하이포콘드리아', 즉 심기증心氣症이라고 한다.

나는 농사짓기 싫어!

누구나 할 것 없이 농번기에는 농사일에 눈코 뜰 사이 없이 바쁘다.

우리 집에서도 어머니와 형수님은 흰 수건을 형님은 밀짚모자를 쓰시고, 땀으로 온몸을 적시면서 열심히 일하셨다. 너무 집중해서 열심히 일하는 바람에 자신들의 건강을 해친다는 사실도 전혀 개의치 않으셨다. 그 숱한 흙먼지가 숨을 쉴 때마다 콧구멍 속으로 들어가 기관지와 폐를 상하게 한다는 상식조차 알지 못했고, 사실 그런 걸 생각해 볼 겨를도 없었다. 해가 서산에 지고 깜깜해져서 일을 할 수 없을 때까지, 열심히 일하는 곳이 농촌이었다.

우리 집도 그와 같은 농촌이었고, 어머니의 가르침 덕분에 다른 어느 집보다 열심히 일하는 이들이 우리 집 식구들이었다. 특히 어머니, 형수님, 큰누나는 일벌레처럼 몸이 부서지도록 일을 하셨다. 나도 학교에 다녀오거나 주말이 되면 어른들을 도와 열심히 일을 했다. 동네 공동우물에서 물동이를 머리에 이고 오시는 어머니를 대신해, 물지게를 지고 가 우리 집 부엌에 있는 큰 물동이에 물을 가득히 채워드리기도 하고, 아무런 불평 없이 밭일과 논일 그리고 집의 짐승들을 먹이고 거두는 일 등을 했다.

내가 중학교 2학년 때의 일이다. 가을철이 되면 매년 하는 일이지만 우리 집에서 벼 바심(타작)을 하는 날이었다. 벼 바심을 하는 날은 지난 1년간의 농사일을 총결산하는 날이기 때문에, 1년간의 농사일 중 가장 즐거우면서도 생산의 결과에 대한 기대가 큰 날이다.

어머니와 형수님은 벼 바심을 하기 전에 며칠에 걸려서, 일꾼들에게 줄 음식들을 정성껏 준비하셨다. 나 역시 어머니의 심부름으로 한다리에 가서 담배 몇 봉지를 사왔다.

"오머니, 늬열 바심헌대유?"

"그려, 늬열 베 바심 허넌디 월마나 많이 베가 나올지 물르것구먼. 올이는 베가 흉년이 돼서 작년망큼 뭇헐 것 같어."

"혀 봐야 알지유. 오머니, 너무 걱정 말어유."

농촌에서는 어느 집이든지 일이 있으면 도와주는 아름다운 동네 풍습이 있었다. 마당을 깨끗이 빗자루로 쓴 다음, 집에서 보리나 벼를 찧던 큰 나무토막을 깊게 파서 만든 도구통 3개를 마당에 눕혀놓았다. 일꾼 중 몇 사람은 논둑에 나란히 세워두었던 베토매(볏단)를 한 짐씩 지게로 지고 와서 마당에 부렸다.

다른 일꾼들은 삼으로 꼬아 만든 두꺼운 끈('지게꼬리'라고 부름)으로 베토매 아랫부분을 휘어 감고, 벼가 많이 떨어지도록 온힘을 다해 옆으로 눕혀져 있는 도구통을 힘껏 내려쳤다. 이를 '자리개질'이라고 했다. 벼 이삭이 도구통에 맞아 우수수 벼 꺼럭(벼에 붙어 있는 거칠고 날카로운 긴 털로 옷이나 몸에 묻으면 잘 떨어지지 않음)과 함께 떨어졌다. 내려칠 때 짚토매에 붙어 있는 벼톨들이 될 수 있으면 많이 떨어지게 하기 위하여, 베토매를 돌려가면서 치기도 하고, 베토매를 좌우 어깨 위로 번갈아 올린 후에 치기도 했다.

나도 일꾼들과 같이 자리개질을 해보니 여간 힘든 일이 아니었다. 그때마다 '아, 농사일은 정말로 힘든 작업이구나.' 하는 생각이 들었다.

벼가 대강 다 떨어졌다고 생각되면 그 베토매는 마당 한쪽으로 던져졌다. 일꾼 중 한 사람이 벼 바심이 끝난 짚토매를 차곡차곡 쌓아올렸다. 이 짚토매가 쌓아올려진 것을 '짚누리'라고 한다. 벼 바심은 온종일 이어졌다. 일꾼들은 땀으로 목욕을 하고 있었고, 거칠고 따가운 벼 꺼럭이 머리에 셀 수 없을 정도로 많이 붙어 있었다. 더워서 윗옷을 벗고 일했기 때문에 일꾼들의 눈두덩, 뺨, 검게 햇빛에 탄 목, 배와 등에서는 땀이 주르르 흘러 내렸고 수많은 터럭들이 온몸에 달라붙어 있었다.

벼 바심이 끝나는 것은 해가 서산으로 뉘엿뉘엿 넘어갈 때였다. 마당에 떨어진 벼톨들을 산더미처럼 마당 한가운데에 모아놓고, 죽가래('넉가래'라고도 하며 직사각형의 편목에 긴 손잡이가 달렸고 쌓인 눈 치울 때도 이를 사용함)로 벼를 한 죽가래 담아 하늘 높이 벼를 던진다. 바람이 좀 부는 날에는 더 효과가 있는데, 이를 통해 벼보다 가벼운 쭉정이, 터럭, 먼지들은 멀리 날아가고, 알곡은 던진 바로 밑에 떨어진다.

알곡은 도두지에 잘 보관하고 마당 한복판에 짚으로 '터럭불'을 놓는다. 일꾼들은 양다리 사이가 터럭불 위로 닿게 하고 아랫바지를 양손으로 주춤주춤 흔들면서 "터럭아, 다 불에 타 없어져라." 하면서 불 위를 지나간다. 이때 터럭불 위를 적당히 빨리 지나가야, 아래옷이 타지 않고 터럭만이 불에 타서 터럭을 잡을 수 있다. 어린 나도 어른들이 하는 것처럼 터럭을 터럭불로 태워보았다. 터럭을 태우고 나면 오늘의 힘들고 어려웠던 하루일은 다 끝난 셈이었다. 이후부턴 내일 일을 위하여 다시 안식을 취해야 했다.

이미 주위가 어둑해진 상태에서 일꾼들이 몸을 적당히 씻고 나면, 그제야 비로소 저녁을 먹을 수 있게 되었다.

현재의 우리집 모습. 내가 태어나서 자란 곳이다. 옛 그 모습은 어디로 갔나?

어여차 어여차
눕혀놓은 절구통을 볏단으로 깨지도록 치는 자리개질
볏단에서 누런 벼톨들이 폭발하듯 절구통 옆으로 우수수 떨어지네

일의 용사들 구릿빛 피부는
땀과 먼지로 온통 덮였네
힘들고 어렵지만 지난 1년 동안 수고함을 수확하는 기쁨

추수를 다 마치고 미소하는 그 얼굴들
열심히 일하고 열심히 사는 순박한 그 모습
장하고 귀한 일꾼들이여

    나는 이때 농부들이 벼 바심하는 것을 보고, 정말로 농촌에서 농사 짓고 사는 것이 힘든 일이라는 것을 피부로 느꼈다.
    농촌사람들은 식사시간을 제외하고는 새벽부터 저녁까지 쉬지도 않고 계속하여 일만 한다. 마치 그것이 인생의 전부인 것처럼 열심히 일만 한다. 그들이 그렇게 바쁘게 일만 하는 이유는 첫째, 논농사든 밭농사든 모든 농사일을 24절기에 맞춰 심고 가꾸고 거둬들여야 하기 때문이다. 때를 놓치면 좋은 수확을 기대할 수 없고, 때를 잘 맞추기 위해서는 바쁘게 뛰지 않으면 안 되는 것이다. 오늘 할 일을 내일로 미룰 수 없는 것이 농촌일이다.
    둘째, 1년 동안 온힘과 정성을 다해 거두어들인 곡식이나 삼베, 무

명 등이 공을 들인 시간과 노력에 비해 너무 싼값에 팔리기 때문에, 그들이 살아가는 데 필요한 돈을 만들기 위해서라도 더 열심히 일해야 한다. 비료도 사고 농약도 사야 한다. 일손이 부족할 때에는 품삯을 주고 일꾼도 사야 한다. 거기에 자녀들의 교육비도 필요하니 지출이 이만저만이 아니다.

몇 년 전 뉴스에 의하면 우리나라 농촌은 집집마다 수백만 원 내지 수천만 원의 은행 빚을 가지고 있다고 한다. 그렇기 때문에 그들은 더 열심히 일할 수밖에 없는 것이다.

일을 하도 많이 해서 허리를 비롯하여 몸 구석구석 아프지 않은 곳이 없다. 그런데도 곡식을 파는 것만으로는 돈이 별로 되지 않아, 동네사람들 중 병원 문턱을 넘은 사람이 거의 없다. 몸이 편찮으셔도 병원 한 번 제대로 가보지 못하고 돌아가시는 경우가 대부분이었다.

내 친구 아버지도 그러셨다. 무척 건강하신 분이었는데 어느 날 갑자기 명치뼈 밑 뱃속에서 딱딱한 혹이 만져졌다고 한다. 그 혹이 자꾸 커지면서 밥도 드시지 못하고 몸이 쇠약해지시면서 그냥 돌아가시고 만 것이다. 아마도 위암으로 돌아가신 것 같은데, 그분처럼 무슨 병을 가지고 있는지도 모른 채 돌아가신 분들이 꽤 많았다. 농촌에서는 특히 건강에 대한 상식이 별로 없었기 때문에, 푸닥거리를 하거나 방치해 둠으로써 그런 결과를 가져왔으리라 생각한다.

농촌에서는 누구든지 열심히 일하지 않으면 가정을 이끌어 나가기 힘들었다.

오죽하면 어떤 아이들은 국민학교 다닐 때 사친회비를 못 내서 공부시간에 강제로 집으로 돌려보내지기도 하고, 아예 사친회비 낼 돈이 없는 아이들은 학업을 중단할 수밖에 없었다. 이런 열악한 환경이었으니, 한창 자라고 있는 어린 학생들이 얼마나 마음에 상처를 입었겠는가? 그 시대의 농촌살림의 힘들고 어려웠던 모습을 보여주는 한 예에 불과하지만, 어쨌든 일을 열심히 하지 않으면 가정을 꾸려나가기가 힘든 시절이었다.

그런데 나는 이렇게 일하기가 싫었다. 아무리 생각해 보아도 농부들은 일을 너무 많이 하는 것 같았다. 다른 어떤 직업이라도 좋으니, 절대로 농부만은 안 되겠다는 생각이 머리를 스쳐 지나갔다. 그런 생각이 굳어지자 농촌사람들이 불쌍하고 가엽게 느껴졌다. 동정심도 생기고 안타까운 마음도 들었다. 특히 나의 어머니가 가장 안타깝게 느껴졌다.

"오머니, 힘드시지유? 저는 저 사람들처럼 일을 뭇헐 것 같유. 너머 힘들게 허넝걸 보닝께 그런 생각이 드는구먼유."

"그렇구말구, 너는 저 사람덜처럼 일허면 안 데어. 공부 열심히 혀서 의사가 돼야지, 안 그려? 네 형이 공부만 잘 혀면 유학두 보내준다구 혔잖어."

"알었슈. 오머니, 고마워유. 공부 열심히 혀보께유. 농사일은 너머 어려워유. 농사꾼은 안 되구 싶어유."

조용하고 한적한 길

그 길은 돌부리도 많고 언덕이 있어 거닐기 힘들지만

마음은 편안한 길

모두가 그 길을 가고 있네요

어머니도 그 길로

형님도 그 길로

동네 마을사람 거의 모두 그 길로 가는데

그 길은 나에게 너무 힘든 길

어느 길이라도 좋으니 다른 길로 가고 싶었던 나

  벼 바심이 끝난 그날 저녁에 나는 앞으로 살아갈 방향에 대해 깊이 생각해 보았다.

  농사일이 아닌 다른 일은 무엇이 있을까? 울긋불긋 찹쌀엿 파는 엿장수? 땡땡땡 학교 종 울려주는 국민학교 소사? 홍성장 입구의 가게 주인? 농부만 아니라면 어떤 직업이라도 좋을 듯했다. 학교 선생님은 또 얼마나 좋아? 면 서기도 내가 보기에는 부러운 직업이었다. 그들은 지게를 지고 삽자루를 들고 논밭으로 나가는 대신에, 양복을 깨끗이 입고 잘 닦인 구두를 신고 밤색 가방을 들고 출근하지 않는가. 농촌사람들에게는 거의 찾아볼 수 없는 통통한 체구와 안경을 쓰고 다니는 것, 한 술 더 떠 대머리인 것까지 보기에 좋았다. 심지어 나는 그들을 보면서 출세를 하려면 안경을 쓰고 대머리가 되어야겠다는 생각까지 했다.

　내가 중학생이었을 때는 친구 아버지가 트럭 운전사였는데, 그 친구의 옷차림이나 돈 씀씀이가 우리 집보다 훨씬 나은 것 같아 트럭 운전사라는 직업도 부러워했다.

　그 당시 우리 동네에는 전기가 들어오지 않아, 라디오나 텔레비전을 가진 집이 한 집도 없었다. 그러던 어느 날 집집마다 유선 스피커를 설치하게 되었다. 보리 2말, 벼 2말씩 1년에 두 번 곡식으로 지불해 주면, 1년 동안 스피커에서 나오는 소리를 들을 수 있었다. 대부분 유성기판을 돌려 대중가요와 라디오에서 나오는 아침 뉴스, 정오 뉴스를 들려주었다.

　저녁시간에는 라디오에서 나오는 연속극을 스피커를 통해서 내보냈는데, 온 식구들이 이불 속에서 연속극을 듣고 있다가 더욱 재미있어지려는 찰나 연속극이 끝나버려 속상해했던 기억도 난다. 그럴 때마다 "아이 참, 조금만 더 길게 하지." 하며 안타까워하면서 다음 회를 목이 빠지게 기다리곤 했다.

　스피커를 통해 주로 우리에게 들려주던 노래는 "낙동강 강바람에 치마폭을~" "오동추야 달이 밝아~" "청포도 사랑" 등등이었는데 이 노래들이 정말 좋았다. 노래를 듣고 있노라면 나도 노래를 배워 가수가 되면 좋겠다는 생각이 들었다. 그래서 형님이 담배 심부름을 시켜도 그다지 싫지 않았다. 왕복 40분이 걸리는 한다리까지 가야 했는데도, 오가는 길에서 목청이 터져라 가수 흉내를 낼 수 있었기 때문이다.

또 그때는 중학교 선생님도 무척 부러운 직업이었다. '대체 선생님들은 얼마나 공부를 잘했기에 이 좋은 직업을 가질 수 있었을까?' 하는 생각이 들 정도였다. 나는 중학교 선생님은 하늘의 도움이 없이는 될 수 없는 높은 분들이라고 생각했다. 국민학교 선생님은 같은 교실에서 여러 과목을 다 가르쳐야 되지만, 중학교 선생님은 각 반에서 같은 내용의 강의를 50분씩만 하면 되므로, 국민학교 선생님보다 훨씬 편하고 매력 있는 직업이라고 여겼다. 그중에서도 중학교 교장선생님은 그야말로 하늘과 같이 높은 분이어서, 감히 꿈도 못 꾸고 마음속으로만 존경하던 분이었다. '저런 어르신은 어떻게 해서 중학교 교장까지 하실 수 있단 말인가? 저런 높은 자리는 보통사람으로서는 상상도 못할 자리야.'라고 생각했던 것이다.

이런 생각이 들 때마다 나는 스스로에게 '농사짓기 싫으면 공부를 해야 한다. 공부를 잘해야 농사짓는 직업을 피할 수 있다.'라고 마음속 깊이 다짐하곤 했다.

벼 바심을 하고 2~3일 후에는 '짚나라미'(벼 바심을 하고 나서 마지막으로 지푸라기에 붙어 있는 벼알을 탈곡하는 기계로 털어 모으는 작업)를 식구들끼리 했다. 어머니를 비롯하여 형님, 형수님, 두 누님들 그리고 내가 함께 참여했다.

짚누리에서 벼 바심한 짚토매를 가져다가 이삭 부분을 돌아가는 탈곡기에 대면, 이삭에 붙어 있던 영근 벼톨과 쭉정이가 다 함께 떨어져 나온다. 전기가 없기 때문에 탈곡기를 비롯하여 모두가 발로 계속 밟아야 돌아가는 기계들이었다. 짚을 내는 데 이틀은 족히 걸렸으리라. 이 일을 하는 동안 나는 집에 들어가 공부를 하고 싶었다. 이런 내 마음을 하나님이 아셨는지 갑자기 형님이 내게 말씀하셨다.

"진우 넌 일 그만하고 집에 들어가 공부해라. 내가 공부 못했던 공부, 너라도 해야 한다. 어서 들어가 공부해."

일하기 싫은 마음을 형님께 일체 말하지 않았던 상황이었기에 나는 더욱 놀랐다. 어머니도 형수님도 내가 집에 들어가 공부하기를 원하셨다. 나는 기계를 돌리기 위해 발판을 계속 밟아대는 일을 멈추고 공부하기 위해 집 안으로 들어갔다.

그런데 막상 책상 앞에 앉으니 마음이 편치 않았다. 밖에서는 계속 기계소리가 들려왔다. 나를 제외한 온 식구가 열심히 일하는 장면이 눈에 선해, 책이 손에 잡히질 않았다. 그렇다고 다시 일하기 위해 밖으로 나갈 수도 없었다. 나보다 열다섯 살이나 더 많았던 형님은 내게 아버지나 다름없었고 대단히 엄하셨기 때문에, 언제나 나는 형님 말씀에 절대 복종해야 했다. 나는 마음을 다잡은 후 책을 펼치고 공부를 시작했다.

그날 이후에도 간간히 식구들이 일할 때 참여했는데, 대부분 일을 시작한 지 채 30분도 되지 않아 형님이 "진우, 넌 들어가 공부해." 하셨다. 어머니도 그때마다 "그려, 진우는 들어가서 공부혀. 공부루 성공혀 봐."라고 거드셨다.

지금도 흰 수건과 밀짚모자를 쓰시고 입마개도 없이 먼지 속에서 일만 하시던, 어머니와 형님의 모습이 어렴풋이 보인다. 그렇다고 해서 내 생활이 당장에 변한 것은 아니다. 싱싱한 풀을 먹이기 위해 산이나 들로 다니면서 소를 돌보는 것은 여전히 나의 몫이었다. 다만 한 가지 소를 돌보면서도 공부하게 된 것이 달라졌다면 달라진 점이었다.

우리 집은 너무 시골이었기 때문에 전기가 1980년대에 들어온 듯하다. 의과대학 졸업 후 대학병원에서 일하다가 군의관 생활 3년 반을 마치고 미국에서 귀국해서야, 우리 집에 전기가 들어온 것을 알았다.

나는 사실 어릴 때부터 등잔불 밑에서 일하거나 공부하는 데 익숙해져 있었기 때문에, 전기가 안 들어와도 아무 불편함이 없었다. 다만 등잔불의 문제점은 좀 더 밝게 하려고 심지를 길게 하면, 불꽃에서 검은 그을음이 올라와 기름 냄새가 나고 주위가 검게 그을린다는 점이었다. 이때 자고 일어나면 코까지 검게 그을렸다. 게다가 보통 사기 등잔에 석유를 넣어 나무로 만든 등잔대 위에 올려놓고 불을 켜기 때문에, 등잔대가 넘어지면 등잔 안에 들어 있는 석유에 불이 붙어 화재의 위험도 있었다.

형님은 저녁을 먹고 동네에 있는 사랑방에서 친구들과 시간을 보내다가도 밤 10시쯤에는 집에 들어오셨다. 형님 방은 건넌방이었는데 방으로 들어가기 전에 항상, 내가 공부하고 있는지 아니면 잠이 들었는지 보기 위해 내 방문을 열어보셨다. 나는 형님의 기대를 저버리지 않기 위해 등잔불을 켜놓고 책으로 얼굴을 가린 채 공부하는 모습을 보여드렸지만, 사실은 공부할 때보다 잠을 잘 때가 더 많았다. 지금 생각해 보면 그런 식으로 속아 넘어갈 형님이 아니었다. 내가 잠이 들어 있는 것을 뻔히 아시면서도 그냥 넘어가주신 것이 틀림없었다.

중학교의 첫 영어시간이었다. 키는 작고 눈은 반짝반짝 빛나 스마트하게 보이는 영어선생님이 들어오셨다. 이○○ 선생님이었다.

첫 시간에 〈Union English〉의 제1과에 나오는 "I am a boy. You are a girl."을 배웠다. 우리들은 옆에 앉아 있는 짝끼리 'boy'도 되었다가 'girl'도 되어 서로 연습했다. 기억에 남을 만큼 첫 영어시간은 정말 좋았고, 영어선생님도 무척 부러웠다. '어떻게 해서 국민학교 선생님도 아닌 중학교 선생님이 되셨을까? 그것도 다른 선생님도 아닌 영어 선생님이!' 하는 생각이 절로 들 정도로 부러움의 대상이었다.

그 시절 우리나라 중학교 영어교과서는 〈Union English〉와 〈Let's Learn English〉를 비롯하여 7~8가지 종류였다. 그중 하나를 선택하여 전국 각 중학교에서 사용하고 있었는데, 영어사전 모양으로 1학년에서 3학년까지의 영어교과서에 나오는 모든 단어를 수록한 '중학교 영어단어집'이 있었다.

나는 섬세한 성격이 아니었기 때문에, 교과서를 볼 때마다 영어단어를 찾는 일이 너무 귀찮고 지루했다. 그 순간 '중학교 영어단어집'을 다 외운다면 두꺼운 영어사전에서 단어를 하나하나 찾을 필요가 없음을 깨달았다. 게다가 걸어서 학교에 갈 때에는 한 시간 반이

나 걸렸으므로, 그 긴 시간을 그냥 걸어가는 것보다는 단어를 외우며 가는 것이 훨씬 유익할 것 같았다. 기차통학을 할 때도 마찬가지였다. 수업을 마치고 보통 2, 3시간은 기다려야 기차를 탈 수 있기 때문에, 홍성역 대합실의 뒤쪽 구석에 앉아 열심히 영어단어를 외우게 되었다. 그 자리는 어느새 내가 공부하는 지정석이 되어버렸다. 그러다 보니 나중엔 사전을 찾을 필요가 없을 만큼 영어가 쉬워졌다. 한결 공부하는 것도 재미있어졌다. 자연스럽게 영어시간만 되면 기분이 좋았다. 단어에 막히는 것이 없으니 어떤 문장이라도 읽고 해석할 수가 있었다. 공부를 하면 할수록 쉽고 재미가 있는 것임을 중학교 때 느꼈던 것이다.

그 후 홍성고등학교에 입학했다. 고등학교는 중학교의 연속이었고 생활에 큰 차이가 없었다. 우선 홍성중학교 친구들이 거의 80% 차지했고, 소수의 학생들만이 다른 중학교에서 우리 학교에 입학했다. 나는 고등학교에 들어가서도 공부를 열심히 했다. 중학교 시절에 영어단어집을 외웠던 경험을 살려, 〈이상사〉에서 나온 30,000 단어가 수록된 영한사전을 외기로 마음먹었다. 중학교 때와 마찬가지로 홍성역 대합실에서 기차를 기다리거나 집에서 학교까지 걸어가는 도중, 그리고 주말에 산과 들에서 소에게 풀을 먹일 때도 열심히 외워댔다.

우리 학교 영어교과서는 〈Let's Learn English〉! 사전을 거의 찾을 필요가 없었다. 그 무렵 나는 영어를 익히기 위해 〈시사영어〉를 정기 구독했는데, 영어공부를 하는 데 큰 도움이 되었던 기억이 난다.

그러나 고등학교 2학년 때 내 모교인 홍성고등학교에서는 서울대학에 거의 들어갈 수 없음을 알게 되었다. 2년 선배 졸업생 중 서울대학에 들어간 사람이라곤 단 한 명밖에 없었기 때문이다. 다시 말해 좋은 대학에 가기 위해서는, 학교에서 가르치는 것만 배우고 익혀서는 충분하지 않음을 깨달은 것이다. 그래서 고민 끝에 어머니와 형님께 부탁드렸다.

　"저 하숙시켜 줘유. 기차통학이나 도보로 학교 다니다가는 좋은 대학에 못 들어갈 것 같유. 2년 전에 간신히 서울대학에 한 명 들어갔구유, 작년에는 한 명두 못 갔대유. 서울대학에 가려면 공부를 열심히 허야 되넌디, 하숙허면서 공부허면 공부를 더 많이 헐 것 같유."

　"그려? 그라믄 맘대루 혀. 서울대핵교 들어가는 게 굉장히 힘들구먼 그려. 진우 너 내가 뒷받침 다 허줄 테니 공부 열심히 허서 서울대핵교에 들어가 봐. 니가 서울대핵교만 들어가면 네 이름이 이 근처에서 둥둥 뜰 거여. 그러구 이 근동 사람덜헌티 우리 집이 다 알려질 거구먼. 오머니, 그렇지유?"

　"그려, 네 형 말이 맞어. 우리 진우, 공부 잘허니께 월마나 좋은지 물러. 이 근동 사람덜이 깜짝 놀래게 공부 잘허서 네 에미허구 형두 호강시켜 줘봐, 알었남?"

　지금 생각하면 하숙하는 데 그렇게 큰돈이 들어가는 건 아니었다. 그 당시 한 달 하숙비는 쌀 5말 값이었다. 그러나 나는 그것도 엄청나게 비싸다고 생각했다.

학교에서 아주 가까운, 걸어서 5분 거리에 하숙집을 정했다. 하숙집 주인은 40대 후반의 아주머니였는데, 심성이 곱고 친절하시며 나에게도 잘 대해주셨다. 하숙집에는 20평쯤 되는 마당이 있었고 마당 한가운데로 검은 전깃줄이 매어져 있었다. 전깃줄은 때때로 빨랫줄로도 사용되었다. 전깃줄 가운데에는 마당을 밝히기 위한 전구가 달려 있었다. 하숙 생활 초기에는 전깃불에 대해 신비함까지 느껴, 주인이 없을 때면 마당 가운데에 있는 전등을 수도 없이 켰다 껐다 했다. 너무나 밝은 전깃불을 이렇게 쉽게 켰다 껐다 한다는 것 자체가, 전에는 접해 보지 못한 신비로움이었다.

또 한 가지 그 집에서 기억나는 것이 있다. 주인부부 방과 내 방은 두꺼운 벽으로 중간이 나뉘어져 있었는데, 벽 윗부분은 트여 있어 양쪽 방에서 같이 쓸 수 있는 벽장이 있었다. 경찰이었던 주인아저씨 덕분에, 그 벽장에 수동식 전화기가 비치되어 있음을 알았다. 그때부터 전화기에 대고 말하고 싶은 충동이 생겼다. 나는 주인이 없는 것을 확인한 다음 벽장으로 올라갔다. 가슴이 두근거리고 온몸이 긴장되었다. 허락 없이 남의 물건에 손을 댄다는 죄책감도 들었지만, 그보다는 처음으로 전화기를 사용해 본다는 사실에 몹시 흥분하여 가슴이 두근거렸으리라.

전화기는 정사각형의 박스 안에 들어 있었고, 전화기와 박스 모두 누런 군복 색이었다. 나는 태어나서 처음으로 전화기를 들고는, 영화에서 본 것처럼 손잡이를 잡고 돌려댔다. 얼마 안 돼 교환수가 나오고 "어디를 연결해 드릴까요?" 하고 물어왔다. 처음으로 전화기를 이용해 상대방과 말할 수 있는 것이 흥미롭기도 하고 놀랍기도 하였다. 그러나 순간적으로 무어라고 대답할지 몰라 당황스러웠다. 엉겁결에 "저기유, 음…… 홍성역 좀 대주세유." 했다.

잠시 후 홍성역 근무자가 나와 "홍성역입니다. 무엇을 도와드릴까요?" 하고 물었다. 내가 "서울 가는 기차 몇 시에 있대유?" 하고 되물으니 "오늘 오후 ○○시에 있습니다." 하고 대답했다.

전화를 끊고 나니 처음으로 전화통화를 해봤다는 사실에 전율이 일었다. 그 기쁨은 이루 말로 표현할 수가 없었다. 무척이나 신기한 체험을 처음으로 해본 것이었다. 그 후로도 나는 여러 번 똑같은 전화통화를 해보았고, 혼자서 그 신기함을 맛보며 즐거워했다. 스스로 생각해도 내가 너무 심한 촌뜨기 같았다. 문명의 혜택을 제대로 받지 못하고 자랐기 때문이었다. 그렇지만 세월이 많이 지나고 나니, 오히려 촌스러웠던 그 당시의 생활이 더 좋게 느껴지는 건 또 무슨 연유일까.

하숙생활한 지 두어 달 지나니 왠지 모르게 하숙비가 아깝게 느껴졌다. 새벽부터 저녁 늦게까지 힘들게 일하시는 어머니의 모습이 떠오를 때면 더욱 그랬다.

'어머니가 온종일 힘들게 일하셔서 비싼 하숙비를 대주시는데……. 만약 방을 하나 구해 친구들과 자취를 한다면 방세도 함께 부담하고 밥도 같이 해먹어서, 어머니께 경제적인 부담을 덜 드릴 수 있을 텐데.'

우리 집에서 돈이 얼마나 귀한지 나는 뻔히 알고 있었다. 곧바로 내 생각을 말씀드렸다.

"오머니, 저유 하숙 고만허께유, 돈이 너머 비싸 뭇 허겄슈. 인저 돈 들 들어가는 자취를 허께유. 친구덜허구 방 하나 은어 같이 밥 해먹으면, 하숙허넝 거버덤 돈이 들 들어유."

"진우 너, 벌써 맘 빈했어? 하숙헌 지 제우 두 달밲에 안 됐잖여. 자취해 가먼서 밥 해먹을라면 공부허기가 하숙헐 때버덤 뭇헐 텐디, 잘 생각해서 혀."

"오머니, 자취해 가먼서 더 열심히 공부허께유."

"알었어, 진우 니가 알어서 혀."

그 길로 나는 하숙집에서 나와 친구들과 함께 방을 얻어 자취생활을 시작했다.

나를 포함해서 한 방에 네 명이 학교 정문 가까운 곳에 방을 얻어 자취를 했는데, 하숙에 비해 돈이 훨씬 덜 들어 부담감이 없어서 좋았다. 더욱 중요한 것은 네 명 모두 공부를 열심히 하려고 노력하는 학생들이어서, 한편으로는 공부하는 데 큰 도움이 되었다.

고등학교 3학년이 되었다. 나는 여름방학 동안 서울에 가서 대학 입시 책을 쓴 저자로부터 직접 강의를 듣고 싶었다. 사실은 촌놈인 내가 책 쓴 저자의 얼굴만 보아도 영광스러운 일이라고 생각했다. 안○○ 씨가 세운 그 당시 유명했던 E○○ 학원에 들러 보았다. A. W. Medley가 짓고 신○○ 씨가 번역한 『삼위일체』 강의와, 서울공대 교수가 감수한 『수학정설』이 눈에 들어왔다. 영어는 번역자인 신○○ 씨가 직접 강의했고, 수학은 이 책을 감수한 황○○ 교수가 아닌 다른 분이 강의했다. 어쨌든 유능한 수학강사니까 이런 유명한 학원에서 수학을 가르치겠지 하는 생각에, 영어와 수학 모두 수강신청을 했다.

물론 수강료가 비싸다고 생각했다. 하루 90분 수강료를 계산하니 엄청나게 비싸게 느껴졌다. 먼저 영어강의에 들어갔다. 학생 수가 족히 200~300명은 되어 보였는데, 교실 안이 수강생들로 완전히 차 있었다. 마이크를 한 손에 잡은 강사가 걸쭉하고 약간 쉰 목소리로 조금도 주저함이 없이, 『삼위일체』를 읽고 해석해 주는 방식이었다. 자기가 번역한 책을 수도 없이 가르치다 보니 이력이 난 것 같았다. 그러나 이미 『삼위일체』에 나오는 문장들을 머릿속에 다 외고 있던 나로서는, 수업시간에 책을 열 필요를 거의 느끼지 않았다.

다음은 수학강의를 위해 두꺼운 『수학정설』 책을 가지고 강의실에 앉아 있었다. 책에 나온 문제는 거의 다 푼 상태였지만, 그래도 풀기에 까다롭든지 좀 더 쉽게 풀 방법이 있을 것 같은 문제에는 표시를 해두었다. 강의를 들으면 그 해답을 얻으리라는 부푼 희망을 가지고 수강신청을 한 것이다. 그러나 막상 강의가 시작되자 실망만 하게 되었다. 자세한 설명도 없이 그냥 앞으로 진도만 나가고, 더더욱 내가 표시해 둔 문제들은 풀지도 않고 건너뛰었다. 게다가 강의시간에 수업과 상관없는 쓸데없는 이야기는 왜 또 그리 많이 하는지. 정말이지 본전이 생각나서 속이 상했다.

나의 두 희망이 다 깨진 채로, 울며 겨자 먹는 것처럼 강의를 듣다가 집으로 돌아왔다. 비싼 수강료를 생각하면 온몸이 부들부들 떨렸다. 어머니가 곡식을 팔아 마련해 주신 수강료와 그동안 서울에 와서 소비한 시간을, 누군가에게 도둑맞은 기분이었다.

드디어 대학교 입학원서를 써낼 시기가 되었다.

어머니와 형님은 내가 의대에 가기를 원하셨지만, 내 생각은 달랐다. 의대보다는 공대 화공과에 입학원서를 내고 싶었다. 그 이유로는 첫째, 서울대학에서 가장 힘들고 인기 있는 과에 들어가고 싶었다. 벽촌에서 살아온 시골사람이라 그랬는지 모르지만, 제일 좋은 과에 합격하여 나의 어엿한 모습을 사람들에게 보여주고 우쭐대고 싶은 마음이 없지 않았다.

둘째, 가장 좋아하는 과목이 화학이었다. 화학시간만 되면 기분이 좋았고 덩달아 화학선생님을 가장 좋아했다. 그러므로 내가 좋아하는 과목을 전공으로 하면, 그만큼 더 즐거운 마음으로 공부할 수 있을 것 같았다.

셋째, 돈이 귀한 시골에서 살았기에 큰돈을 벌수 있는 과를 택하고 싶었다. 당시의 짧은 생각으로는 화공과를 졸업한 후, 비누공장이나 화장품공장처럼 화학을 이용한 큰 생산 공장을 설립하여 그 회사의 주인이 되고 싶었다. 조심스럽게 내 생각을 어머니께 말씀드렸다,

"오머니, 의사가 되는 의과대핵교버덤두 화공과가 더 좋을 것 같어유. 화공과를 졸업해서 큰 비누공장 차릴래유. 그러믄 그때는유

시굴서 일허지 않으셔두 되구유, 지가 오머니 금방석에 앉허드리구 호강시켜 드릴께유. 워떠유, 괜찮지유?"

"그렇키만 되면 좋지. 화공과가 뭔지 몰르지면서두 거기 들어가면 좋커구먼 그려. 그런디 그게 그렇키 쉽간? 네 형헌티두 말해봐."

생각보다 어머니의 반응이 긍정적이었다. 형님 역시 다행히 내가 원하는 과를 지망하라고 말씀해 주셨다.

서울대학교 입학원서를 구입했다.

원서에는 1차 지망에서 떨어질 경우 2차 지망까지 택하게 되어 있었다. 나는 마음속으로 1차 지망은 화공과에 넣고, 2차 지망은 당시 공대에서 두 번째로 커트라인이 높았던 기계과를 쓸까 생각했다. 나는 두근거리는 마음으로 담임선생님을 찾아갔다.

"선생님, 저 1차 지망으로 서울공대 화공과를 넣을까 해요. 선생님은 어떻게 생각하세요?"

"정진우, 너는 어느 과를 지망하든 다 합격할 거야. 네 생각대로 화공과에 넣으려무나."

"그런데 원서에 1차에 떨어졌을 때 구제하기 위해, 2차 지망란이 있는데 어떻게 할까요?"

"대부분 2차 지망은 별로 고려하지 않을 것이니 네가 알아서 쓰렴."

선생님의 말씀을 듣고 나는 고개를 갸웃거렸다. 별로 고려하지도 않으면서 왜 원서에 2차 지망란을 만들어놓고 채우라고 하는 건지 모를 일이었다. 선생님 말씀이 맞는다면 할 일도 어지간히 없는 사람들이었다. 나는 결국 '에라, 모르겠다!' 하면서 2차 지망란에 기계과를 써넣었다. 딴에는 그동안 남들보다 열심히 했으니, 재수만 좋으면 합격할 수 있겠다는 생각이 들었다.

사실 고3 담임인 장 선생님께서 내게 어느 과든 합격할 것이라고 격려해 주신 데에는 그만한 이유가 있었다. 고3 1년 동안 중간고사를 네 번 보았는데, 나는 화학만 빼놓고 네 번 모두 100점 만점을 맞았다. 화학도 네 차례 시험 중 세 번은 100점을 맞았고, 한 번만 한 문제를 틀려 97점을 맞았었다. 3학년 1년 동안 나의 평균점수는 99.7점이었다.

선생님의 격려에도 불구하고 마음 한구석에는 '혹시 내가 너무 힘든 과에 원서를 낸 것은 아닐까?' 하는 걱정이 생겨났다. 그러나 주사위는 이미 던져진 후였다.

Autumn

아, 어머니! 나의 어머니!

우리 집은 두 식구, 어머니와 나뿐
식사는 제대로 하시는지?
아프시고 힘드시는 일은 없으신지?
나는 밖에 풀어놓은 강아지가 되어
어머니를 망각하고 이리 뛰고 저리 뛰는 어리석었던 나

네가 없는 하루 길기도 하여라
온종일 아들 기다리며 집에 있건만
말 상대할 사람 아무도 없네
아들아, 열심히 배워서 좋은 의사되는 것
그보다 더 바랄 것 무엇이 있으랴.

우물 안 개구리

대학시험을 치는 날, 서울공대 정문 앞은 수많은 미니버스들로 장사진을 치고 있었다.

경기, 서울, 경복 등등의 수많은 일류 고등학교에서 모교 수험생의 합격을 기원하고 사기를 북돋아주기 위해, 미니버스마다 격려문들을 붙여놓고 있었다. 그것도 한 학교, 한 학원에서 여러 대의 미니버스를 동원한 사실을 알게 되니, 내가 다닌 모교가 너무 작게 보였다. 그리고 나 역시 바깥세상을 몰랐던 '우물 안 개구리'였음을 깨닫게 되었다. 내가 좀 더 넓고 깊게 생각했으면 좋았을 텐데 전혀 다른 고등학교 수준은 생각지 않았으니, 그동안 얼마나 어리석고 얼마나 혼자만의 착각 속에서 살아왔는지를 절실히 느끼는 순간이었다.

어제까지만 해도 자신감에 차 있던 내가, 오늘은 이렇게 쟁쟁한 실력자들과 함께 경쟁을 해야 하는구나 하는 생각에 점점 자신감이 없어졌다. 아무리 주위를 둘러봐도 나보다 시험을 못 볼 것 같은 응시자는 없어 보였다. 시간이 지날수록 마음이 불편해지고 나 자신이 자꾸만 작아지는 느낌이었다. 이런 나와는 대조적으로 다른 응시자들은 삼삼오오 모여 웃고 떠들어대고 있었다. 그들은 같은 고등학교 친구끼리 모여 대화를 나누었지만, 나는 이곳에 아는 사람이라고는 한 명도 없는 외톨이었다.

대학시험장에 와서 왠지 모르게 왕따를 당하는 기분이 들어 자연히 기가 죽고 마음이 나약해질 수밖에 없었다. 우물 속에 갇혀 있던 개구리가 전혀 보지 못했던 바깥세상을 보다 보니, 놀랍고 당황하여 어쩔 줄을 모르게 된 것이다. 자기가 최고라고 우쭐거리며 어깨춤을 추던 우물 안 개구리는, 바깥세상에 나와 코가 납작해지고 말았다.

어둡고 아무도 없는 우물 속
나 이외에는 누구도 보이지 않아
두려움이 전혀 없는 나는 그 우물 속의 왕

아무리 헤엄치고 놀아도
누구 하나 나에게 해를 줄 수 없네
나는 우물 속의 능력자

경쟁자 없던 좁은 우물 속에 살다가
아무것도 몰랐던 하아얀 밖의 세상에 나오니

밝고 넓기도 하여라

나는 한 마리의 개구리
오늘도 그늘 밑에서 숨어 움츠리고
짐승의 위험을 피하며 먹을 것을 찾고 있네

첫 시험은 국어시험이었다. 첫 시간부터 나에게는 너무 힘든 시간이었다. 머리가 천근은 되는 것처럼 무거웠고, 눈은 뜨고 있되 글씨가 잘 보이지 않았다. 끙끙대기만 했지, 아무리 생각해도 해답이 나오지 않았다.

마침내 시험 종료를 알리는 버저가 울렸다. 더 이상 시험지에 연필을 댈 수 없었다. 속상하고 씁쓸한 마음뿐이었다. 감독관이 시험지와 답안지를 따로따로 정리해서 받아갔다. 아마도 그 순간 긴장이 풀리지 않은 내 얼굴을 거울에 비춰보았다면, 충혈된 눈으로 넋이 나간 듯 서 있는 자신과 마주쳤으리라. 막상 시험이 끝나고 나니 시원함보다는 아쉬움이 더 컸다. 마음이 텅 빈 것 같았다. 공대 건물을 떠날 때에는 무언가 귀중한 물건을 학교에 놓고 가는 것처럼, 마음 한 구석이 싸해졌다. 억울하고 속상한 마음이 오죽했으랴마는, 만약 결과가 좋지 않다 해도 그건 현실 즉 내 실력이 다른 사람보다 못했기 때문이라고 솔직히 인정하고 싶었다. '시골 촌놈이 서울에 올라와 누구와 싸워보겠다고…….' 하고 나 자신을 자책하는 마음도 들었고, '한 번 실패한 것 가지고 바보처럼 뭘 그렇게 실망하고 좌절감에 빠지냐? 이를 거울삼아 더 노력하면 될 것 아닌가? 실패는 성공의 어머니라고도 했고, 칠전팔기와 전화위복이란 말도 있지 않은가?' 하며 스스로를 다독이기도 했다.

하기야 고등학교에 다니는 동안 나는 한 번도 대학입학 시험을 위한 모의고사를 쳐본 적이 없었다. 그러니 이것도 다 좋은 경험이 될 것이다. 게다가 실제로 시험을 치르고 나니 새로운 사실도 알 수 있었다. 시험장은 경기, 서울, 경복 등 소위 일류고등학교 출신의 수험생들로 전쟁터를 방불케 했다. 그런데 유명학원에 다니는 재수생들 역시 학원버스를 이용해 그 기세를 자랑하며, 대입전쟁에 임하는 것을 볼 수 있었다.

그중에서도 큰 글씨로 "필승! 양영 "격! 양영"이란 로고를 붙인 수십 대의 밤색 미니버스들이 눈에 띄었다. 생전 들어본 적도 없고 눈으로 본 적도 없는 이 양영학원이란 곳이 대체 얼마나 좋은 곳이기에, 이렇게 많은 수의 학원생들이 한꺼번에 서울공대 입학시험을 칠 수 있는 걸까? 머리를 갸우뚱거릴 수밖에 없었다. 그와 동시에 '나도 양영학원을 다니면 내년에는 의기양양하게, 저 미니버스를 타고 시험 치러 오게 되지 않을까? 하는 생각이 들었다.

나는 지체 없이 학원 주소를 알아내어 양영학원으로 달려갔다.

그런데 학원에도 입학시험이 있었다. 시험에 합격해야만 학원에서 공부할 수 있는 자격이 주어지는 것이다. 입학원서를 사고 나니 은근히 마음의 위안을 느꼈다. 처음 보고 들은 입시학원이었지만 내 마음에 꼭 들었기 때문이다. 양영학원은 현재로서는 나를 도와줄 유일한 '백'이었고 홍수 시에 수해를 막아줄 든든한 둑과도 같았다. 누구든지 실패하면 좌절하는 것이 당연한 일이겠지만, 거기서 포기하지 않고 다음 기회를 대비하여 대책을 마련하고 그에 맞게 노력하는 삶의 지혜가 있다면, 언젠가는 반드시 성공할 수 있다고 생각한다.

나는 서울공대 합격자 발표 이틀 전에 고향으로 향했다. 집에서는 그 날짜에 내가 내려오리라고 아무도 생각하지 못했다. 기차가 화양역에 다다르자 새삼 어머니와 형님의 얼굴이 떠올랐다. 내 사정을 전혀 모르는 채로, 큰 기대에 부풀어 합격소식만을 기다리고 계셨을 것이다. 기대에 어긋난 나를 보시면 얼마나 마음이 아프실까? 대문 앞에 도착해 집 안으로 들어가려고 하니 발이 천근은 되는 느낌이었다. 발걸음이 이렇게 무겁게 느껴진 것은 이번이 처음이었다. 집 안으로 들어서는 나를 보며 깜짝 놀란 어머니가, 부랴부랴 저녁상을 차리기 위해 부엌으로 가시며 말씀하셨다.

"시험 보느라고 월마나 힘들었어? 금방 저녁 차려줄 터니 형허고 얘기혀고 있어."

나는 형님에게 사실대로 말씀드렸다.

"시골에 있는 우리 핵교에서는 공부 잘헌다구 마음속으로 우쭐댔지면 서울 시험장에 가보니께 경기, 서울, 경복, 대전 등 너무 이름 있구 좋은 일류핵교 학생들헌티 기가 죽어서 시험을 잘 뭇 쳤슈. 시험 발표는 이틀 후에 있넌디유, 시험을 워낙 뭇 쳐서 결과두 보지 않구 집에 돌아왔슈."

말을 끝내고서 나는 얼굴을 잠시 들지 못했다. 형님의 기대에 부응하지 못하고 실망만 안겨드린 것 같아 형님 얼굴 보기가 부담스럽고 미안했다. 어머니가 부엌에서 식사준비 중에 다시 들어오셔서 희망적인 말씀을 해주셨다.

"대학교 가기가 워디 그리 쉬운감? 걱정 말구 공부 더 많이 혀서 내년에 다시 시험 쳐봐. 더 열심히 공부허면 될껴."

나는 어머니 마음을 잘 안다. 나를 무척 사랑하시고, 나를 언제나 어머니 자신보다 귀하게 여기시는 분이다. 내가 설령 대학시험에 실패했다 할지라도 적어도 내게는 속상한 마음을 전혀 내비치지 않으시고, 희망과 용기만 주시는 나의 소중한 어머니셨다. 형님도 어머니와 마찬가지로 위로의 말씀을 해주셨다.

"공부 더 열심히 혀봐. 나는 가정형편상 핵교를 제대루 다니지 못했지먼, 아버지는 우리 가문을 이으라구 내를 의과대핵교에 보내고 싶어 하셨다. 너라도 다음에넌 꼭 의과대핵교를 목표로 허면 좋을것 같다."

어머니의 아들 사랑 한이 없어라
시험장에 보내놓고 마음 졸이시며
대학입학 그렇게 빌며 바라셨지만
불합격 소식 들으시고 가슴 아파 우시네

어머니는 우는 얼굴 보이지 않으시고

아들아 걱정 말고 힘을 더 내봐
돌아오는 해는 합격의 해
우리 식구 모두 기뻐 다 함께 춤추네

문득 고등학교 2학년 시절이 생각난다. 어머니가 기침을 심하게 하셨기에 홍성 읍내에 있는 〈○○의원〉에 모시고 간 적이 있었다. 그 병원 의사는 통통하고 잘생긴 얼굴이었다. 똑똑하게도 생겼었다. 그가 어머니께 물었다.

"언제부터 아프신가?"

"메칠 됐슈."

"기침할 때 가래는 많이 나오는가?"

"몰류, 나올 때두 있구 안 나올 때두 있슈."

옆에 서 있던 나는 의사의 태도나 말씨가 영 거북스러웠다. 특히 자기보다 나이 많은 어머니에게 반말을 하고, 말귀를 못 알아듣는다고 핀잔을 줄 때는 화가 치밀 정도였다. 병을 치료하기 위해 온 환자에게 안정을 주기보다는, 무서움과 서운한 느낌을 주는 의사였다. 시골에서 왔다고 무시하는 것도 같기도 했다.

어쨌든 그때 나는 '내가 만약 의사가 된다면, 환자에게 겁을 주는 의사가 아닌 안정감과 편안함을 주는 친절한 의사가 되겠다.'고 마음먹었다.

나는 약 이주일 후에 서울에 있는 양영학원의 입학시험에 합격했다.

문과반과 이과반이 있었는데 이과반에 들어갔다. 우선 공부하는 분위기가 고등학교 때하고는 완전히 달랐다. 알고 보니 양영학원 재수생들은 거의 경기, 서울, 경복 고등학교처럼 일류 고등학교 출신들로 구성되어 있었다. 또한 대부분이 나처럼 서울대학 입시시험에 실패한 사람들이어서, 재수생이라고는 하지만 실력이 대단한 친구들만 모아놓은 것 같았다.

교실 앞에 걸려 있는 칠판은 고등학교 때 칠판보다 두 배는 길었다. 수학시간에는 이 크고 긴 칠판 위에 수학선생님이 분필로 수직선을 죽죽 그어 4등분하고, 한 등분에 한 문제씩 문제집의 문제번호만을 맨 위에 적어놓으셨다. 그러면 순서대로 앞으로 나가 문제를 풀고 제자리로 들어왔는데, 문제를 못 풀거나 답을 못 맞힌 사람을 한 사람도 본 기억이 없다.

모두들 실력이 대단했다. 그 문제들은 모두 일본 문제들이라고 했는데, 4문제를 풀고 난 다음에는 그 큰 칠판이 빈틈없이 꽉 차 있었

니카라과 선교와 봉사활동시 나의 아내와 함께

다. 학원생 4명이 모두 문제를 풀고 제자리에 돌아오면, 선생님은 우리들이 풀어놓은 것을 한 문제 한 문제 점검해 주셨다. 또 다른 방법으로 문제를 풀거나 더 쉽게 풀 수 있는 방법이 있으면 이를 학생들에게 가르쳐 주셨다.

학원에서 우리에게 나누어 준 수학문제집은 매우 특이했다. 문제만 앞에 있고 문제집 맨 뒤에 정답만 기록되어 있어서, 어떻게 해서든 집에서 문제를 풀고 정답을 이끌어 낸 후 학원에 와야지 그렇지 않으면 큰 망신을 당할 수도 있었다. 그러나 누구 한 사람 망신당하지 않고 문제를 잘 푸는 것을 보고, 정말 우리 학원생들의 수준이 상당히 높다는 것을 느꼈다.

나 또한 그들 중 한 사람이라고 생각하면 자긍심이 생겼고, 그때마다 나는 '이 학원에 오길 참 잘했다.' 싶은 마음에 큰 보람을 느꼈다.

서울의대에 합격한 나

　다음해에 내가 대학시험을 보기 위해 시험장에 갔을 때는, 작년과는 다르게 외톨이가 아니었다. 그렇지만 미처 양영학원에서 함께 공부하던 친구들 중 이렇게 많은 숫자가, 의대시험에 지원했을 것이라고는 생각지 못했다. 나는 시험장에서 같은 이과반 친구들과 이야기를 주고받으며, 긴장감 없이 편안한 마음으로 시험을 볼 수 있었다.

　시험이 끝나고 내 점수를 계산해 보니 예상 합격선은 넘을 것으로 판단되어, 작년과는 다르게 불안감이나 초조함 없이 편안한 느낌이었다. 그리고 드디어 합격자 발표 날이 되었다.

　서울문리대 벽에 붙은 합격자들 수험번호 중에 당당하게 내 수험번호가 붙어 있었다. 내 인생의 직업이 결정되는 아주 중요한 순간이었고, 나는 무척 기뻐 공중을 나는 새가 된 기분이었다. 형님과 어머니가 나에게 그토록 권하셨던 의사의 꿈이 이루어지는 순간이었다. 나는 하나님께 감사드리고 형님과 어머니께 감사드렸다.

태어나면서부터 나를 그토록 한결같이 사랑해 주신 어머니! 다른 데 신경 쓰지 않고 공부만 할 수 있게 뒤를 밀어주신 형님! 학교에서 밤늦게 돌아오는 나를 위해 비가 오나 눈이 오나 등불을 들고 마중 나와 주셨던 형수님! 모두 고마운 분들이셨고, 정성어린 노력으로 나를 합격시키신 장본인들이었다.

나를 항상 지켜주시고
기도해 주시고
언제나 감정을 감추시며 격려해 주셨던
나의 어머니
가자 기자 낳남?
하늘에서 떨어졌나, 땅에서 솟아나왔나?
우리 아기 예쁜 아기

농촌에서 일하시며 나를 끝까지 공부시켜
의사를 만들고 싶으셨던 형님
일등하면 책상, 이등하면 양복, 삼등하면 운동화
한밤중에 내 방문 열어보시고
공부하고 있기를 기대하시며
항상 나를 염려해 주시고 보살펴 주신
고마우신 나의 형님

어머니같이 비단결 같은 마음의
고마우신 나의 형수님
어머니와 함께 나를 키우시고 돌봐주시며
정성껏 시동생 키우셨네
캄캄한 밤, 좁은 논둑길 등불 들고 마중 나오실 때
내 머릿속의 도깨비 처녀귀신
눈 녹듯 다 사라졌네

나는 그날 오후, 집으로 가는 완행열차에 몸을 실었다.

오랫동안 움츠려 있던 내가 푸른 하늘을 향해 마음껏 나래를 펴고, 기쁨으로 가득 차 있었다. '내가 정말 합격했나?' 하고 내 자신에게 물어보기도 하면서, 자꾸만 새어나오는 웃음을 꾹꾹 눌러 참아야 했다. 기차 안에 있는 여행객들이 모두 좋게만 보였고, 차창 밖으로 보이는 아름다운 풍경들까지 나를 축하해 주는 듯하여 기분이 무척 좋았다.

화양역에 도착하여 기차에서 내렸을 때는, 해가 깊숙이 서산에 파묻히고 있었다. 점점 어둑해지는 밤하늘 위로 저녁노을이 연기처럼 사라지면서 하루를 마감하는 느낌이었다.

나는 홀로 콧노래를 부르면서 화양들의 논과 밭길, 송정산의 소나무 사이로 꾸불꾸불한 산길, 송강리의 동네길, 송정들에 있는 논둑길을 차례대로 걸어갔다. 그리고 드디어 금마천에 도착했다. 지난 중고등학교 시절 기차통학을 하던 기억이 새록새록 떠올랐다.

그런데 비가 왔었는지 시냇물을 건너기 위해 만들어 놓았던, 돌로 된 징검다리가 없어져 있었다. 나는 바른쪽 신발과 양말을 벗고 같은 쪽 바지를 무릎 위로 걷어 올린 채, 깨금발(한쪽 다리만 사용해서 깡충깡충 뜀)로 시냇물을 건넜다. 중고등학교 때 자주 하던 짓이었다. 시냇물이 차가와도 기분만은 좋았다.

시냇물을 다 건너와 뒤를 한 번 쓱 쳐다보면서 내가 혼자 중얼거렸다.

'시골구석에서 서울의대에 합격한 정진우가 이렇게 깨금발로 시냇물을 건너는 것을 누가 알겠는가? 반드시 좋은 의사가 되어 친척들과 우리 마을사람들을 잘 치료해 드려야지. 그렇게 되면 나는 우리 동네사람들에게 꼭 필요한 보물이 되는 거야. 그러고 보니 동네의 보물이 논둑길을 걷고 있네.'

나는 속으로 자화자찬하면서 픽픽 웃고 있었다.

마침내 저만큼 앞에 집이 보이기 시작했다.

작년과는 다르게 즐겁고 당당한 표정을 지으며 대문을 열었다. 때맞춰 어머니와 형님이 밖으로 나오시던 참이었다. 두 분이 뭐라 물어보시기도 전에 내가 먼저 말씀을 드렸다.

"지가 대학시험에 합격했슈. 어머니! 형님! 그동안 고마웠슈!"

어머니와 형님의 얼굴이 단박에 펴지면서 무척 기뻐하셨다.

"진우, 잘혔다. 그동안 공부허너라구 고생 많었다. 인저부터 좋은 의사가 되어 많은 사람들의 병을 고쳐주는 명의가 되어야 헌다."

형님의 뒤를 이어 어머니가 말씀하셨다.

"그려, 그동안 월마나 공부허너라구 고생혔어? 우리 집 인저 살판 났구면. 어서 빨렁 우리 동네사람덜헌티 이 소식을 즌해야지."

그러나 갑자기 아버지 생각이 나셨는지, 어머니가 눈물을 글썽거리셨다.

"진우 네 얼굴두 보지 뭇허구 돌어가신 네 아버지가 불쌍허구나. 아버지가 이걸 보셨으면 월마나 좋아허셨을까!"

나와 아내의 모교인 서울대학교 앞에서 아이들과 함께.

그리운 친구여

내가 고등학교에 다닐 때 홍성역 바로 앞에는 '역전다방'이 있었다.

다방 앞에는 오가는 사람들이 잠깐 앉아 쉬어갈 수 있는 직사각형 나무로 된 마루가 있었고, 그 옆에는 주로 기차통학생들이 시장기를 해결하기 위해 들어가는 찐빵 집이 있었다. 우리들은 기차를 기다리며 찐빵을 사서 마루에 앉아 먹기도 하고, 담소를 나누거나 책을 보기도 하고, 그냥 아무것도 하지 않은 채 시간만 보내기도 했다.

그럴 때면 언제나 옆에 있는 역전다방에서 귀에 익은 노랫소리가 들려왔다. '노들강변' '김삿갓' '천안 삼거리' '오동동 타령' '청포도 사랑' 등등이 우리가 있는 밖에까지 흘러나왔다. 가끔씩 정장 차림의 신사가 다방 문을 열고 나올 때면 음악 소리가 더 크게 들려왔고, 치마저고리를 입고 예쁘게 화장한 레지가 다방을 나가는 손님에게 공손히 허리 굽혀 인사하는 모습을 간간이 볼 수 있었다. 나는 호기심이 났다. 대체 저 다방은 무엇 하는 곳일까? 잠시 손님들이 나올 때

열린 문을 통해 곁눈질해 보니, 어두컴컴하고 테이블이 여러 개 놓여 있을 뿐이었다. 잘 보이지 않아 더 궁금했던 것 같다.

그러다가 대학교에 합격하고 나니 '이젠 나도 어엿한 대학생이므로 다방에 들어가도 될 나이'라는 생각이 들었다. 당시 나는 외사촌 동생과 함께 서울에 있는 제동에 방을 얻어놓고 있었다. 외사촌은 고등학교를 졸업하고 한일은행에 합격한 상태였다.

어느 날 우리는 굳은 결심을 하고 안국동에 있는 ㅇㅇ다방으로 향했다. 다방은 2층에 있었고 외사촌 동생과 내가 큰 기대를 가지고 나무 층계를 올라가 다방 입구에 도착했지만, 차마 문을 열고 들어갈 용기가 나지 않았다. 잘 알지도 못하고 들어갔다가는 망신을 당할 수도 있겠다 싶어, 손님이 문을 열고 나올 때 살짝 들어가 보기로 했다.

처음 하는 일이라 겁도 나고 가슴이 몹시 두근거렸다. 얼마 되지 않아 한 손님이 나가고 여자 종업원이 인사를 하러 나왔다. 그 순간을 놓치지 않고 용기를 내 물었다.

"여기 입장료는 얼마유?"

종업원이 대답은 하지 않고 어이없다는 듯 우리들을 번갈아 쳐다보았다. 얼굴을 보니 '이 청년들이 지금 나를 놀리나? 아니면 정말로 몰라서 묻나? 쓸데없이 장난칠 사람들 같진 않은데.' 하는 표정이었다. 다행히 여자 종업원이 문을 활짝 열고 친절하게 안내해 주었다.

"어서 들어오세요. 다방은 입장료가 없습니다."

다방 안은 대체로 컴컴했고, 적게는 두 명 많게는 네다섯 명씩 둘러앉아 음료를 마시면서 대화를 나누고 있었다. '아, 이런 곳이 다방이구나!' 하면서 우리 둘은 엉겁결에 아무데나 앉았다. 나는 의자가 푹신푹신하여 좋았다.

"주문하시겠어요?"

우리가 촌놈들이라고는 해도 다방에서 커피를 파는 것쯤은 알고 있었다.

"커피 주세요."

다방에 앉아 커피를 주문하고 나니 갑자기 성인이 된 기분이었다. 이제는 미성년자에서 성인이 되어 다방 출입을 해도 누구 하나 뭐라 할 사람이 없는 나이가 되었기에, 신기하면서도 어깨에 힘이 들어가는 느낌이었다.

처음으로 커피 한 잔을 마셨다. 그런데 커피 맛이 어렸을 때 어머니가 달여 주시던 익모초에 버금가는 쓴맛이어서, 외사촌동생과 나는 서로 찌푸린 얼굴을 한 채 고역스럽게 마셨다. 게다가 커피를 마신 지 5분도 안 돼 카페인 성분 때문에 얼굴이 확확 달아올랐다. 한 잔에 30원씩의 돈을 냈는데, 다방을 나올 때쯤에는 돈이 아까워 본전 생각이 간절해졌다.

대학생 시절을 돌이켜 생각해 보면 또 한 가지 재미난 일이 있었다.

의대 본과 3학년 때 생긴 일이었다. 본과 3학년이 되어 하얀 가운을 입고 산부인과 임상실습에 들어갔다. 그때는 과를 매달 바꿔가면서 돌았는데, 산부인과 장○○ 교수님이 학생 팀 한 사람 한 사람에게 설문지를 나누어주고 입원환자를 한 사람씩 정해 주셨다.

설문지 내용을 보니 월경에 대한 역사menstrual history에 관한 것이었다. 내가 담당한 환자는 신특실에 있는 한○○ 씨였는데, 그 남편은 서울공대 출신이었다. 부부 모두 첫 인상이 무척 좋았고, 경제적으로도 여유 있으면서 교양 있어 보이는 환자였다. 옷차림도 말쑥하고 말씨도 고상했다. 신특병실은 2인 1실의 병실로, 비교적 경제적으로 여유 있는 사람들이 이용하는 병실이었다. 나는 질문서를 가지고 아무런 부담 없이 병실로 찾아갔다.

"안녕하세요, 한○○ 씨. 실례합니다. 장 교수님으로부터 환자분을 대상으로 질문에 대한 답을 받아오도록 지시받았습니다. 협조를 부탁드립니다."

"무슨 질문인데요?"

"제 질문은 월경에 대한 것인데 협조해 주실 수 있으시겠지요?"

"뭐든지 물어보세요."

환자가 흔쾌히 허락하여 나는 menarche(첫 월경을 할 때의 나이), 월경 기간, 월경 주기 등등에 대해 물었다. 다행히 환자도 성의 있게 대답해 주어 아무 문제가 없었다. 그러나 월경 양이 문제가 되었다.

"월경 양은 얼마나 됩니까?"

"보통입니다."

"보통이라니요? 저에게 정확한 양을 말씀해 주셔야 됩니다."

"어떻게 양을 정확히 말해요?"

"한 번에 몇 cc가 나오는지 말해 주세요. 있잖아요, 우리가 쓰는 크라운 잉크병? 그 한 병이 대략 30cc니까, 그걸 기준으로 몇 병이나 나오는지 말해 주면 될 것 같은데요."

내 말을 듣고 있던 환자가 기가 막힌 듯 되물었다.

"아니 선생님, 서울대학병원 의사가 어쩌면 그런 것도 몰라요?"

이 물음에 말문이 막혀버렸다. 나는 가운만 입었지 아직 정식 의사는 아니었다. 그런데도 환자에게서 서울대학병원 의사가 그런 것도 모르냐는 말을 듣게 되니 자존심이 무척 상했다. 그때 마침 참하게 생긴 동생처럼 보이는 여학생이 병실로 들어왔다. 이화여대 배지를 달고 있었다.

"언니, 좀 어때?"

"너 때맞춰 잘 왔다. 저기 선반 위에 비닐봉지 있지? 거기서 하나 꺼내 보여드려라."

언니가 시키는 대로 여학생이 비닐봉지를 선반에서 내려놓고 열어보았다. 비닐봉지는 내가 한 번도 상상하지 못했던 패드로 꽉 차 있었고, 그중 하나를 꺼내 바로 내 눈 앞으로 들이미는 게 아닌가? 그 순간 왜 그렇게 창피했는지 모른다. 나는 얼굴을 붉히며 그 병실을 빨리 빠져나와야 했다.

대학교에 막 입학했을 때는 선배님들이 신입생들을 모아놓고 여기저기에서 오리엔테이션을 했다. 의대 오케스트라, 의대 연극반, 의대 미술반, CCC(기독교 동아리), 구구회(YMCA 대학부 서클), 문리대 소속 역도부 등등의 여러 서클이 신입생들에게 소개되었다.

나는 시골에서 학교를 다녔고 고등학교 때도 서클 활동이 전혀 없었기 때문에, 모든 서클이 다 새롭고 가입해 볼 만한 가치가 있다고 생각했다. 그중에서 연극반, 역도부, 그리고 구구회에 등록을 했다. 그 무렵 나는 보광동에 사는 누나의 소개로 가정교사 자리를 구했다. 대학 입학식이 3월 2일이었는데 이틀 뒤인 3월 4일부터 그 댁에서 중학생을 가르치는 가정교사가 되었다. 그러다 보니 시간이 모자라 연극반은 포기할 수밖에 없었다.

대학교 입학해서 졸업할 때까지 나의 가정교사 생활은 끊이지 않았다. 입주 가정교사, 시간 가정교사, 여러 명을 모아놓고 가르치는 그룹 가정교사까지 닥치는 대로 했고, 그 와중에 나름대로 보람도 느꼈다. 한 학생의 가정교사를 끝내면, 신문 일간지의 가정교사 난에 '서울대 의예과'를 강조하여 구직광고를 내면, 비교적 쉽게 자리를 구할 수 있었다.

의과대학 시절 여름방학 때 무의촌 진료 가서 찍은 사진.

내가 의예과를 다니며 가정교사를 하던 때를 떠올리면 특별히 기억나는 친구가 한 명 있다.

최○○! 고등학교 2학년 때 나와 함께 자취하면서, 한 방에서 같이 공부하고 같이 먹고 같이 자던 아주 친한 친구였다.

친구 집은 우리 집에서 자전거를 타면 약 40분 정도 걸리는 비교적 가까운 거리에 있었고, 그의 아버지는 근처에서 제일 큰 과수원을 경영하셨는데 그 근방에서 부자로 소문이 났던 분이다. 그런데 성격이 대단히 완고하셨다. 자녀 교육에도 철저한 분이셨고 주위사람들로부터 존경을 받는 지역 유지셨다.

내 친구 ○○이는 운동 잘하고 공부 잘하고 마음도 좋아 친구들이 많았다. 그가 살던 예산에는 인문계 고등학교가 없었기 때문에, 대학에 진학하기 위해 우리 학교인 홍성고등학교로 유학을 온 셈이었다. 고등학교 시절에 내 마음에 쏙 드는 성격 좋은 친구를 만난 것은 행운이었다. 우리는 함께 자취하면서 서로를 이해하고 격려하며 서로 간에 마음의 힘이 돼주었다. 그 친구와의 우정은, 내 학창시절에 있어 두고두고 잊지 못할 아름다운 추억이었다.

힘들고 어려울 때마다 그는 기타 줄을 튕기면서 마음을 달래곤 했는데, 괴로운 마음을 이기지 못할 때에는 내 앞에서 눈물을 보여 나를 무척 당황스럽게도 했다. 다행히 그가 공부를 잘했기 때문에 우리들은 서로 공부하는 데 큰 힘이 되었다.

그러던 중 고등학교 2학년의 어느 가을날 저녁에 일대 사건이 발생했다. 친구가 저녁을 먹은 후 책상 앞에 앉아 책을 보면서 담배를 피우고 있을 때였다. 느닷없이 그의 아버지가 오셔서 방문을 확 열어보셨다. 이게 웬일인가? 아들이 담배 피우고 있는 장면을 직접 목격하신 것이다. 그 순간 얼마나 실망하셨을지 미루어 짐작이 간다.

아들을 좋은 대학에 보내기 위해 홍성으로 유학까지 보냈건만, 믿고 있던 아들이 담배를 피우고 있는 것을 현장에서 목격하셨으니, 심장이 멈추는 것같이 화도 나고 속이 상하셨음에 틀림없다. 아들을 사랑한 만큼 아들에 대한 실망과 충격도 크셨으리라.

오랜만에 만난 아버지와 아들은 반갑고 기쁜 마음 대신에, 아버지는 아들에 대한 실망과 배신감으로 아들은 또 미안하고 죄송한 마음으로, 서로 이러지도 저러지도 못하고 있었을 것이다. 잠시 침묵이 흐른 후 친구 아버지가 굳은 얼굴로 말씀 한 마디를 남기고 떠나셨다.

"너는 지금부터 내 아들이 아니다."

이 어마어마하고 무서운 말씀 한 마디로 인해, 내 친구의 험난한 앞날이 예고되었다. 오아시스가 없는 사막이랄까 아니면 힘들고 견디기 어려운 광야의 생활이랄까.

나의 사랑하는 아들
나의 삶은 너
너를 열심히 가르쳐 좋은 대학 보내고 싶었다

공부 잘 시켜
큰 사람 만들고 싶었던 나
그 꿈이 유리그릇 깨어지듯 산산조각이 났구나

산이 무너져 강으로 빠지고

바다의 파도가 나를 잡아 삼킬 듯

으르렁 철썩 나는 힘들고 두렵기만 하구나

나의 기쁨이 되었던 그 아들은 어디 가고

자기 편한 대로 사는 아들만 남았으니

내 그렇게 살라 하지 않았는데 하늘이 무너져 내리는구나

내 친구는 친구대로 또 얼마나 당황하고 얼마나 마음이 괴로웠을
까?

아버지 잘못했어요

다시 안할 테니 한번만 용서 해줘요

이 불효자는 어떻게 하면 용서받나요

내 심장 금방 멎을 것 같아요

아버지 갑자기 찬바람 불어와

온몸이 얼어붙어 꼼짝 못하겠어요

아버지가 녹여주시지 않으면

저는 얼어 죽을 수밖에 없어요

아버지의 노여우심 아버지의 나에 대한 실망

모두 풀어 주셔요
이 불효자식 한 번만 기회 주셔서
아버지와 함께 복되게 살고 싶어요

나의 갈 길 멀고 먼 앞길을
아버지와 함께 가고 싶어요
혼자서 가기에는 너무 험한 길이어요
아버지 효도의 길 열어주셔요

그러나 친구 아버지는 그날 이후로 혈연관계뿐 아니라, 그에게 필요한 생활비까지 완전히 끊어버리셨다. 내 친구는 고아 아닌 고아가 되고 만 것이다.

신발이나 양은솥도 구멍이 나면 버리지 않고 고쳐 쓰게 마련인데, 아무리 실망하셨어도 그렇지, 귀한 아들이 담배를 피웠다고 해서 졸지에 고아로 만드신 것은, 너무 혹독하고 잔인한 벌 같았다. 조금만 더 감정을 억누르시고 생각을 바꾸셔서 사랑으로 친구를 감싸주셨다면, 그렇게 친구를 용서하시고 진심으로 충고하셨다면, 오히려 이 사건으로 인해 더욱 아름다운 부자지간이 되지 않았을까 생각해 본다. 물론 그 순간 크게 실망하셔서 아들에게 기대했던 희망이 모두 사라진 것 같은, 친구 아버지의 마음도 충분히 이해할 수 있다.

그렇지만 내 친구를 생각한다면 이제 겨우 고등학교 2학년. 아직 철없는 학생에 불과한데 모든 면에서 원동력이 돼주었던 아버지가 떠난다면, 그는 앞으로 어떻게 학교생활을 하고 어떻게 살아가겠는가. 모르긴 몰라도 하늘이 갑자기 무너져 내리는 느낌이었을 것이다. 마치 친구는 항해하는 도중 기름이 떨어지고 닻이 갑자기 바람에 날려, 원하던 방향으로 항해하는 것은 고사하고 그대로 바다 위에 표류된 한 척의 작은 배 같았다. 표류된 이 작은 배는 얼마나 무섭고 두려웠을까?

친구의 아버지가 아들의 삶에 간혹 강한 밀물이 들어올 때, 이를 이기고 살아남기 위해서는 수많은 고통과 희생이 뒤따라야 한다는 것을 생각해 주셨다면 얼마나 좋았을까. 아들의 잘못을 용서하시고 사랑으로 감싸주셔서, 떨어진 기름은 채워주시고 날아간 닻은 다시 달아주어 그 작은 배가 정상적으로 항해할 수 있게 해주셨다면 정말 얼마나 좋았을까.

불쌍한 나의 친구 최○○
날벼락이 너에게 떨어졌구나
담배 한 개비가 너를 캄캄한 밤으로 인도했구나

이제 마음 잘 가라앉히고 마음을 단단히 먹어라
어떤 힘들고 어려운 일이 앞을 막아도
너는 다 이기고 남음이 있을 거야

영차영차 힘내며 앞으로 나아가라

친구는 머리도 좋고 공부도 잘했으며, 기타 치는 솜씨도 보통이 아니었다.

우리 둘은 고등학교 내내 열심히 공부했다. 그러나 친구는 아쉽게도 아버지에게 자신의 노력을 보여주기 위해, 서울대학교 법대에 시험을 보았지만 합격하지 못했다. 마음은 간절했으나 운이 따라주지 않아 힘들어했던 내 친구 최○○. 그 다음해에도 공부를 열심히 해서 다시 서울 법대에 시험을 쳤지만 또 합격하지 못했다. 그런데도 그는 실망하지 않았다.

그해 나는 의예과에 합격했다. 그래서 나는 무언가 친구에게 힘이 돼주고 싶었다. 친구는 서울에서 입학시험을 준비하기 위하여 ○○학원에 들어갔고, 이 때문에 학원비와 생활비가 필요했다. 나에겐 서울대학 교복과 배지, 모자 등이 있었고 서울대학 마크가 찍혀 있는 교과서와 대학 노트 등도 있었다. 친구는 삼수할 각오를 단단히 하고 있었다. 아마도 그로서는 아버지와의 관계를 회복시키는 데 있어, 자신이 서울대학에 들어가는 것이 최고라고 생각했던 것 같다. 아버지에게 합격한 모습을 보여드리고 용서를 빌고 싶었던 것이다.

나는 내 대학교 교복을 친구에게 빌려주고 배지, 책, 대학노트 등을 사서 주었다. 그래서 친구가 월세로 사는 자기 집 책꽂이에 서울대학교 노트와 책 등을 끼워놓도록 했다. 교복에 배지를 달고 친구에게 입혀 보니 틀림없이 서울의대 의예과 학생처럼 보였다. 그러고 나서 일간지의 가정교사 광고란에 '서울대 의예과'라고 구인광고를 내주었다. 지금 생각하면 친구에게 가정교사 자리를 구해주기 위해서였다 해도, 죄를 짓는 일이었다.

그 당시 내가 그렇게까지 하게 된 이유는 오랫동안 쌓아놓은 친구와의 두터운 우정 때문이었고, 또 충분히 가정교사를 해도 될 만큼 친구의 영어·수학 실력이 뛰어났기 때문이다. 그를 위한 일이라면 아무것도 아까울 것이 없다고 생각한 나였다. 비록 옳지 못한 일이었지만, 친구가 생계를 유지하면서 자신의 꿈을 이루게 하는 데 내가 할 수 있는 최선의 노력을 다하고 싶었다. 그때부터 그를 보살펴주는 일은 나의 중요한 일 중 하나가 되었다.

내가 친구의 가정교사 구인광고를 낼 때엔 꼭 남대문에 있는 외삼촌 가게의 전화번호를 사용했다. 그 때문에 전화를 받기 위해 하루 종일 가게에 앉아 있을 때도 많았다. 광고 내주고 전화 받아주고 인터뷰하도록 주선까지 해주었으니, 나와 친구와의 우정은 '다윗과 요나단'까지는 못 돼도 그와 비슷한 우정은 아니었을까 생각한다. 친구는 내가 낸 신문광고를 보고 찾아온, 학생 한 그룹을 열심히 가르치면서 대학입시를 준비했다.

그는 세 번째로 내가 다니고 있는 서울의대에 지망하여 시험을 치렀다. 그러나 또 실패하고 말았다. 대체 그의 운명은 왜 이리 풀리지 않는가? 나의 마음은 답답하기만 했다. 아버지에게 합격한 모습을 보여드리기 위해 그렇게나 열심히 노력했는데, 정말 하늘도 무심하게 느껴졌다. 친구는 결국 자신의 소망을 이루지 못한 채로 대학 입시를 포기하고, ㅇㅇ시 세무서 시험에 합격하여 ㅇㅇ세무서에서 일하게 되었다. 그 후에는 그렇게 친한 사이였는데도 조금씩 멀어지게 되었다.

한동안 연락이 뜸하다가 내가 군의관 시절에 그의 집을 찾아가게 되었다. 그는 이미 결혼한 상태였다. 친구가 결혼하여 잘살고 있는 모습을 보니 왠지 모르게 자랑스러웠다. 그런데 그가 문제의 담배, 그 담배를 아직도 피우고 있었다.

"ㅇㅇ아, 이제 담배 좀 그만 끊어라. 몸에 해로울 텐데."

"야, 진우야! 이 세상에 사는 동안 굵고 짧게 살아야지, 하고 싶은 일도 제대로 못하고 죽으면 무슨 살맛이 나겠니?"

아무리 달래보고 설득해도 내 입만 아팠다. 그날을 끝으로 그와는 오랫동안 연락이 끊긴 채 지냈다. 그렇지만 그는 나와 만나지 않는 동안에도 계속해서 담배를 피웠을 것이다.

내가 미국에 있는 병원에서 환자를 보고 있을 때니까, 대략 27년 전인 것 같다. 예상치 못하게 이 친구에게서 전화가 걸려왔다. 너무 오랜만이어서 무척이나 반가웠다.

"나 최ㅇㅇ야, 너 정진우 맞지? 야! 오래간만이다. 잘 있었지?"

그런데 왠지 모르게 친구의 목소리가 예전 같지 않았다. 약간 떨리고 힘이 없었다.

"네가 정말 내 친구 최ㅇㅇ야? 햐, 반갑구나. 정말로 보고 싶었다.

너도 잘 있지?"

"음, 잘 있어……. 얼마 전에 목에 딱딱한 몽우리가 만져져서 서울
대학병원에서 조직검사를 받고 온 것만 빼면. 그런데 '폐암'이라고
하더라고……. 솔직히 말하면 좀 더 오래 살고 싶은 것이 지금 나의
심정이야. 그러니 필요하다면 내가 치료받으러 너에게 가도 좋아.
아니면 네가 잘 듣는 약을 구해서 나에게 보내줘도 좋고……."

친구의 얘기를 듣는 즉시 생각했다. 벌써 폐암이 목에 있는 임파
선까지 퍼진 상태라면 오래 살기는 힘들 것이라고. 그를 치료할 수
있는 방법은 항암제 치료뿐 다른 방법이 없었다. 자칫하면 부작용이
심해져 죽을 수도 있었다. 걷잡을 수 없이 마음이 착잡해지고 허전
해졌다. 좀 더 자주 만나지 않았던 과거가 후회스러웠다. 이것저것
생각하다가 내가 대답했다.

"걱정하지 마, ○○아. 요즘은 약이 좋아서 암도 약으로 고칠 수 있
어. 내가 폐암 전문의와 상의한 후 좋은 약으로 부쳐줄게."

전화를 끊고 나서 곧바로 암 전문의에게 알아봤지만, 내 생각대로
부작용을 감수하면서라도 독한 항암제를 쓸 수밖에 없었다. 그나마
한국에서도 미국에서 쓰는 폐암 항암제를 사용하고 있음을 알았다.
며칠 후 친구의 집으로 전화를 했다. 나도 잘 알고 지내던 친구 형님
이 전화를 받으셨다.

"진우냐? 동생한테 너에게 전화했었다는 얘긴 들었다. 그런데 어
쩌지, 내 동생 어제 하늘나라로 갔다."

청천벽력 같은 소식에 눈앞이 새까매졌다. 내가 그렇게 아끼고 사

랑했던 친구가, 담배를 끊으라는 내 말을 듣지 않아 이런 일이 생겼다고 생각하니, 친구도 나도 원망스러웠다. 그러면서 많은 생각들이 스치고 지나갔다.

'내가 더 강하게, 더 자주 담배를 끊도록 강요할 것을! 얼굴 모습은 뚜렷하게 그려지는데 이제는 멀리 떠나버린 ○○야, 보고 싶구나! 그리도 굵고 짧게 산다고 하더니……. 사람이 건강할 때는 까짓것 오래 살면 뭐해? 즐겁게 살면서 고통이 오기 전에 빨리 죽는 게 낫지 하다가도, 건강을 잃으면 지푸라기라도 잡아 한순간이라도 더 오래 살고 싶어 하는 것이 인지상정인 것을. 그러니 건강할 때 건강을 지켰어야지…….'

내가 빌려준 교복을 입고 학생들을 열심히 가르치던 내 친구 ○○.

담배를 피웠다는 사실 하나만으로 완전히 부자지간의 인연이 끊어지고, 그 바람에 어렵고 힘들게만 살아왔던 내 친구 ○○.

아버지의 빛을 받지 못한 채 어둠 속을 헤매면서도, 꼭 아버지에게 자신의 성공한 모습을 보여드리려고 피눈물 나는 노력을 했던, 고등학교 시절 가장 친했던 내 친구 ○○.

갑자기 그가 살아 있을 때 환하게 웃고 있던 순박한 모습을 떠올리며, 그의 인생이 불쌍하고 가련하게 느껴졌다. 그때 만일 친구의 아버지가 아들을 내치는 대신 "담배는 왜 피워? 고등학교 2학년 때부터 담배 피우는 건 옳지 않아. 당장 담배부터 끊고 공부 열심히 해서 좋은 대학에 들어가 봐."라고 사랑으로 품어주셨다면, 친구가 이렇

게 허망하게 세상을 뜨진 않았을 텐데……. 이래저래 아쉽기만 하고
가슴이 먹먹해졌다.

그리운 나의 친구
그토록 고집을 피우다가 폐암에 걸려
젊은 나이에 멀리 떠나버린 가장 친했던 나의 친구

담배연기가 그렇게도 좋았던가
담배연기 마실 때마다 폐가 울며 괴로워하는 소리
귀가 먹어 못 들었던가

폐가 상할 대로 상하고 몸 전체가 상했어도
아무것도 모르다가
너무 쉽게 멀리 떠나간 나의 친구

꿈이 있었으나 그 꿈 실현 못하고
꿈이 사라진 채 떠날 수밖에 없었던
나의 가장 사랑했던 불쌍하고 가련한 나의 친구

아무리 바빠도 끝까지 보살펴 그와 더 대화했다면
이 큰 불행 피했을 수도 있었으련만
아무리 후회해도 소용이 없네

Chapter 3 Autumn 아, 어머니! 나의 어머니!

아, 어머니! 나의 어머니!

의대를 합격한 직후 어머니는 나를 챙겨주시기 위해 서울로 상경하셨다.

내가 어디에 있든지 어디에 가든지, 어머니는 될 수 있으면 나와 함께 계시기를 원하셨다. 틀림없는 사실은 어머니께서는 나를 우주보다 더 사랑하셨고, 나 역시 어머니를 이 세상 누구보다 사랑했기 때문에, 어머니와 나는 항상 함께 있는 것이 지극히 당연한 일이었다.

어머니는 수십 년간 농사만 지으면서 살아오신 분이다. 그러니 농사를 짓지 않는다는 것은 상상조차 할 수 없으셨을 텐데도, 대학교에 다니는 막내아들을 돌봐주시기 위해 정들었던 고향을 과감히 뿌리치고 떠나오신 것이다. 어머니는 평생 나와 떨어져서 사신 적이 거의 없었다. 나의 움직임은 곧 어머니의 움직임이었다. 내가 그렇게도 좋으시고, 어쩌면 어머니의 삶의 전부가 나였는지도 모른다.

그 당시 어머니의 연세가 57세였는데, 연세에 비해 훨씬 나이 들어 보이셨다. 차멀미도 너무 심하셔서 택시에 탄 지 2분도 못돼, 얼굴이 백짓장처럼 창백해지고 구토를 하셨다.

"오머니, 어지러워유? 차멀미가 너무 심허네유. 택시서 내려서 쉬었다가 갈까유?"

창백한 얼굴로 뒷자리에 누워계신 어머니. 아직도 15분은 더 가야 누님 댁이 있는 보광동에 도착할 수 있었다.

"괜찮혀, 그냥 가. 빨리 가서 누워 있으면 좋아질껴."

"운전수 아저씨, 좀만 더 서둘러 주세유."

이제와 생각해 보면 그때는 어머니의 몸이 무척 쇠약한 상태여서, 차멀미를 그렇게 심하게 하셨던 것 같다. 고향에 계실 때에도 매일같이 부엌에서 적당히 끼니를 때우시고 많은 일을 하셨으니, 어머니의 건강이 좋을 리 없었다. 게다가 지금은 연세도 더 많아지시지 않았는가.

나는 어머니와 함께 제동, 보광동, 한남동, 봉천동 등등의 여러 곳을 옮겨 다니며 살았다.

어머니는 아침 일찍 일어나셔서 십구공탄 연탄불에 밥을 지으셨고, 내가 학교에 가기 전 세숫물을 데워주셨다. 도시락도 정성껏 준비해 주셨다. 내가 학교에 가려고 버스 정거장으로 서둘러 나갈 때면, 어머니는 내가 보이지 않을 때까지 바라보시면서 손을 흔들어 주셨다.

"항상 차 조심혀. 길 근늘 때두 조심허구. 뻐스 탈 때는 입구에 서 있지 말구 차 가운데루 쑥 들어가서 서야 혀. 그려야 다른 차허구 부딪치거나 혀두 들 다치니께 말여, 알았남?"

어머니는 거의 매일 안전에 대해 주의를 주셨다.

"알었슈, 오머니. 학교 잘 다녀오께유. 말 안혀두 다 알어유."

가끔씩은 내가 귀찮다는 표정을 지으며 퉁명스러운 대답을 했던 것도 같다. 세상에, 그때는 어떻게 내가 어머니에게 귀찮은 얼굴로 짜증을 내면서 퉁명스럽게 대답할 수 있었는지 모르겠다. 많이 후회하고 있으며 이제라도 어머니에게 조용히 용서를 빌어본다.

지금 마음 같아서야 "오머니, 오머니가 차려주신 아침밥 참 맛있었슈. 이봐유, 하나두 냄기지 않구 다 먹었잖유? 오머니가 해주시는 음식은 다 맛있슈."라든가 "오머니가 오늘 아침에 뻐스 탄 후에 가운데로 들어가라고 말씀하셨잖유? 오늘 진짜 큰일 날 뻔혔슈. 오머니가 말씀하신 대로유 뻐스를 타자마자 가운데로 쑥 들어갔는디유, 옆의 뻐스가 갑자기 다가오는 거예유. 내가 타고 있던 뻐스가 부딪치는 것을 피헐려구유 급정거를 했어유. 뻐스 안에 타고 있던 많은 사람덜이 넘어지고 다쳤지만유, 나는 오머니 말씀 잘 들어서 하나도 다치지 않었슈."라고 말해 드렸을 터인데.

곰곰이 생각하니 어머니는 내가 학교에 가고 나면 늘 혼자서 작은 방을 지키고 계셨다. 얼마나 답답하고 외로운 시간이었겠는가. 시골에서는 그렇게 쉴 사이 없이 일만 하시다가 아무 하는 일 없이 단칸방에 계셔야 했으니, 아마도 하루 종일 막내아들이 오기만을 기다리셨을 것이다. 그런데도 그 무렵의 나는 어머니의 기다림에 대해 마음 깊이 생각해 본 적이 없었던 것 같다. 만약 그 반대였다면 집에 빨리 돌아와 나를 기다리고 계신 어머니를 뵙고, 어머니의 노고에 감사하는 표시를 했어야 하는 게 아닌가?

"어머니, 저 돌아왔어요. 심심하셨죠? 제가 뭐 해드렸으면 하는 것 없어요?" 하고 말이다.

그러던 어느 날이었다. 보광동 삼거리 버스정거장에서 내리니, 어머니가 쭈그리고 앉으셔서 큰 양푼 가득 삶은 고둥을 채워 넣고 지나가는 사람들에게 팔고 계셨다.

"오머니, 여기서 뭐하시는 거예유? 고만허시구 집에 같이 가유."

"아녀, 먼저 가. 쪼끔 남은 거 다 팔구 갈게."

나는 어머니가 시내버스 정거장 앞에 쭈그리고 앉아 고둥을 팔고 계시는 모습이 마음에 걸렸다. 그렇지만 마음과는 다르게 고둥을 다 팔고 집으로 돌아오신 어머니께 짜증을 냈다.

"오머니, 고둥 고만 팔어유. 오머니가 길거리에 앉으셔서 고둥 파는 거 싫어유. 내가 가정교사 혀서 돈두 벌잖어유. 고둥 팔지 않으셔두 제가 버넌 돈으루두 실컷 쓰구 남어유."

"알었어, 허긴 힘만 들지 돈두 월마 못 불어."

어머니가 괜히 미안한 표정을 지으며 말씀하셨다.

그러나 말씀과는 다르게 며칠 후에는 강남의 배 밭에서 배를 한 광주리 사서, 역시 보광동 삼거리 버스정거장에서 쭈그리고 앉아 팔고 계셨다. 내가 아무리 말씀드려도 소용없었다. 어머니는 아무리 힘들어도, 허리가 아프고 어깨가 쑤셔 와도, 당신이 하고자 하는 일에는 한 치의 양보도 없으셨다. 지금까지 일하시며 사는 것에 익숙해져 있었기 때문에, 시간만 나면 그 일이 어떤 일이든 일단 하고 나야 마음이 편해지는 성격이었다.

그런 어머니의 성격을 잘 알고 있었기에 나는, 어머니가 집에 혼자 계시는 동안 지루하고 외로운 시간들을 이겨내기 위해서라도, 혹은 어머니가 이런 일을 통해서라도 돈을 버는 게 즐거우시다면, 어머니 일에 구태여 반대할 필요가 없다고 생각했다. 한 가지 걱정은 어머니의 체력이 견디기 힘들 것이라는 점이었다. 참다못한 내가 다시 부탁드렸다.

"어머니, 힘드신데 이제 그만혀유. 건강도 생각하셔야쥬. 그니께 이젠 그만혀유, 네?"

내 목소리에 담긴 진심이 느껴지셨는지 어머니가 멋쩍게 웃으시며 대답하셨다.

"그려, 알었어. 그렇잖아두 강남 배 밭에 가려면 시간두 종일 걸리구 뱃삯두 비싸게 내야 되니 남넌 것두 벨루 없더라. 힘만 들구. 그만 헐 테니 아무 걱정 허지 말어. 더구나 요새는 그전버덤 힘이 달리구 더 피곤헌 것 같어."

그 일이 어떤 일이든 내 삶에 보탬이 되게 하려고 일하시는 것을 어찌 모르겠는가. 어머니의 그 강하신 마음은 감사하고 또 감사했지만, 내가 원하는 것은 어머니가 여생을 편안하게 사시는 것뿐이었다.

한번은 어머니가 보광시장에 가셨다가 야채가게 앞에서 다듬고 버린 배춧잎 중, 괜찮아 보이는 배춧잎만 골라 담아오셨다고 했다. 그러고는 그것으로 김치를 담그셨다고 나에게 자랑하듯 말씀하셨다.

나는 어머니가 만든 음식에 이미 익숙해져 있었다. 어머니는 매년 고추장, 된장, 간장 등등 시골스런 음식을 만드는 데는 선수셨다. 어머니가 만드신 음식은 나에게 무슨 음식이든지 맛이 있었다. 특히 어머니가 담그신 동치미는 생각만 해도 입맛을 돋운다. 김장철에 그냥 먹어도 맛있는 긴 왜무를 큰 질그릇으로 된 김칫독에 넣어 동치미를 담그셨는데, 그 맛은 죽어서도 잊을 수 없는 맛이었다. 어렸을 때는 어머니 모르게 살그머니 김칫독으로 가서, 동치미 무 하나를 꺼내들고 아삭아삭 씹어 먹고 다녔었다.

한겨울엔 동치미를 쪄 먹는 것도 별미였다. 동치미 무를 둥글게 또는 길게 잘라서 쌀뜨물에 넣고 밥을 지은 후, 아직도 남아 있는 아궁이 불 위에 올려놓고 입으로 불씨를 후후 불어 동치미를 찐다. 뜨끈뜨끈하게 찐 동치미와 따뜻한 동치미 국물 맛도 이만저만이 아니었다.

어머니도 늘 동치미에 대한 찬사를 아끼지 않으셨다.

"겨울철에 먹는 동치미는 인삼허구 똑같이 몸에 아주 좋은 거여. 맛있게 많이 먹어."

오늘 담가주신 배추김치도 무척 맛있었다. 비록 돈을 한 푼도 들이지 않고 채소가게에서 버린 배춧잎으로만 김치를 담그셨지만, 평상시에 담그신 어머니의 김치 맛과 하나도 다르지 않았다. 사실 나에게는 어머니가 그런 배춧잎으로 김치를 담그시는 것이 전혀 이상하지 않았다. 어머니는 원래 그렇게 살아오신 분이었다. 남들이 생각할 수 없을 정도로 알뜰하게 없는 살림을 꾸려 오신 분이었다.

고향에서 살 때 우리 식구들은 어머니 말씀처럼 지악스럽게 살기 위해서, 낮의 길이가 짧은 겨울철에는 하루에 두 끼만 먹은 적도 허다했다. 또 밥을 지을 때 쌀이나 보리쌀을 아끼기 위해 무 잎을 말린 시래기를 섞은 시래기밥, 무를 잘게 썰어 지은 무밥 등도 자주 먹었다. 무엇이든 아끼시려는 어머니의 알뜰한 마음을 생각하면, 주워온 배춧잎으로 김치를 담그시는 것도 하나도 이상할 것이 없었다.

그렇지만 가끔씩은 알뜰함이 지나쳐 궁상처럼 보일 때가 있었다. 더군다나 예전과는 다르게 내가 가정교사를 하면서 학생들을 가르쳐서 돈은 항상 여유가 있는 편이었고, 시골의 형님에게도 농사짓는 데 필요한 비용으로 쓰도록 얼마간의 돈을 보내드릴 정도였다. 그래서였는지 나는 또 어머니에게 불평하는 죄를 저지르고 말았다.

"오머니, 김치는유 채소를 사서 담가주셔유. 야채전에서 버린 배춧잎으로 김치 담그시면유 이제부터는 절대루 안 먹어유. 아무리 그려두 그렇지, 김칫거리를 장터에서 주워다가 담는 건 너무 혔잖유?"

"알었어. 그려, 인저 그러키 김치 안 담글껴."

아무렇지도 않게 대답하셨지만, 그때 내가 어머니의 마음을 상하게 해드린 것 같다.

이제 와서 후회한들 무슨 소용이 있으랴. 어머니는 그전처럼 내 옆에 계시지 않으시고 저 멀리 떠나셨는데. 내가 아무리 용서를 빌

대학시절 나와 함께하시기 위해 57세에 상경하신 어머니.

어도, 용서해 주신다는 아무런 대답이 없으시다.

　그러나 나는 믿는다. 멀리 계셔서 아무 말씀 없으시지만 그곳에서
도 늘 나를 바라보시고, 어머니의 한없는 사랑으로 알게 모르게 섭섭
하게 해드린 나의 모든 죄를 용서해 주고 계시다는 것을. 그곳에서
도 늘 한결같이 내가 잘 되라고 기도해 주고 계시다는 것을.

　우리들을 낳으시고
　우리들을 먹여주시고
　우리들을 키워주시고
　우리들을 입혀주신 나의 어머니

　우리를 주시기 위해
　잡수시지도 입지도 않으시고
　우리를 위해 일생동안 몸과 마음을

송두리째 모두 바치신 우리 어머니

배웠다고 더 많이 안다고
교만하고 자존심만 꽉 차 있어서
어머니께 말대꾸하고 핀잔 드린 것
다 용서해 주셔요

어머니가 떠나신 후에야 철이 들어 이제야 용서를 빕니다
어머니 사랑해요 죽도록 사랑합니다
어머니의 인자하시고 저를 보면 항상 기뻐하시던
그 부드러운 모습 다시 보고 싶어요

의대 본과 1학년 시절이 기억난다. 의대 4년 동안 가장 힘들고, 공부를 많이 해야 되는 해가 본과 1학년 때다. 많은 과목 중 해부학과 생화학이 가장 어려웠고, 주로 학생들이 낙제를 맞는 과목도 이 두 과목이었다. 한 과목이라도 F학점을 맞으면 1년 낙제였다.

해부학 실습 때는 4명이 1조가 되어 시체 한 구를 가지고 1년 동안 공부했다. 처음에는 대부분이 고무장갑과 마스크를 쓰고 시체해부 공부를 했지만, 시일이 지남에 따라 장갑도 벗어던지고 마스크도 벗어버렸다. 시체를 썩지 않게 하기 위해 처리한 방부제의 냄새가 지독하고 독한 포르말린이 시체 전체에 배어 있었다. 장갑도 끼지 않고 실습을 하다 보니 포르말린으로 인해 손바닥이 두꺼워지면서 검

은 색깔의 잔주름이 생겼다. 그리고 손에서는 늘 향기롭지 못한 냄새가 났다.

해부학 실습을 열심히 하지 않으면 '땡 시험'에 떨어져 낙제를 당할 수도 있었다. '땡 시험'은 그동안 해부학 실습을 얼마나 열심히 했는가를 평가하는 시험이다. 시험장 안에 학생들 숫자대로 작은 테이블이 둥글게 배열되어 있었는데, 각 테이블 위에 번호를 매겨놓은 문제와 인체의 일부분이 놓여 있다. 예를 들면 손가락 사이에 작은 신경이나 혈관이 붙어 있고, 문제가 쓰여 있는 것이다.

"이 혈관의 이름은?"

"이 뼈 사이를 지나가는 신경의 이름은?"

"이 두개골 속에 보이는 작은 구멍의 이름은?"

100개의 테이블에 100개의 문제가 있고, 학생들은 순서대로 각자 자기 테이블 앞에 서서 해부학 선생님의 따르릉 하는 버저 소리를 기다린다. 마치 골프를 칠 때의 '샷건' 방법과 비슷하게 시험이 시작된다. 1분에 한 번씩 따르릉 소리가 울리는데, 그때마다 모두가 동시에 오른쪽 옆 테이블로 옮겨가야 된다. 100문제 푸는 데 정확하게 100분이 걸린다. 시간이 어찌나 빨리 가던지, 시험이 끝나면 다리가 풀리면서 한숨이 저절로 나왔다. 농땡이를 칠 수 없을 만큼 만만치 않은 시험이었다. 해부학 실습 중 정 쉬고 싶으면, 시체를 베개 삼아 그 위에 엎드려 누워 잠시 눈을 붙이는 것이 고작이었다.

어느 시기가 되면 시체 위에 도시락을 올려놓고 점심을 먹는 것쯤은 예삿일이 되었다. 해부학이 5학점이었기 때문에, 점수를 잘 맞고 싶어 모두들 열심히 공부했다. 욕심이 많은 친구는 해부학 시험 준비를 위해 시체의 한쪽 다리를 집으로 가지고 가서, 같은 그룹의 학생들이 공부하는 데 지장을 주기도 했다. 어떤 때에는 뇌 반 토막이 밤새 사라지기도 했다. 그 역시 뇌 조직이 복잡하다 보니 집에 가지고 가서 혼자 공부할 욕심이었겠지만, 그러면 다른 친구들은 어떻게 공부하라고? 그런 일로 해부학 교수님으로부터 전체 학생이 곤욕을 치르던 기억도 난다. 그렇지만 두개골과 어깨 날개뼈 등은 학생들에게 하나씩 나누어 주어, 각자 집으로 가져가 공부할 수 있게 해주었다.

이로 인해 잊지 못할 에피소드가 생겼다. 생화학 실험을 마치고 시계를 보니 새벽 한 시가 넘어 있었다. 그 당시는 유신 반대데모 때문에 계엄령이 선포되어 전국의 치안을 군인이 담당할 때여서, 통행금지 단속이 대단히 심했다. 나는 종로 5가를 거쳐 신당동, 약수동, 이태원을 지나 보광동의 우리 집까지 걸어가고 있었다. 그런데 도중에 통행금지 단속반에게 심문을 받게 되었다.

"신분증 좀 봅시다."

내가 서울의대 학생증을 보여주었다.

"학생이구먼."

보통 때 같으면 학생증을 보여주면 무사통과였는데 그날은 달랐다. 그가 내 가방과 호주머니를 검사했다. 그때 하필 바바리코트 주머니에서 어깨 날개뼈가 나왔다.

"이게 무엇입니까?"

"사람의 어깨 날개뼈입니다."

내 말을 듣고 깜짝 놀란 그가 잠시 머뭇거리더니 손짓을 하며 말했다.

"어서 가십시오."

따지고 보면 어깨 날개뼈 덕분에 통행금지에 걸리지 않고 통과할 수 있었던 것이다.

또 하루는 어머니가 책상 위에 놓여 있는 두개골을 처음 보시고는 나에게 물으셨다.

"이거 해골 아녀? 이것 가지고 공부허남?" 하시면서 빙긋이 웃으셨다.

"오머니, 맞어유. 진짜 해골이유. 미섭지 않어유? 저는 저것 가지구 공부허니께 하나두 안 미서워유."

"나두 안 미서워. 다른 디서 봤으면 미서울 텐디 니가 그걸루 공부허니께 하나두 안 미서워. 알렀남?"

아들이 의과대학생이 되어 실제로 사람의 두개골을 가지고 공부하는 모습을 보니, 두개골이 방 안에 있어도 두렵기는커녕 오히려 아들이 자랑스럽고 흐뭇하셨나 보다.

그 시절에는 또 큰일 날 뻔한 사건이 있었다. 본과 1학년 때였는데, 그때 어머니와 내가 살던 전셋집은 보광동과 한남동 경계에 위치한 산꼭대기에 위치해 있었다. 삼만 원짜리 그 전셋집은 지금 생각해도 아주 낡은 집이었다. 기름먹인 검은 종이를 깔아놓은 지붕은 바람에 날아가지 않게 여기저기 돌을 올려놓은 상태였고, 방 하나에 작은 부엌이 전부였던 집이었다. 부엌이래야 작은 양은솥 하나와 연탄 한 개를 아궁이에 넣을 수 있는 크기였다.

우리 방에 들어가려면 몸을 45도 정도 구부려서 부엌문을 연 다음, 신은 부엌에 벗어놓은 채로 들어가야 했다. 방바닥에는 장판이 깔려 있었지만, 그것도 꽤 낡은 상태였다. 화장실은 주인과 함께 쓰는 재래식 변소였고, 집 밖에 따로 있었다.

그날도 보통 때와 별반 다르지 않았다. 어머니 곁에서 잘 자고 있던 내가 중간에 화장실을 가려고 잠에서 깼다. 자리에서 일어나는데 어찌 된 일인지 몸이 무겁고 움직이기가 힘들었다. 심상치 않게 느낀 내가 주무시는 어머니를 흔들어 깨웠다.

"어머니, 눈떠 봐유! 어서 일어나 봐유!"

다행히도 어머니가 눈은 뜨셨는데 자리에서 일어나시진 못했다. 나는 즉시 어머니와 내가 연탄가스에 중독되었음을 알았다. 우리 방에는 밖으로 통하는 창문이 하나 있었다. 나는 간신히 방벽을 잡고 어정어정 술에 취한 사람처럼 비틀거리면서 일어나, 창문부터 활짝 열어놓았다. 그러고는 들은 이야기가 생각나서 부엌에 있는 작은 김칫독으로 향했다. 김치 국물을 한 사발 퍼서 어머니를 내 몸에 기대여 눕게 한 다음 한 숟가락 어머니 입에 넣어드리고는 나도 마셨다. 어머니가 점점 깨어나 의식이 돌아오고 나도 서서히 회복되었다.

장판을 자세히 보니 방 모서리 여러 군데가 찢어져 있었고, 그 밑으로 보이는 시멘트로 된 방바닥도 이곳저곳 금이 가 있었다. 어머니와 나는 장판종이를 사다가 찢어진 장판을 열심히 때웠다. 그러나 근본적으로 고치려면 시멘트 방바닥을 수리해야 했는데, 엄두를 내지 못해 그냥 방문을 환기될 정도로 열어놓고 살았다.

그날 큰일 날 뻔한 어머니를 생각하면 '그런 낡은 집보다 좀 더 나은 집에 살 수 있었을 텐데.' 하는 후회가 앞선다. 아들의 공부를 뒷바라지해 주기 위해 일생을 바쳐 오신 어머니였다. 그토록 소중히 여기셨던 농사일도 마다하고 유복자인 막내아들과 함께 살고 싶어, 뒤도 돌아보지 않고 상경했던 내 고귀하신 어머니였다. 그런데 그런 어머니가 하마터면 연탄가스에 중독되어 돌아가실 뻔했다. 지금 생각하면 연탄가스로 죽을 수도 있었던 그 순간에 소변을 보고 싶게 한 것도, 하나님의 섭리가 아니었나 생각된다. 나와 어머니의 생명을 구해주신 하나님께 감사함을 느낀다.

내가 학교에 가고 없으면 작은 단칸방에 어머니 혼자 계실 수밖에 없었다. 대화를 나눌 사람도 오로지 나 말고는 없었다. 그러니 내가 돌아올 때까지 눈이 빠지도록 기다리셨음에 틀림없다. 어머니는 집 앞에서 들려오는 나의 발자국 소리와 삐거덕 하고 문을 여는 소리에, 귀를 당나귀 귀처럼 크게 열고 계셨을 것이다. 두 소리 다 어머니에게는 얼마나 반가운 소리였을까? 내 기척이 들려오면 그전의 외로움과 지루함은 사라지고, 온통 반갑고 기쁜 마음뿐이셨으리라.

만일 내가 그 당시에도 어머니 마음을 이렇게 헤아려 드렸더라면 좀 더 어머니를 기쁘게 해드릴 수 있었을 텐데. 아쉽게도 당시에는 어머니를 위해 해드린 것이 아무것도 없었다. 가정교사를 하고 있었을 때니 월급을 타면 어머니가 좋아하는 음식이나 고기라도 한두 근 사드렸어야 했는데, 그것조차 제대로 못한 정말 바보 같고 미련했던 나였다. 내가 학교에 가고 없는 낮 시간에는 분명 혼자서 점심도 제대로 안 드셨을 텐데, 이제야 후회가 막심하다.

어머니의 유복자 막내아들 정진우, 지금 생각하면 한심하고 불효막심한 아들이었다.

우리 집은 두 식구 어머니와 나
식사는 제대로 하시는지
아프시고 힘드신 일은 없는지
어머니께 관심 두지 않고 밖에 풀어놓은 강아지처럼
이리 뛰고 저리 뛰어다녔던 어리석은 나

네가 없는 하루 길기도 하여라
온 종일 아들 기다리며 집에 있어도
말 상대할 사람 아무도 없네
아들아 열심히 배워서 좋은 의사가 되는 것
그보다 더 바랄 것 무엇이 있으랴

집에 돌아와 어머니와 더 대화하고
더 만져드리고 더 관심을 쏟아

어머니께 좀 더 잘해 드릴 것을
후회해도 아무 소용 없는
나의 불효 갚을 길 없네

의과대학 4년 졸업반일 때 이비인후과의 마지막 강의시간이었다.
과장님이셨던 백○○ 교수님이 칠판이 꽉 차도록 한문으로 '의사
의사 비의사醫師 醫師 非醫師'라고 쓰셨다. 교수님은 이에 대해 설명하
시면서, 사회에 나가서 환자를 볼 때 의사로서의 도리를 다하라고 말
씀해 주셨다. 풀어 해석하면 '의사는 의사로되 의사가 아닌 의사'는
되지 말라는 뜻이었다. 그 말씀을 나는 머릿속 깊이 묻어두었다.

인생의 동반자

나는 군의관으로 입대하여 군복무를 마친 후 미국에서 외과수련을 받던 중, 한 달 동안 방학을 맞게 되었다. 오래간만에 한국에 가서 옛날을 회상하며 시간을 보내고 싶었다. 미국에 들어온 지 3년 만에 고국에 가보는 셈이었다.

한국에 도착하자마자 가슴이 벅차올랐다. '아! 이곳이 나의 조국 대한민국이구나.' 거의 변하지 않은 모습에 단일민족인 대한민국이 새삼 훌륭하게 느껴졌다. 다민족 국가인 미국에 있다 와서 그런지, 민족도 언어도 역사도 전통도 풍습도 모두 다 하나인 우리나라가 그렇게 좋을 수가 없었다. 사회생활이나 정치생활, 직장생활 역시 단점보다는 이점이 많은 나라라고 생각했다.

이역만리 먼 곳으로 더 새로운 학문을 배우겠다고

희망에 부풀어 미국에 왔건만 낯선 타국 땅 낯선 사람들
이렇게 힘들 줄 전혀 몰랐네

조국을 향해 비행기에 오른 나
가슴 설레며 다시 밟을 고향과 서울거리
가족 친지 친구들 얼굴 그려보며 기쁨에 넘쳐 눈시울 적셨다네

대한민국 하늘을 나는 나
조국은 역시 산이 많은 나라 안개가 끼어 뿌옇게 보이지만
안개 속에 보이는 조국 나의 과거처럼 한도 많았으리

공항에 내리니 여기가 조국 이 땅이 도대체 얼마 만인가
항상 외국인 속에 살던 나 여기는 모두가 한국인뿐이네
아, 그리던 조국! 대한민국 만세!

　　그때만 해도 해외여행이 드문 시대였으므로, 형님과 매형이 김포
국제공항에 직접 나를 마중 나오셨다. 매형의 제의로 우리들은 보신
탕집으로 가서 지난 3년간의 내 소식과 한국에 있는 일가친척들의
소식을 들으며, 오랜만에 만남의 기쁨을 함께했다. 고향으로 내려가
서 어머니와 형수님을 만나니 더욱 반가웠다.
　　"진우 너 왔구먼. 미국에서 혼저 사너라구 월마나 고생했어. 워디
아픈 디는 읎남? 오래간만이여, 우리 진우."

"저는 미국에서 잘 먹구 잘 지냈어유. 저는 조금두 걱정허지 말어유."

어머니는 일을 많이 하셔서 그런지 그전에 뵐 때보다 더 수척하고 쇠약해 보이셨다.

"오머니, 절허께유, 절 받으슈."

큰절을 드리고 어머니 손을 만져보니 손도 얇아지시고 손등에도 주름이 많이 생기셨다.

"오머니, 너무 일하지 마시구유 몸두 생각허셔야 돼유. 돈두 아끼지 마시구 마음껏 잡숫구 건강하셔야 돼유. 그려서 오래오래 사셔야 되어유."

"알았어, 너두 항상 몸조심혀. 사람이 살다 보면 하루에두 세 번 죽을 고비가 있단다. 언제든지 정신 똑바루 차리고 몸 조심혀, 알었남?"

"알었슈, 오머니. 저는 염려 말어유. 항상 건강허려구 노력혀유."

옆에 앉아 계시던 형수님이 차례를 기다리셨다는 듯 나의 안부를 물으셨다.

"데린님, 미국에서 잘 지내셨슈? 얼굴이 좋아지셨슈. 역시 미국 가면 잘 먹구 잘 살지유?"

"그렇지두 않어유. 고생허넌 사람들 많어유. 저두 많이 고생혔슈. 사넌 건 세상 워디를 가던지 똑같어유. 미국두 그지두 많구유 깡패두 많어유."

"그렇것지유. 그런디 데린님 결혼은 안 혀유?"

"아직 결혼헐 생각은 웂슈. 아직 안정이 되지 않었슈. 나중에넌 허긴 혀야지유."

잠자코 듣고 계시던 어머니가 끼어드셨다.

"진우야, 너 인저 나이두 되었으니 결혼 혀야지. 사귀넌 사람은
있남?"

"오머니, 아직 읎슈."

"그러면 서울에 사넌 대핵교 친구딜 있잖여. 키 큰 친구허구 꼬맹
이 친구헌티 잘 부탁혀 봐. 나이가 너머 많어두 결혼허기 힘들어져,
알었남?"

"알었슈, 오머니."

인사를 마친 후 나는 잠시 집 밖으로 나왔다. 우리 집을 둘러보고
텃밭, 고개 밭, 논도 두루 살폈다. 옛날처럼 자연은 변함없이 곡식들
이 파랗게 자라며 가을의 결실을 향해 차근차근 전진하고 있었다.
어렸을 때 그렇게도 좋아하고 시간만 나면 가서 뛰놀던 시냇물과 물
고기들이 궁금해졌다. 그리움에 젖어 시냇가로 가보았다. 시냇물 역
시 예전처럼 물이 맑고 피라미가 떼를 지어 헤엄치고 있었다. 금모
래 밭도 옛날 그대였다. 나는 삼태그물을 가지러 집으로 돌아왔다.

"진우야, 괴기 잡으러 갈라구? 그려 잡어와, 내가 괴기죽 쒀주께."

어머니는 전부터 내가 틈만 있으면 물고기를 잡아와 어죽을 쒀달
라고 했던 걸 잊지 않고 계셨다. 오래간만에 아들이 그리도 좋아하
던 어죽을 손수 쒀주고 싶으셨으리라. 내가 물고기를 잡아왔을 때
형수님도 어머니와 합세하였다.

"데린님, 괴기 잡어왔슈? 그전이두 맨날 괴기 잡어서 괴기죽 쒀서

잡수시더니, 그때가 그리워서 괴기잡어 오셨구먼유. 내가 괴기죽 맛있게 끓여드리께유."

"그려, 진우 괴기죽 굉장히 좋아혔어. 에미 니가 맛있게 끓여줘."

시골에서 이틀 정도 머문 다음, 나는 다시 대학교 친구들과 서울에 사는 친척어른들에게 인사를 드리기 위해 서울로 올라왔다. 어디를 가든지 모두 한국 사람들이었고, 외국인은 미8군에 소속된 미군들이 전부인 것 같았다. 며칠 전만 해도 내가 소수민족에 해당되었지만, 한국에 와보니 미군들이 소수민족이어서 왠지 쓸쓸하게 보였고 동정심이 갔다. 아마도 미국에서는 지금 내가 생각하는 것처럼 그들이 나에 대해 똑같이 생각했을 것이다.

나는 혼자서 버스를 타기도 하고 걷기도 하면서 여기저기 두루 다니며 구경을 했다. 안국동 로터리부터 시작하여 삼청공원 입구, 광화문, 그리고 명동거리까지 걸어보았다. 이제 서울에 있는 대학 친구들도 만나고 여러 친척과 친지들께 인사를 드려야 했다. 의외로 만나는 사람마다 내 나이를 인식한 듯 중매를 서고 싶어 했다.

"자네도 이제 결혼할 나이가 됐잖은가? 외국에서 살다 보면 더 외로울 거 아냐? 이참에 참한 여자 한 명 소개시켜 줄 테니 한번 만나봐."

내가 가정교사를 하던 집에서도 마찬가지였다.

"선생님, 제 사촌언니가 있는데요 한번 만나보시지 않으실래요?"

나는 졸지에 친척이 아는 사람, 친구가 아는 사람 등등 여러 지인의 소개를 받아 수많은 선을 보게 되었다. 지금까지 살아오면서 이렇게 짧은 기간에 이렇게 많은 여자와 선을 본 일은 처음이었다. 보통 호텔 다방에서 선을 보았는데 거의 하루에 2번씩은 보았다. 호텔 다방은 시중에 있는 다방보다 음료수 값이 훨씬 비쌌기 때문에, 그 비용만 해도 보통이 아니었다. 지금 기억으로는 그 당시 보름 동안 족히 30명과 선을 보았을 것이다. 너무 갑작스럽게 많은 사람과 선을 보다 보니, 심리적으로도 선보는 일이 힘이 들고 싫증이 났다.

처음 몇 차례 선을 볼 때는 기대감과 호기심도 생겼지만, 횟수를 거듭함에 따라 그런 감정은 점점 식어가고 있었다. 마지막 무렵에는 '또 어떤 여자가 나올지 모르지만 이번에도 그냥 그렇고 그러겠지.' 하는 생각이 들었다. 더 솔직히 말한다면 20명 이후부터는 선 자체가 나에게는 큰 노동이었고, 정신적으로도 육체적으로도 호주머니 사정으로도 꽤 지쳐 있었다. 게다가 그렇게 많은 선을 보았는데도 결혼하고 싶은 상대자를 한 명도 발견하지 못했다.

사실 나의 결혼관은 그렇게 까다로운 편이 아니었다. 성격 좋고 서로 사랑하며 아껴줄 수 있는 편한 느낌의 사람이면 되었다. 얼굴도 "저 정도면 괜찮다."라고 말할 수 있으면 족했다. 다만 한 가지 남들과 다른 것이 있다면, 내 가족과 친척들을 자신의 친 가족처럼 사랑하고 대할 수 있는 너그러운 여인이면 더 좋겠다는 것뿐이었다.

어쨌거나 이번 한국 방문은 생각지도 않게 선을 보기 위한 방문이 되어버렸다. 나는 8월 28일에 다시 미국으로 돌아가는 비행기 표를 가지고 있었고, 선의 회오리바람은 8월 17일쯤에야 잠잠해졌다. 그

때부턴 나머지 시간을 보람 있는 일로 보내고 싶었다. 그래서 내가 대학교 시절에 잘 다니던 인사동 거리에 들러, 가족과 지인들에게 줄 선물을 사며 시간을 보냈다. 그러고는 마음속으로 더 이상 선은 보지 않겠다고 다짐을 하고, 고향으로 내려가는 완행열차에 몸을 실었다. 마음이 홀가분하고 편해졌다.

　마침 내가 내려간 날이 장날이어서 어머니와 형님을 모시고 홍성 장에 가기로 했다.
　"오머니, 저 서울서 선 많이 봤슈."
　"그렸어? 그런디 선본 거 워땠어? 결혼헐 만헌 여자넌 만나봤남?"
　"아녀유, 오머니. 서로 맞질 않어유."
　"그려. 너는 마음씨 좋은 이쁜 여자허구 결혼혀서 잘살어야 혀. 알었남?"
　"예, 오머니 말씀 명심헐께유."
　그런데 그날 군에 있을 때 가깝게 지내던 서울대학교 치과대학 출신의 홍○○ 선생님한테 안부전화가 왔다. 나와 같은 부대에서 홍○○ 선생님은 치과 진료부장을 맡고 있었고, 나는 의무부 의무실장을 맡고 있었다. 부대에는 장교숙소 건물이 있었는데, 홍 선생님과 나는 함께 숙식하면서 매일 일과가 끝나면 정구도 치고 당구도 치는 아주 친한 사이가 되었다.
　"미국에는 언제 다시 들어갑니까?"
　"8월 28일 비행기로 갑니다."

"그럼 그동안에 한번 만나요. 그런데 나이도 있고 미국에서 외로울 것 같아, 여자분 한 분 소개시키고 싶은데 어떻게 생각하십니까?"

"홍 선생님, 제가 이번 방문에 선을 많이 봤는데도 결혼할 만한 인연을 찾지 못했습니다. 오늘이 벌써 18일이고 떠날 날이 10일밖에 남지 않았으니, 그동안에 서로 마음이 통한다 해도 잘될 것 같지 않습니다. 선생님 말씀은 대단히 고맙지만 그냥 미국으로 떠나는 것이 바람직할 것 같습니다."

"듣고 보니 시간이 별로 없는 것은 사실이지만, 마지막으로 한 번 더 속는 셈치고 만나보는 건 어떨까요? 내 아내의 대학후배로 같은 직장에 나가고 있는데, 그냥 부담 갖지 말고 만나보고 서로가 맘에 들면 그때 다시 연락해서 사귀는 것도 괜찮으리라 생각합니다."

나는 그전부터 음대 출신의 여성과 결혼했으면 좋겠다는 생각을 한 적이 있다. 홍 선생님은 ○○음대 출신과 결혼하셨고, 종로 5가 기독교방송국 근처에서 치과 개업을 하셨다는 걸 익히 알고 있었다. 나는 은근슬쩍 마음이 움직여서 말을 바꿨다.

"그러면 한번 만나게 해주십시오. 시간이 없으니 될 수 있는 한 빠른 시일 안에 만났으면 좋겠습니다."

나는 혹시나 하고 기대를 해보았다. 한국에 다시 오려면 빨라도 1년은 더 있어야 했다. 이것이 마지막 기회란 생각이 들었다. 홍 선생님과 나는 대학 선후배 사이이고, 소개받을 사람 역시 홍 선생님 부인의 대학후배인데다 같은 학교에서 음악 선생님을 하고 있다고 하니 믿음이 갔다. 더욱이 전부터 내가 좋아한 음악 전공자가 아닌가.

이것도 인연인가 싶었다.

    낯선 외국에서 심한 단련 받다가 조국 땅을 밟으니 감개무량하구나

    얼어붙었던 내 마음 다 녹아버리고 내 온몸에 활기를 되찾아

    날개 없이 훨훨 날아갈 것 같구나

    그 옛날 그 친구들 모두 잘들 있는지 빨리 보고 싶구나

    오늘은 고등학교 친구들 내일은 대학교 친구들

    서로 반가워 얼싸 안고 기뻐했네

    오늘 오전은 명동 ○○호텔 커피숍 오늘 오후엔 을지로 ○○호텔
다방

    내일 아침엔 충무로 ○○호텔 다방 내일 오후엔 용산 ○○호텔 지하
다방

    선보는 일이 이렇게 힘든 줄 전혀 몰랐네

    이제는 선보는 일도 그렇고 그런 것

    한번 만났다가 비싼 커피 마시고 서로 알지도 못하고 헤어지는 것

    발바닥만 아프고 지갑만 자꾸 가벼워지네

    어머니 형님 형수님 일가친척들 다 보고 싶어 왔는데

    그 마음 다 사라지고 선만 보다가 아쉽게 떠나야 하는 나

이제부터 맘 잡고 그들과 함께 보내리

그러나 나에게 살며시 다가온 또 하나의 선
안돼 안돼 안돼
그러나 마음 돌려 마지막 한 번 희망을 가지고 선을 약속했네

우리 네 사람은 8월 20일 처음으로 종로 5가에 있는 ○○다방에서
만났다.

나는 은근히 이 마지막 선을 기대했지만, 지금까지의 선이 그래왔
듯 그렇게 큰 기대는 하지 않았다. 그러나 이 8월 20일은 앞으로 가
정을 꾸미는 데 가장 결정적인 역할을 할, 아내와의 역사적인 만남의
날이었다.

지금까지 선을 본 사람들과는 첫인상부터 달랐다. 세상의 때가 묻
지 않아 청순하면서도 꾸미지 않은 자연미가 느껴져 편안한 인상을
받았다. 옷도 내 맘에 쏙 들었다. 하얀 수술이 달린 긴 소매 웃옷에
무릎 아래로 내려온 검은 치마는, 그녀의 지적인 얼굴과 무척 잘 어
울렸다. 귀여운 생김새에 마음씨까지 곱고 착한 여자로 느껴졌다. 게
다가 명랑하고 밝고 맑은 웃음은 나의 마음을 순식간에 사로잡았다.

나는 그때 '이 여자야말로 나의 천상배필이구나. 더 빨리 만났더라
면 좋았을 것을. 홍 선생님도 나에게 너무하시네, 진작 좀 소개시켜
주시지 않고. 아, 저렇듯 명랑한 말씨와 청순한 웃음, 그것이 나를 흔
들어 잠에서 깨우는구면.' 하는 생각을 했다.

거기서부터는 서로 무슨 대화를 나눴는지 기억나지 않는다. 아마도 실수를 할까봐 두려워 평범한 이야기만 했던 것 같다. 그녀와의 첫 만남은 무척 즐거웠고, 한순간에 '이 여자와 결혼하고 싶다!'는 바람을 갖게 되었다. 나에게는 더할 수 없이 기뻤던 만남이었다.

그날은 첫날인지라 커피만 마시고 그냥 헤어졌다. 섭섭한 마음은 이루 말할 수 없었지만 그나마 다행인 것은, 내 수첩에 그녀의 전화번호를 받아 적어놓았다는 것이다. 이 여자를 절대로 놓치고 싶지 않았고, 내 호주머니에 단단히 챙겨 넣고 다니고 싶은 충동이 생겼다.

헤어진 지 채 몇 시간도 지나지 않아 그녀의 집으로 전화를 걸었다. 전화 속에서도 목소리가 다정다감하고 밝은 웃음소리가 들렸다. 비록 목소리뿐이었지만 그녀의 환한 얼굴과 짙은 미소, 밝은 웃음소리까지 생생히 느낄 수 있었다. 또 한 번 나를 사로잡고도 남음이 있었다.

며칠 있으면 홀로 미국으로 떠나야 해서 그런지, 순간순간 시간이 흐르는 게 아까웠다. 어서 빨리 그녀를 다시 만나서 마음의 창을 활짝 열어놓고, 즐거운 시간을 가지고 싶어졌다. 서로 웃고 이야기를 나누면서 같이 거닐고 싶었다.

전화기 저편의 그녀에게 내가 조바심이 나서 물었다.

"내일 만나고 싶은데 가능할까요?"

그녀 역시 선뜻 대답했다.

"그렇게 해요."

다음날 우리는 커피를 마시면서 많은 이야기를 나누었다. 문득 나는 시외로 나가서 서울에서 느끼지 못하는 낭만의 시간을 갖고 싶었다.

"우리 인천 부둣가에 가요. 여기하고는 분위기가 다른 느낌일 테니. 어떻게 생각해요?"

그녀가 흔쾌히 동의하여 시외버스를 타고 인천 바닷가에 도착했다. 우리들은 신발을 벗고 모래사장을 걸으며 마치 오랫동안 사귀어 온 연인처럼, 자연스럽게 사랑의 속삭임을 나누었다. 아름다운 추억이 되어준 소중한 시간이었다. 그때 마침 할머니 한 분이 조개껍질로 만든 목걸이를 광주리에 놓고 팔고 계셨다. 나는 가장 마음에 드는 목걸이를 사서 그녀의 목에 걸어주었다. 값진 선물이 아니었는데도 그녀가 좋아하는 모습을 보니, 더 귀엽고 예쁘게 느껴졌다. 아마 아내는 지금까지도 그 목걸이를 소중하게 간직하고 있을 것이다. 나에게 열심히 보냈던 편지들과 함께.

우리는 날이 저물어 버스를 타고 서울로 돌아와, 또다시 아쉬움 속에서 헤어졌다. 어제보다 더 큰 아쉬움이었다. 금방 헤어졌는데도 그녀가 보고 싶어 죽을 것 같았다. 그새를 못 참고 내가 다시 그녀에게 전화를 걸었다. 전화하는 도중에 결국 "우리 결혼해요!"라는 말이 거침없이 튀어나왔다. 내가 정말 이 여자에게 쏙 빠졌었나 보다. 그녀 또한 나의 이 갑작스럽고 엄청난 말에 큰 거부감이 없는 듯했다. 내가 한 번 더 용기를 내어 다음날인 22일에 양가 어머님을 만나 봬도 되겠느냐고 물었다. 다행히 이번에도 그녀가 쉽게 동의해 주었다.

지금도 참 모르겠는 것은, 일이 이렇게 일사천리로 진행되는데도 그녀나 나나 하나도 놀라지 않았다는 것이다. 일이 아주 자연스럽게 진행되어 조금도 이상하거나 주저함이 없었다. 서로가 똑같은 마음이었던 것이다. 즉 사랑에 빠진 것이다.

나는 그날 밤 막차로 시골에 내려가서 어머니께 말씀을 드렸다.

"오머니! 저 소개받구 선을 봤넌디유, 오머니 말마따나 이쁘구유 마음씨두 착한 여자 만났슈. 오머니, 내일 그 여자 집 부모님을 만나뵐 텐디유 오머니두 그 여자를 보시구 좋다 안 좋다 말씀을 혀주셔야 되유. 그쪽이서두 저를 보시구 가부를 결정헐 거구먼유, 알었슈?"

"니가 사람 볼 줄 아남? 내가 가서 이것저것 다 뜯어보구서 너헌티 말혀주께."

"오머니, 그런디 말씀 잘허셔야 되유."

바로 다음날 용산에 있는 ○○호텔 다방에서 어머니와 장모님이 만나셨다.

장모님은 내 어머니보다 훨씬 젊게 보이셨고 첫 인상이 시원시원하셔서 좋았다. 어머니도 며느리 감을 처음 보았지만 마음에 드신다고 귀띔해 주셨다. 두 분이 먼저 나가시고 남아 있는 우리끼리 많은 이야기를 나누었다. 뭔가 귀신에 홀린 듯했다. 고작해야 만난 지 3일째인데, 벌써 결혼이야기를 하고 있는 것이다.

"진우씨를 제가 다니는 교회 목사님과 함께 만나고 싶어요. 백○○ 목사님이 결혼에 동의하셔야 저 또한 결혼결심을 할 수 있어요. 저희 집에서 백 목사님을 뵙도록 하지요."

예상치 못한 말에 나는 속으로 '이 여자 봐라? 자기만 좋으면 됐지, 뭐 이리 통과할 관문이 많아?' 하는 생각도 살짝 스쳐갔다. 그 당시 나는 교회를 다니지 않았고, 백 목사님이 어떤 분인지도 잘 모르기 때문에, 잘못하다가는 그 관문을 통과 못할 수도 있다고 생각했다. 그래서인지 나는 은근히 목사님을 만나는 것이 겁이 났다.

목사님을 만나 뵈었을 때, 나는 정중한 태도로 입사시험에서 면접을 보듯 목사님을 대했다. 무척 긴장된 상태였다. 아내 또한 내가 목사님 마음에 들었으면 좋겠다는 생각을 해서인지, 어느 정도 긴장한 듯 보였다. 말을 많이 하면 실수를 하거나 내 약점이 튀어나올 것 같아, 나는 가능한 한 하고 싶은 말도 하지 못하고 참고 있었다. 그날이 8월 24일, 만난 지 5일째 되는 날이었다. 시간이 번개처럼 빨리 지나갔다.

나를 찬찬히 살펴보시던 목사님이 말씀하셨다.

"이왕 두 사람 모두 마음이 여기까지 왔고 부모님들께서도 두 사람의 만남을 허락하셨으니, 아예 약혼식을 올리고 미국으로 떠나는 것이 어떤가?"

나는 듣자마자 그렇게 하는 것이 바람직하다고 생각했다. 약혼식이야말로 앞으로 떨어져 있을 우리 두 사람의 사랑의 안전장치 같았다. 그녀도 나도 흔쾌히 동의했다. 어쨌든 우리들은 서로 좋아했고, 우리들의 만남과 대화는 즐거운 순간의 연속이었다.

이제는 제한된 날짜 안에서 약혼식 장소와 날짜를 결정할 일만 남았다. 목사님께서 이틀 후인 8월 26일, 장소는 서울에 있는 〈외교 구락부〉로 정해 주셨다. 이때부터 우리는 공인된 약혼자로서, 이틀 후에 있을 약혼식을 준비하기 위해 얼마나 바쁘게 뛰었는지 모른다. 우선 가까운 친척들에게 약혼식을 알려야 했다. 나는 약혼식에 입을 와이셔츠와 넥타이, 그리고 새 구두를 샀다. 양복은 초록색 겨울양복이 있으니 그걸 입으면 될 것 같았다. 우리 둘은 또 종로에 있는 ㅇㅇ당으로 택시를 타고 달려가, 서로의 손가락에 맞춰서 약혼반지를 샀다. 역시 짧은 시간에 약혼을 준비하는 일은 쉬운 일이 아니었다.

8월 26일 우리의 약혼식이 백 목사님의 인도로, 양가 식구들과 가까운 친척들이 모인 가운데 진행되었다. 어머니는 약혼식을 하는 동안 뭐가 그리 좋으신지, 계속 싱글벙글 웃기만 하셨다. 약혼식이 끝나고 연회시간에, 외사촌 김기일 형님이 긴히 할 얘기가 있다며 나를

약혼식 때 어머니와 함께.

약혼식에서 서약 받는 장면.

부르셨다.

"진우야, 네가 미국에 가면 미국에서 결혼을 해야 할 터인데 그것은 친척들이 없는 외로운 결혼식이 될 것 같구나. 네가 모레 미국으로 떠나니 아예 내일 결혼식을 올리고 미국으로 떠나는 것이 바람직하다고 생각한다. 한번 잘 생각해 봐라."

형님은 나보다 14세 위였는데 언제나 생각이 깊으신 분이었다. 내가 곧바로 양쪽 댁의 친척 어른들과 어머니, 형님, 장인장모님께 이야기를 들려드렸다. 모두가 이구동성으로 "그거 좋은 생각이다!" 하고 맞장구를 쳐주셨다. 우리는 약혼식장에서 확실한 양가 합의 하에, 내일인 8월 27일에 결혼식을 하기로 결정을 보았다. 막상 결정을 하고 나니 어머니와 형님은 걱정이 태산이었다.

"내일 결혼허넌 건 좋으디 워디서 헌다? 우리 집이서 헐 수두 읎구. 갑작스레 하루 만에 결혼준비를 워떻게 허여?"

"오머니, 걱정 말어유. 두 사람 마음과 몸만 있으면 되는 거유."

내가 귓속말로 어머니께 말씀드렸다. 어머니뿐만 아니라 당사자인 두 사람도 결혼식이 이렇게 빨리 진전될 줄은 예견치 못했다. 어떻게 된 게 약혼식 때보다 더 바빠지게 생겼다.

내가 이번에 한국에 들어온 것은 방학을 맞아 오래간만에 친지와 친구들, 그리고 그리운 고향산천의 모습을 보기 위해서였다. 그런데 뜻하지 않게 그녀를 만나 약혼하고 결혼하는 행운의 사나이가 되었으니, 이번 방학이야말로 나의 삶에 가장 보탬이 된 알찬 시간이었다.

내일 있을 결혼식을 위해 우선 나는, 서울에 거주하는 친한 고등학교 친구들에게만 알리기로 했다. 친척들은 형님이 알아서 연락해 주시기로 했다. 결혼식은 마침 내일이 주일이어서 낮 대예배가 끝나자마자, 백 목사님이 시무하시는 ○○교회에서 거행하기로 했다. 당시 내 약혼녀는 교회의 반주자였다. 목사님은 대예배 시에 그녀를 대신할 반주자를 급하게 구하시고, 결혼식은 깜짝쇼로 치르기 위해 일체 알리지 않으셨다. 예배를 마친 다음 광고시간에 결혼식이 시작된다는 것을 선포하실 계획이었다.

마침내 결혼식 날 아침이 되었다.

우리들은 어제 결혼식을 하루 앞두고서도 별다르게 준비할 것이 없다고 생각했다. 결혼에 꼭 필요한 신랑신부가 있었고, 신랑에게는 양복과 구두와 시계가 있었다. 또 신부에게도 웨딩드레스 숍 주인인 친구 부모님께서 빌려주신, 몸에 꼭 맞는 웨딩드레스가 있었다. 결혼식 당일에 신부가 미장원에 가서 신부화장만 하고 나면, 결혼준비는 그것으로 끝이었다.

그 당시 교회 피아노 반주자였던 아내와 관련하여 재미있는 에피소드가 있다. 아내는 중등부 교사도 함께 맡고 있었다, 주일에 선생님이 나타나지 않자 학생들이 목사님을 찾아갔다.

"목사님, 오늘 김숙희 선생님한테 무슨 일이 있나요? 선생님이 오실 시간이 지났는데도 아직 안 오셨어요."

목사님이 학생들에게 비밀인 것처럼 낮은 목소리로 대답하셨다.

"김 선생님이 오늘 어른 예배가 끝난 후 결혼을 하세요. 그러니 선생님 결혼을 축하해 드리고 기도해 줘요."

생각지도 못했던 대답을 들은 학생들은 기가 막혔다. 한편으론 선생님이 얄밉고 서운했다. 미리 알려주셨으면 축하해 드리기 위해 이것저것 준비할 수 있었을 텐데 말이다. 불과 1시간 30분만 지나면 선생님의 결혼식이 진행되게 생겼으니 야단났다고 생각했다. 집이 가까운 학생들은 축하금 봉투를 가져오고, 학생들끼리 서로 그룹을 만들어 부랴부랴 결혼식 축하 준비에 돌입했다. 색종이를 사서 가위로 작게 잘라 신랑신부에게 뿌려줄 눈송이를 만들고, 또 다른 한쪽에서는 던졌을 때 신랑신부의 몸에 감기도록 리본을 둘둘 말고 있었다.

드디어 예배가 다 끝나고 목사님으로부터 결혼식 안내 멘트가 흘러나왔다.

"지금부터 우리 교회 반주자 김숙희 양과 미국에서 온 정진우 군의 결혼식을 시작하겠습니다."

그 순간 음악이 울려 퍼졌다. 장로님들과 권사님들 그리고 예배를 드리러 온 모든 분들이 깜짝 놀라 어쩔 줄을 몰라 했다.

"우리 교회 반주자 처녀가 지금 여기서 결혼식을 한다고?"

"아니, 세상에! 해도 해도 너무했다. 어째 미리 알리지 않았을까?"

"우리 교회 반주자가 이렇게 갑자기 시집가면, 이제부턴 누가 반주한대?"

교인 모두가 제각각 한 마디씩 하니 교회 안이 웅성웅성 벌집을 쑤셔놓은 것 같았다. 우리들의 결혼식은 이 교회가 세워진 후 처음

있는 결혼식이었다고 한다. 거기에다 '깜짝 결혼식' 형식으로 진행되었으니, 여러 면에서 하나님께서 특별히 인도하신 결혼식인 것 같았다.

우리들은 시간이 없어 결혼식 연습도 하지 않은 채로, 곧바로 결혼식에 임했다. "신랑 입장!" 선언과 함께 나는 영웅이 된 것처럼 씩씩하게 앞으로 걸어 나갔다. 이윽고 "신부 입장!" 소리와 함께 아름다운 웨딩드레스를 입은 아내가, 웨딩마치 소리에 맞춰 사뿐사뿐 걸어왔다. 그 모습을 지켜보던 나는 하늘을 날아갈 듯한 기분이었다. 시종일관 미소가 떠나지 않았다.

결혼식 날은 유난히도 날씨가 더웠다. 당시에는 에어컨도 없어서 교회 안은 더더욱 찜통을 삶아놓은 듯했다. 나는 따로 신랑예복을 준비하지 않아서 그 더운 날에 겨울양복을 입고 서 있으려니, 온몸에서 땀이 줄줄 흘러내렸다. 특히 얼굴에서 땀이 많이 흘렀는데 눈을 뜰 수 없을 정도였다. 다행히도 착한 처제가 옆에 서서 땀을 닦아주는 바람에, 무사히 마칠 수 있었다. 지금도 처제를 만나면 그때의 고마움을 표시하곤 한다.

결혼식이 끝나고 퇴장할 때였다. 중고등부 남녀 학생들이 양쪽으로 길게 두 줄로 서서 우리 둘에게 힘껏 축하의 박수를 쳐주었다. 동시에 그들이 짧은 시간에 정성껏 준비한 오색찬란한 색종이와 리본을 머리 위로 뿌려주어, 우리들의 결혼식을 더욱 빛나게 해주었다. 결혼식이 끝난 후 아내와 나는 양가 어른들께 감사의 큰절을 올렸다.

결혼식에서 양가 친지들과.

아내가 교사로 있었던 중고등부 학생들의 축하를 받으며.

　　결혼식이 끝난 날 저녁, 고등학교 친구들이 함을 지고 처갓집으로
쳐들어와 신랑 달아먹기에 열을 올렸다. 장모님이 돈과 술을 제공하
면서, 거꾸로 매달린 사위가 어떻게든 덜 맞게 하려고 안간힘을 쓰셨
던 기억이 생생하다.

나는 결혼한 그 다음날인 8월 28일에 대한항공 뉴욕행 비행기를 타고, 사랑하는 아내를 한국에 남겨둔 채 미국으로 돌아갔다. 비행기 속에서 아내의 얼굴을 그려보았다. 그녀의 얼굴이 한순간 뚜렷하게 나타났다가 슬며시 사라졌다. 다시 그려보려고 애를 썼지만 잘 떠오르지 않았다. 기간도 너무 짧은데다 당시에는 폴라로이드 사진기도 없을 때여서, 서로의 얼굴을 볼 수 있는 사진 한 장 갖고 있지 않았다.

우리들은 그 대신 하루가 멀다 하고 전화했다. 2주일쯤 지나자 기다리고 있던 결혼사진 몇 장이 도착했다. 이 사진들은 아내의 얼굴을 떠올리는 데 중요한 도구로 사용됐다. 그리고 아내는 이틀에 한 번꼴로 나에게 편지를 보내왔다.

"사랑하는 당신에게⋯⋯" "사랑하는 나의 남편에게⋯⋯" "보고 싶은 나의 남편⋯⋯"

어찌 생각하면 참 기가 막힌 일이다. 결혼한 지 하루 만에 이역만리로 날아가 멀리 헤어져 살아야 되는 우리들의 비정상적인 운명. 그렇지만 서로 만날 날을 간절히 기다리면서 편지와 전화로 서로 위로해 주고 사랑을 확인해 주는 아름다운 추억의 날들이기도 했다.

10개월 후 드디어 아내에게 비자가 나왔다. 나는 방 청소를 깨끗이 하고 백화점에 가서 그릇 한 세트를 사다가 부엌에 비치해 놓았다. 한국 식품점에 가서 여러 가지 음식들도 사다 놓으니, 대충 이 정도면 아내를 맞을 준비가 되었다고 생각했다. 오래간만에 아내를 만날 것을 생각하니 마음이 들떴고 '혹시 못 알아보면 어쩌나?' 하는 걱정도 들었다.

드디어 존 에프 케네디 공항 출구에서 많은 사람들 속에 섞여 나오는 내 아내의 모습이 보였다. 내가 기쁨을 감추지 못하고 "여기야, 여기!" 하고 큰 소리를 치니, 출구로 나오던 모든 사람들이 일제히 나를 쳐다보았다. 물론 아내도 나를 보고 웃으면서 반가워 어쩔 줄 몰라 했다. 오랫동안 헤어져 있어서 더 반가웠다. 지난 10개월 동안 서로를 그리워하며 고대해 왔던 오늘 이 순간! 우리는 견우와 직녀가 만난 듯 무척이나 행복하고 즐거웠다.

미국에서 나는 외과 레지던트였기 때문에 3일에 한 번씩 외과 당직을 서야 했다. 우리가 살고 있는 아파트는 병원에서 100m 정도 떨어진 거리에 있었고, 붉은 벽돌 건물로 꽤 오래된 6층짜리 건물이었다. 비록 경제적인 여유는 그다지 없었지만 매일 매일이 행복한 신혼의 연속이었다. 나는 당직 때마다 집으로 가 식사를 준비해 놓고 내가 오기만 기다리는 아내와 함께 밥을 먹은 후, 다시 병원으로 돌아가곤 했다. 집과 병원이 가까운 덕분이었다. 병원 5층의 창문을 열고 내가 손을 흔들면, 아내도 아파트 문을 열고 손을 흔들어 주었다. 오랜 기다림 끝에 함께 살게 된 우리들은 마냥 기쁘고 행복하기만 했다.

어머니, 처음으로 미국 땅을 밟다

　나는 그전부터 어머니와 항상 함께 살아왔기 때문에, 한순간도 어머니와 떨어져 산다는 것은 생각조차 할 수 없는 일이었다. 그러나 미국에서 외과 레지던트를 할 때에는 육체적으로도 너무 지쳐 있었고, 정신적으로도 나보다 위에 있는 레지던트들과 정식 외과 의사들과의 관계에서 오는 스트레스 때문에 매우 힘이 들던 시절이었다. 그런 이유로 어머니에 대해서도 거의 생각할 겨를이 없었다. 그 당시에 어머니에게 쓴 편지가 한 통도 없다는 것이 그 증거였다.

　그렇지만 1년에 한 번 있는 방학 동안에는 어머니를 뵙기 위해 한국에 갔다. 모처럼의 여유 시간에 어머니를 보고 싶은 생각이 간절했기 때문이다. 뵐 때마다 어머니는 늘 농사일로 바쁘셨다. 45도로 허리가 굽으셨는데도 언제나 호미와 낫을 들고 다니시면서 닥치는 대로 일을 하셨다. 그러다가 허리를 쭉 펴신 다음 주먹으로 허리를 툭툭툭 치신 후, 또다시 허리를 굽히시고 일을 계속하셨다. 어머니는 근면함 그 자체였고 꾀라는 걸 모르시는 분이었다.

햇볕에 탈 대로 타서 짙은 구릿빛으로 변해 버린 어머니의 얼굴. 지금도 그 구릿빛의 얼굴에 주름살이 많으셨던 어머니의 모습이 생각난다.

1981년 가을, 나는 한 달 동안 휴가를 받아 그리운 고향땅을 밟았다.

"어머니, 저 왔슈. 그동안 안녕하셨슈?"

"진우 왔구먼. 워디 아푼 디는 읎구? 잘 왔다. 손 점 워디 만져보자. 이 손은 굉장히 중요헌 손이여. 돈두 많이 벌구 많은 사람들 수술혀서 고쳐주는 귀중헌 손 아녀? 그러니께 이 손 잘 간수혀야 데어, 알었남?"

"오머니 손이 콩크리트 벽 같어유, 두껍고 꺼칠꺼칠하네유."

내 손을 만지작 만지작거리면서 어머니가 다시 물으셨다.

"그동안 사람덜 배 많이 쨌지?"

"예, 오머니. 수두 읎시 쨌슈. 그런디 인저는 이력이 생겨서 눈 감구두 배 쩰 수 있슈. 아주 쉬워유."

"아무리 쉬워두 눈은 뜨구 배 째여, 알었남? 남의 배 잘못 째서 죽으먼 큰일 나, 알었지?"

"알었슈, 말이 그렇단 말이지 아무래면 눈 감구 아픈 사람 배를 째것슈? 그렇게는 안 혀유. 걱정 하나두 말어유."

"증말여? 그렇게 혀야 혀."

"하루에 멫 명이나 배 째여? 많이 째남?"

"하루에 평균 한두 명, 많으면 네 명서 다섯 명두 째유. 배 째느 것 재미있어유."

"재미있스야지. 그렇키 하루에 배를 많이 갈르먼 돈은 월마나 받어? 아주 많이 받겄구먼 그려."

"많이 받기는 허는디 미국은 다 비싸유. 그려서 살다보니 별루 남넌 것두 윲데요."

"돈 애껴. 돈 애끼는 게 돈 버는 거여. 지악스럽게 살으야 돈두 모아가며 잘살 수 있어."

"오머니, 잘 알었슈. 그런디 워디 아픈 디는 윲슈?"

"담두 걸리구 안 아픈 디가 있간? 전신이 다 아퍼. 우리 집 워디를 봐두 다 일헐 디여. 밭에 가두 논에 가두 일헐 디가 천지여. 몸이 아퍼두 쉴 수가 있간? 농촌에 살먼 다 그려."

"오머니, 그려두 몸을 애끼셔야 혀유. 한번 몸이 상하시먼 낫는 디 시간이 많이 걸려유. 적당히 일하시고 쉬어가면서 허셔야 근강이 좋아유."

"알었어. 진우 너는 아픈 디 윲지? 그려두 니가 에미라구 일 년에 한 번씩 찾아오니 좋구먼. 배고프지? 저녁 먹으야지."

"알었슈."

나는 어머니와 대화할 때에는 언제나 어머니에게 눈높이를 맞췄다. 그래야 어머니가 이해하시기 편하리라 생각해서였다. 그 때문

에 어머니와 대화할 때는 나 역시, 완전한 충청도 벽촌 사람이 되어
버렸다.

어머니가 해주시는 고향 음식은 언제나 구수하고 담백한 맛이었
다. 밥을 먹고 나서 내가 그동안 마음먹고 있던 말을 꺼냈다.

"어머니, 미국 너무 좋아유. 오머니두 미국 오셔서 함께 사셔유."

"농사는 누가 짓구? 헐일이 너머 많은디 내가 미국가기는 힘들 것
같어. 내가 읎으면 네 형과 네 아주머니가 농사짓느라구 월마나 힘
들것서?"

"오머니, 그런 말 말유. 제가 6년간 대핵교 댕길 때 저허구 같이 계
셔서 밥두 혀주시구 보광동 시장 야채가게에서 내버린 배춧잎으로
김치 담가주셨던 일 생각 안 나유? 오머니 읎스셔두유 형님과 형수
님 일 꾸려나가시는 데 아무 문제 없어유. 염려 마시고 저의 집에서
푹 쉬어유."

"내 마음이야 너허구 같이 살구 싶지만서두 네 형과 얘기혀 봐여
지."

"그렇게 혀유. 형님께 말씀드릴께유."

나는 형님께 어머니를 미국으로 모시고 가고 싶다고 말씀드렸다.
다행히 형님이 흔쾌히 승낙해 주셨다.

"어머니께서 나이도 계신데 일을 너무 하신다. 아무리 말려도 소
용이 없어. 농촌에서는 눈에 보이는 것마다 일할 것들이니 보고서
일을 안 할 수도 없잖아. 너 생각 잘했어. 어머니 미국 가셔서 좀 편

하게 계시도록 해라."

"고맙습니다, 형님. 그러려면 비자를 발급받아야 하는데 제가 초청 비자를 신청할게요. 요즘은 부모님 초청할 때 몇 개월 걸리지 않는다고 들었습니다."

"제수씨에게 의견을 물어봐."

"제가 벌써부터 어머니를 모시겠다고 이야기를 많이 해왔고, 아내도 오히려 어머니가 오시기를 기다리고 있습니다. 특히 지금 뱃속에 있는 둘째가 6월이면 나오니, 어머니가 그때 오셔서 산후 조리를 해주셨으면 더 좋을 것 같다고 하더군요."

"잘 되었구나, 그럼 그렇게 하도록 해."

이렇게 하여 어머니는 1982년 6월 초순에 미국의 우리 집으로 오셨다. 둘째아들 국영이가 태어난 해였다. 침실 하나밖에 없는 작은 아파트에서 3살 된 큰아들과 갓난아이를 포함하여 5식구가 살게 되었다. 어머니는 아내의 산후조리는 물론이고 어린 두 아이들까지 정성껏 돌봐주셨다. 그러나 어머니는 일평생을 바쳐 오신 농사일과 고향 땅이 무척이나 그리우셨던 모양이다. 미국에 오신 지 한 달쯤 되었을까. 어머니께서 나를 붙잡고 말씀하셨다.

"진우야, 많이 쉬었으니 이제 다시 시굴루 가야 혀. 지금쯤 시굴서는 밭일 논일 때메 눈코 뜰 사이 없이 바쁠 텐디 내는 여기서 먹구 놀게 되니 안 되것어. 애야, 아무래도 시굴에 다시 갈란다."

어머니를 한국으로 다시 보내드릴 생각을 하니 한없이 슬퍼졌다.

그렇지만 형님과 함께 오랫동안 몸에 배신 농사일을 하고 싶어 하시는 것을 생각하면, 어머니가 원하시는 대로 해드리는 것이 좋을 것 같았다.

"오머니, 가셔서 일 너무 하시지 말어유. 그러구 내년에 다시 모시러 갈게유."

"알었어. 내년에 또 올껴. 그러구 일 하나두 안 헐 테니 걱정허지마."

미국에 오셔서도 호강은커녕 단칸방에서 고생만 하시다가 가신다고 하니, 죄송한 마음을 금할 수 없었다.

어머니는 나와 함께 계실 때 항상 단칸방에서만 사셨다. 내가 시골에서 자랄 때도, 대학교에 들어가서도, 하다못해 미국에 와서까지도 단칸방에서 지내셔야 했다. 못난 아들 같아서 송구스러운 마음뿐이지만, 그래도 다른 한편으로는 이 단칸방 덕분에 어머니를 더 가깝게 모시며 살 수 있는 행운아가 된 것이라 생각한다.

막상 공항에 도착해서는 마음이 더 안 좋았다. 어머니가 홀로 비행기를 타고 집으로 돌아가시기 위해, 작은 발걸음으로 출국장 쪽으로 멀어져 가실 때에는 가슴이 찢어지는 것 같았다. 어머니의 여윈 뒷모습을 제대로 쳐다볼 수가 없었다. 오직 할 수 있는 것이라곤 목청이 터져라 "어머니! 어머니!" 하고 부르는 것뿐이었다. 그러면 어머니의 작은 몸이 우리를 향해 돌아서면서 "잘 있어, 잘 있어." 하시고는 손을 흔들어 주셨다.

어머니의 모습이 마침내 공항 건물의 칸막이 속으로 사라져 버렸다. 나와 아내는 눈물을 참지 못하고 엉엉 울면서 무거운 발걸음으로 주차장을 향했다. 그때 얼마나 크게 소리 내어 울었는지 모른다. 항상 어머니와 같이 살다가 미국에 와서 떨어져 살게 되니, 슬픔이 더 폭발한 모양이었다. 어쩌면 내가 어머니를 다시 뵙기 전에 한국에서 돌아가실 수도 있다는, 그러므로 이것이 마지막일 수도 있다는 생각에 통곡이 터져 나왔던 것 같다. 또 한국에 돌아가셔도 시골에서 하루 종일 일만 하실 것을 생각하니 안타까웠다. 막내아들답게 그동안 미국에서 고생한 이야기라도 들려드리면서 응석이라도 부릴 것을, 그조차 하지 못해 무척 속이 상했다. 나는 공항 대합실을 걸어 나와 건물 벽에 두 손을 의지하면서 소리 높여 울었다. 어렸을 때는 초상집에서 심하게 소리 내어 우는 사람을 보면 '저건 괜히 과장해서 우는 걸 거야.'라고 생각했는데, 이제 보니 확실히 그런 폭발적인 울음이 있다는 것을 어머니가 떠나신 날 비로소 체험하게 되었다.

어머니, 한 달간 고생만 하시다가
드디어 한국으로 돌아가시네요
방이 좁아 불편하시고 어머니를 제대로 섬겨드리지 못한
우리들 용서하셔요

어머니가 가신다면
눈물을 삼키며 고이 보내드려요
미국에서 호강하는 줄 알았지만 고생만 하신 나의 어머니

다음에 오실 때엔 잘사는 우리 보여드리겠어요

저희들을 위해 사시고 저희들을 위해 늙으신 나의 어머니
한국에 가시면 너무 일하지 마시고 너무 아끼지 마시고
건강하고 즐겁게 사세요
그리고 머지않아 다시 꼭 돌아오세요

　1983년 여름 나는 방학을 이용하여 다시 한국으로 들어와 시골집을 방문했다.
　어머니가 밭에서 김을 매고 계셨다. 그런데 거의 눕다시피 한 자세로 풀을 뽑고 계신 게 아닌가. 정말 깜짝 놀랐고 어디가 얼마나 편찮으신 건지 걱정이 되었다.
　"오머니, 저 왔슈."
　"어, 그려. 우리 진우 왔구먼. 워디 아픈 디는 읎구? 잘 왔다!"
　"저는 괜찮어유. 그런디 어머니, 어디가 어떻게 편찮여서 밭에서 누워 김을 매세유?"
　"시방 바른쪽 옆구리가 아퍼. 진통제 먹어두 별 효과두 읎구, 신신파스를 이렇게두 많이 붙였어."
　어머니가 웃옷을 들쳐 옆구리를 보여주시는데 정말로 신신파스가 많이도 붙어 있었다.
　"오머니, 당장 병원에 가셔서 아픈 원인을 아시구서 그에 대한 치료를 허셔야 될 텐데유."

"내 빙은 내가 알어. 내가 그 전버텀 바른쪽 옆구리가 결렸었어. 일을 많이 허다 보니 옆구리가 뼸어. 파스 붙이면 시원허구 행결 좋아. 빙원은 무슨 빙원여? 돈만 비싸게 들어가구, 난 안 갈란다."

어머니는 고개를 저으시며 단호히 거절하셨다. 그러고는 내게 별로 아프지 않다는 것을 보이기 위해, 억지로 자세를 고치시고 다시 김을 매셨다.

그런데 예전에 비해 식사도 많이 하지 않으시고 몸이 무척 쇠약해지신 것 같았다. 밤에는 끙끙 앓는 소리도 내셨다. 그렇게 몸이 불편하시면서도 눈이 오나 비가 오나 '몸이여, 부서지려면 부서져라' 하는 마음으로 일만 하신 나의 어머니! 이제부터는 제발 일하실 땐 일하시고 쉬실 땐 쉬시면서, 세상 구경도 하고 다니시면 오죽이나 좋을까.

나는 될 수만 있다면 어머니를 빨리 미국에 오시게 하고 싶었다. 내가 어머니를 모시고 살면 첫째로 힘든 농사일을 하지 않으셔도 됐고, 둘째로 항상 어머니의 건강을 챙겨드릴 수 있었고, 셋째로 장인 장모님이 이미 나와 함께 계시니 장모님과 벗이 되어 심심치 않게 사실 수 있었다. 그때 어머니 연세가 74세였고 장모님은 62세, 장인 어른은 69세였다.

수개월 후 어머니가 뉴욕에 위치한 케네디 국제공항을 통해 미국으로 들어오셨다. 꼭 1년 만에 다시 돌아오신 것이다.

아내와 내가 공항으로 마중 나가 있을 때, 입국장으로 나오시던 어머니 모습이 지금도 눈에 선하다. 키 작은 할머니 한 분이 연신 두리 번거리면서 아장아장 걸어 나오고 계셨다. 그분이 바로 사랑하는 내 어머니였다. 다행히 마지막으로 뵈었을 때보다 얼굴이 좋아지신 것 같았다. 그래도 아들 덕분에 비행기라도 타보신 어머니가 아닌가. 그 당시 시골사람들을 생각하면 직접 비행기를 탄다는 것은 감히 생 각조차 할 수 없던 시기였다.

나는 한걸음에 달려가 어머니 손을 꼭 잡고 짐을 받아 챙겼다. 오 랫동안 잡아보지 못한 손이었다. 거칠긴 하지만 젊은 나이에 혼자 되셔서 우리 4남매를 다 키우시고, 집안의 모든 일을 도맡아하신 억 척같이 강한 어머니의 손이었다.

"오머니, 비행기 타니께 좋지유?"

"너머 오래 타닝께 그것두 힘들더라. 소리 때미 잠두 안 오구 혼났 다. 오래 앉아 있으니께 허리두 아프구 궁뎅이가 배겨서 힘들었어."

"오시느라구 고생 많이 허셨슈, 오머니. 멀미는 안 허셨슈?"

"조금 혔어, 그런디 택시를 탈 때버덤은 들 혔어."

"그만 허길 다행이어유. 오머니, 그런디 옆구리 아프신 건 점 워뗘 유?"

"똑같어. 바른쪽 옆구리가 너머 아퍼서 일허기가 여간 힘던 게 아 녀. 그런디 그전이는 아펐다가두 좋아졌었넌디 요새 와서는 좋아지 질 안 혀."

"어쨌던 잘 오셨슈. 지가 다 검사혀서 치료해 드리께유, 알렀슈?"

"그려, 잘 점 고쳐줘. 니가 의사 아녀?"

"맞어유, 오머니가 저를 의사 맹그러 주셨잖어유."

"니가 공부 열심히 혀서 의사 됐지, 내가 헌 게 뭐 있간?"

"참 올해 농사는 다 잘 됐지유?"

"그럭저럭 괜찮게 됐었는디 태풍이 와서 많이 손해럴 봤어."

어머니와의 대화는 집에 도착할 때까지 끊이지 않았다. 어머니가 우리 집에 오시니 그렇게 기쁘고 좋을 수가 없었다. 장시간 비행기를 타고 오셔서 피곤하셨을 텐데도, 농사일에 단련이 되어서 그런지 예상했던 것보다 덜 피곤해 보이셨다. 그런데 아직도 바른쪽 옆구리가 많이 아프신지, 몸의 움직임이 약간 부자연스러웠다.

종합병원에서 컴퓨터 단층촬영을 해보니 간에서 지름이 약 30cm 되는 큰 물혹이 발견되었다. 간의 물혹은 대부분 양성이어서 암은 아니다. 어머니의 경우 물혹이 너무 커서 물혹의 벽이 물혹 속에 있는 액체로 팽창되어, 바른쪽 옆구리가 아프셨던 것으로 판단되었다. 이런 경우에는 물혹 자체를 제거하는 수술을 해주든지, 아니면 주삿바늘을 이용하여 물혹 안에 들어 있는 물을 다 뽑아낸 후, 90도의 농도 높은 알코올을 다시 물혹 안에 넣어주어야 했다. 이는 강한 알코올이 물혹의 내벽을 변화시켜 다시는 물이 생성되지 못하게 재발을 막아주는 치료 방법이다. 어머니는 이 알코올 치료방법으로 완치되셔서 일상생활 하시는 데 큰 불편을 느끼지 않게 되셨고, 그렇게 많이 붙이던 파스도 붙이지 않으셔서 좋았다.

우리 집에 오신 후에도 어머니는 가만히 계시지 않으셨다. 시골에

어머니는 미국에 오셔서 바닷가에 가는 것을 무척 좋아하셨다.
작은 누나와 함께 해수욕을 즐기시는 어머니.

서 부지런히 일하시던 버릇 때문이었다. 나는 가끔씩 어머니를 모시고, 집에서 차를 타고 10분 거리에 있는 바닷가 구경을 시켜드렸다. 바다를 거의 처음 보시는 것과 마찬가지여서 무척 신기하셨나 보다. 고향에서 살 때는 해물전에서나 보았던 해물들을 직접 바다에서 보니, 얼마나 좋으셨을지 짐작이 간다.

신이 난 어머니가 신발까지 벗으시고 얕은 바다로 들어가셨다. 그러고는 혹시 바닷조개라도 잡을 수 있을까 하여 손으로 바닥을 파셨다. 아니나 다를까, 큰 조개들이 파는 대로 나오는 것이 아닌가? 손으로 갯벌을 파서 조개를 잡는 데는 시간이 걸리므로, 물건 욕심이 많았던 어머니가 내게 간곡히 요청하셨다.

"애야, 빨리 집에 가서 호미를 가져다가 될 수만 있으면 조개를 많이 잡아가자."

할 수 없이 다시 집으로 가서 호미를 가져다가 맘껏 조개를 잡게 해드린 기억이 난다.

어느 주말이었다. 해변을 산책 중이던 우리 식구들이 바닷물로 된 둥그런 연못을 발견했다.

이 연못의 일부분에는 바다와 연결되는 물길이 놓여 있어서, 이 길을 통하여 밀물 때는 바닷물이 들어오고 썰물 때는 빠져나가는 듯했다. 그런데 이 연못은 언제나 바닷물로 꽉 차 있었다. 어머니는 치마를 허리까지 올리시고 나는 바지를 허벅지까지 올린 다음, 연못 속으로 들어갔다. 발바닥의 느낌으로는 연못 바닥이 진흙과 비슷했다. 그 진흙 속에 매끄러운 돌들이 깔려 있는 듯했는데, 나는 이것들이 돌이 아니라 조개일지도 모르겠단 생각이 들었다. 혹시나 하는 생각에 꺼내보니 예상한 것처럼 거의 주먹만한 크기의 대형 조개들이었다.

"오머니, 바닥에 조개가 깔려 있슈. 돌처럼 느껴지는 게 다 조개유, 이것 봐유?"

깜짝 놀라신 어머니가 연못 바닥에서 크고 둥근 조개를 잡으며 기뻐하셨다. 그날의 어머니 모습이 마치 영화의 한 장면처럼 내 마음속에 그려진다.

"미국 바다에는 조개가 많은개벼. 지난번이두 많이 잡었구, 너머 좋다."

"그레유, 오머니. 여기 미국은 땅두 엄청나게 크구유, 읎넝 게 읎슈. 한국버덤 부자유. 조개두 봐유, 월마나 많은가."

"그렁 거 같어. 여기 바다는 미역두 많겠네?"

"잘은 물러두 미역두 많을 거구먼유. 다음이는 미역 따러 가유, 알었슈?"

"그려, 그것두 좋겠구먼그려. 그런디 네 형은 여기 뭇 오남?"

기분 좋은 순간이어서 그런지 형님 생각이 나신 모양이다. 어머니는 항상 형님을 챙기셨다. 귀한 장남이 시골에서 농사지으며 너무 고생한다고 늘 내게 말씀하셨다.

"왜 뭇 와유? 지가 초청만 혀면 오지유."

"그럼 초청혀 봐, 알었남?"

"알었슈, 오모니. 형님뿐만 아니구유 형수님, 큰누나, 큰매형두 초청허께유."

"그러면 좋지, 그렇게 혀여. 네 형이 이런 걸 보면 엄청 좋아헐껴."

"알었슈, 오머니."

어머니는 바닷가에서 미역, 파래, 다시마를 뜯는 것을 좋아하셨고, 내가 사는 동네에서는 한국에서 늘 하시던 나승개(냉이), 달래, 씀바귀, 비름나물 등 나물 뜯는 일을 좋아하셨다.

행복한 가족여행

　내가 가족들을 초청하여 형님과 형수님, 큰 매형과 큰 누님이 미국으로 오셨다. 한동안 못 뵈었던 어머님께 인사도 드릴 겸 내가 사는 미국도 구경하기 위해서였다. 모두가 어머니 얼굴이 좋아지셨다고 하면서 나에게 한마디씩 했다.

　"진우야, 오머니 얼굴이 시굴에 기실 때버덤 훨씬 좋아지셨다. 그동안 오머니를 돌봐드리면서 수고가 많았겠구나. 나는 멀리 떨어져 있어 어머니께 잘혀 드리지도 못하고……."

　형님 말씀에 이어 형수님이 어머니 손을 잡으시고 인사를 드렸다.

　"오머니, 그동안 안녕허셨슈? 지가 처음에 시집왔을 때유, 오머니 헌티 월마나 많이 배웠넌지 물러유. 오머니 건강허신 모습을 보니께 월마나 기분이 좋은지 물르겄슈. 오머니, 시굴서 고생 많으셨슈. 참, 허리 아프신 것은 다 나으셨슈? 허리가 심혀게 아프셔서 잘 앉으시지두 못 허셨잖유? 그런디 다 나으셨나, 아무렇지두 않으신 것 같어 유. 다 나으셨쥬?"

"그럼, 지금은 그 아팠던 허리가 진우허구 메누리 덕분에 다 나았 다."

우리 집에서 멀지 않은 곳에 사는 작은 누나도 합류하여, 오랜만에 온 식구들이 함께 모인 정말로 귀한 가족모임이었다.

우리들은 다 함께 여행을 가기로 결정하고, 여름철임을 감안하여 나이아가라 폭포를 가기로 했다. 나이아가라 폭포는 세계적으로 유 명한 관광지로서, 우리 집에서 400마일이 넘는 거리에 있었기 때문 에 쉬지 않고 운전해도 8시간 이상 걸리는 곳이었다.

90세이신 어머니, 큰 형님, 큰 형수님, 큰 누나, 큰 매형, 작은 누 나, 나, 내 처, 나의 세 아이들까지 사람 수를 세어 보니 모두 11명이 었다. 우리들은 가는 도중 차 안에서 군것질할 음식과 음료수를 준 비한 다음, 12인승 미니버스를 빌려서 나이아가라 폭포로 향했다.

우리 식구들이 다 함께 모여 여행하는 것은 이번이 처음인 것 같 았다. 모두 어머니 덕으로 생각했다. 어머니가 건강하시고 지금까지 살아계시기 때문에, 자녀들이 어머니를 만나려고 이렇게 한자리에 모일 수 있는 것이다. 출발하기 전부터 우리 모두는 마음이 들떠 있 었고 기쁨에 넘쳐 있었다.

"오머니, 지금버텀 10시간은 걸려야 나이아가라 폭포에 도착헐 수 가 있넌디 오머니 차멀미 않구 가실 수 있슈?"

"요새는 차멀미 한 번두 안 혔어. 그런디 나이가라 폭포가 뭐 허넌 디여?"

"언덕 꼭대기서 큰 물이 떨어지넌 곳인디유, 굉장혀유. 가보시면 아시것지면유, 사람덜이 그걸 구경허러 많이 와유. 오머니두 좋아허실 거구먼유."

"물 떨어지는 것 보러 그렇키 멀리까지 가? 가지 말어, 난 안 갈란다. 느덜끼리 갔다 와."

"오머니, 그냥 물방울이 똑똑 떨어지는 게 아니라 집채만헌 큰 물방울이 쿵쿵 떨어져유. 같이 가셔야 되유, 오머니."

나는 어머니를 차근차근 설득하였다. 어머니도 결국 알았다 하시어, 내가 미니버스를 운전하고 목적지인 나이아가라폭포를 향해 달렸다. 우리 식구들은 목적지에 도착할 때까지 즐겁기만 했다. 여행을 가는 도중에 고향 소식, 올해의 농사일, 일가친척들에 대한 안부 등을 이야기하면서 대화의 꽃을 피웠다. 어머니는 식구들 대화에 깊숙이 빠지셔서, 그동안의 궁금증을 풀고 나니 마음이 후련해지신 것 같았다.

약 10시간 후인 오후 6시쯤 드디어 나이아가라 폭포에 도착했다.

다행인 것은 미국에 오신 후부터 어머니 건강이 전보다 좋아진 것이다. 한국에서 차를 타시면 그렇게 심하게 차멀미를 하시던 어머니가, 오늘은 10시간동안 차를 타셨어도 전혀 차멀미할 기미를 보이지 않으셨다. 얼마나 다행인지 모른다.

폭포 주변에는 폭포에 의해 생긴 안개가 자욱하였고, 우뢰를 방불케 하는 폭포 소리에서는 자연의 위엄이 느껴졌다. 길가에는 구경꾼들이 많았다.

"오머니, 차 밖을 보셔유. 근사허지유?"

"그려, 근사허구먼그려."

차 안에서 창밖을 내다보며 어른아이 할 것 없이 모두 폭포수의 장관에 놀라고 있었다.

우리들은 정해진 호텔에서 저녁식사를 하고, 다음날 다시 폭포 구경을 나갔다. 집채만한 물줄기가 폭포수가 되어 수십 미터 낭떠러지로 떨어지다가, 산산이 부서져 짙은 안개로 변했다. 폭포수 주위는 안개로 완전히 뒤덮여 있었고, 이 안개 속에 햇빛이 들어가 생긴 오색 무지개가 폭포수를 감싸주듯 아름답게 수놓고 있었다. 가족들이 모두 감탄하고 놀라워하는 모습을 보니 가슴이 뿌듯했다.

우리들은 비닐 우비를 입은 채 유람선을 타고, 폭포가 떨어지는 곳으로 가까이 가보았다. 폭포수가 떨어지는 소리는 천둥소리 같기도 하고, 덩치 큰 숫사자가 포효하는 소리 같기도 했다. 그 거대한 폭포수가 낙하하는 모습이 우리가 탄 배 바로 옆에 있어서, 손을 펼치면 손끝에 닿을 듯했다. 폭포에 비하면 사람들은 왜 그렇게 작게 느껴지는지, 자연의 신비함과 웅장함에 절로 고개가 숙여졌다.

나의 어머니는 대단하시다. 90세의 노령에도 불구하고 조금도 뒤지거나 사양하지 않으시고, 우리들과 함께 모든 것을 열심히 즐기고 계셨다.

"오머니, 저기 저것이 나이아가라 폭포유. 굉장허지유? 저는 여러 번 봐서 미섭지 않헌디 오머니는 오늘 츠음으루 보시닝께 미섭지 않어유?"

"미섭긴 왜 미서워? 하나두 안 미서운디. 폭포가 굉장히 크구먼. 안쪽으루 서라, 이런 디서 빠지먼 죽겄다. 항상 몸조심혀야 되는거여, 알었남?"

"알었슈, 오머니. 저는 조심헐 테닝께 걱정 마셔유."

우리 식구들은 배에서 내린 후 폭포 주위로 난 길을 걸으면서 즐거운 시간을 가졌다. 나는 마음속으로 '어머니와 함께 여기까지 오게 될 줄은 전혀 몰랐습니다. 한국에선 택시에 오른 지 2분만 지나도 차멀미를 하셨는데 이제는 차를 10시간 타셔도 끄떡없으시고, 오히려 폭포의 웅장함을 보시며 감탄까지 하시니, 정말로 대단하시네요. 어머니, 아프시지 마시고 건강하세요. 그래서 저와 함께 여기저기 마음껏 구경 다녀요.' 하면서 어머니의 강건하심에 새삼 감사함을 느꼈다.

우비를 입으시고 나이아가라 폭포를 구경하시는 어머니 모습.

어머니가 94세 되시던 해, 그러니까 2003년에 어머니와 함께 플로리다주에 있는 디즈니월드에 간 적이 있다.

94세의 연세에도 어머니는 눈과 귀가 젊은이들처럼 밝으시고 건강하셨다. 그 덕분에 고향에서 일하셨던 것처럼 우리 집에서도 누구 못지않게 열심히 일하셨다. 뒤뜰에 만들어놓은 밭에서는 어머니와 장인장모님의 노고로, 여러 가지 채소를 충분히 먹고도 남을 만큼 생산해 냈다. 시절에 따라서 씨를 뿌리고 물주고 거두면서, 환하게 미소 짓던 어머니가 생각난다.

디즈니월드는 온통 관광객들로 북적거렸다. 구경거리마다 30분 내지 1시간 동안 줄을 서서 기다려야 했기 때문에, 나는 어머니를 위하여 휠체어를 빌렸다. 어머니의 다리는 말의 다리만큼 튼튼하다고 생각했지만, 가능한 한 조금이라도 어머니의 피곤함을 덜어드리고 싶어서였다. 어머니는 이 여행에서도 젊은이들이 관람하는 거의 모든 프로그램을 빼놓지 않고 함께 즐기셨다. 한 번 더 어머니의 의지력이 대단하심을 실감했다.

처음에는 어머니 눈치를 보면서 목마를 태워드렸다. 글자 그대로 나무로 만든 말인데 빙글빙글 돌면서 위로 올라갔다가 다시 내려온다. 아마도 처녀시절에 동네친구들과 그네를 뛰며 노시던 생각이 났을지도 모른다. 나도 함께 어머니 곁에서 목마를 탔다. 온통 어린아이들뿐인 곳에서 어머니와 같이 목마를 타고 있으려니, 마치 내가 어린아이가 된 것 같았다. 태어나서 처음으로 어머니와 서로 눈웃음으로 대화하며 목마를 탔던 그 순간 역시, 잊지 못할 아름다운 추억 중

하나이다.

다음엔 옆에 위치한 '작은 세상It is a small world'을 공연하는 건물로 들어갔다. 들어가자마자 흥겹고 아름다운 노래가 흘러나왔는데, 그 음악에서 우리들의 마음을 기쁘고 상쾌하게 유도해 주는 마력을 느꼈다. 컴컴하고 긴 동굴 속에 물이 차 있는 수로가, 처음부터 끝까지 연결되어 있었다. 수로의 좌우에는 순서대로 세계 각국의 자랑할 만한 민속들이 인형극으로 표현되고 있었다. 음악과 조명과 인형들의 춤이 삼위일체가 되어 다른 데서 볼 수 없는 장관을 이루었는데, 어머니는 배 위에서 왼쪽 오른쪽을 번갈아 보시면서 아름답고 재미있는 인형들의 세계에 쏘옥 빠지신 듯했다.

"어머니 어땠슈? 좋았슈?"

"좋구먼 그려."

짤막한 대답이었지만 지금까지 나의 경험으로 봐서, 어머니가 이 정도로 표현하신 것만 해도 '대단히 좋았다. 세상에 이렇게 좋은 구경거리가 있다니 참 놀랍구나.'라고 하신 것과 다를 바 없었다. 나는 어머니가 좋아하시면 무엇이든지 좋았다.

다음 구경거리는 큰 건물 속에 있는 극장이었는데, 장엄한 기록영화를 상영해 주는 곳이었다. 둥그런 천장과 사방의 벽이 하나의 큰 스크린으로 모두 연결되어 있었다. 우리가 관람한 것은 자연의 신비를 보여주는 웅장한 기록영화였다. 영화 속에서 주인공이 헬기를 타고 높은 산의 계곡을 날아다닐 때는, 보고 있는 우리들도 실제로 헬기를 타고 있는 듯한 느낌이 들었다. 헬기가 커브를 돌 경우에도 우리가 앉은 의자가 헬기 안의 의자처럼 기울어지는 입체감까지 느껴지면서, 마치 그 거대한 화면 속의 주인공이 된 것 같았다.

"어머니, 이번에는 어땠슈? 좋았슈?"

어머니는 이때에도 짧고 간단하게 대답하셨다.

"좋구면 그려."

이어서 우리 일행은 4D 입체영화를 관람했다. 보통의 3D 영화에 한 가지 더해, 입체감의 효과를 준 것이 신기했다. 예를 들어 영화에서 물총을 쏴서 바지가 젖는 장면이 나오면, 관객의 의자 밑에서도 물줄기가 나와 옷을 젖게 하는 특수효과를 가진 재미있는 영화였다. 더 재밌던 것은 스크린에서 수십 마리의 쥐가 먹을 것을 찾아 돌아다니는 장면이 나왔을 때였다. 이번에는 관객들의 양다리에 정말로 쥐가 돌아다니는 것 같은 효과를 주어서, 관객들이 깜짝 놀라 소리치는 소동이 벌어지기도 했다.

"어머니 어땠어유?"

"좋구면 그려. 그런디 말여, 나는 쥐 한 마리가 내 다리에 와서 물어뜯는 줄 알구 증말루 깜짝 놀랬어. 너는 괜찮은감?"

어머니가 어린아이처럼 마냥 즐거워하셨다.

그 다음에는 어머니가 가장 좋아하실 미래의 농업관, 즉 현대의 과학기술을 이용한 농업방법을 진열해 놓은 미래의 농업관future of agriculture으로 갔다. 작은 화분에 심어놓은 한 그루의 오이, 토마토, 고추 등에 수십 개의 질 좋은 열매가 매달려 있었다. 상상 이상으로 농사가 잘됐음을 보여주는 곳이었다.

"저건 오이넝쿨인디 오이가 너머 많이 열렸다. 한 넝쿨에 저렇게 많은 오이가 열린 건 츰 봤다. 거름을 많이 줘서 저렇게 잘 되남?"

"거름두 많이 주구유 또 우리가 모르넌 것두 많이 줬을 거유."

"그랬을꺼."

관심 있는 분야여서 그런지 어머니는 절로 감탄하시면서 열심히 구경하셨다.

마지막으로 배를 타고 다니면서 다이너소어 공룡들의 생생한 삶의 투쟁을 보는 것도 즐거워하셨다. 둥그런 고무풍선으로 된 작은 배를 타고 언덕 위에서부터 물살을 따라 신나게 미끄러져 내려오다 보면, 보통 스릴 있는 놀이가 아니었다. 물살을 타고 내려오다 보면 물이 튕겨서 우리들의 옷이 다 젖었다. 그때 어머니, 나, 아내, 세 아들이 함께 풍선 배를 탔었다. 어머니 역시 위아래로 옷이 흠뻑 젖어 있었다. 그래도 좋으신지 우리들을 쳐다보시며 슬며시 웃으셨다.

94세가 되신 어머니가 고무풍선 배를 타보시고 동시에, 언덕 위에서 빠른 속도로 내려오면서 옷이 다 젖어도 마냥 즐거워하시던 모습. 지금 생각하면 내가 꿈을 꾼 것만 같다. 좀 더 젊으셨을 때 더도 말고 10년 전에만 이곳에 모시고 왔더라도, 어머니가 얼마나 더 많이 보시고 얼마나 더 좋아하셨을까? 너무 늦게야 모시고 온 것 같아, 정말이지 안타깝고 후회가 막심하다.

어머니를 모시고 하는 여행 고맙고 즐거워라

94세의 고령에도 가족여행 즐기시네
온몸 성하신 데 없어 상처뿐이셨던 어머니

이번 여행으로 옛날의 고생과 상처가 나아가는 듯
얼굴에 웃음을 지으시는 고마우신 우리 어머니
우리 자녀들 죽도록 사랑합니다

가시는 곳마다 새로운 것뿐 보면 볼수록 놀라운 이 세상
어찌하여 이런 세상을 몰랐단 말인가?
이 놀라운 세상 봐도 봐도 자꾸만 보고 싶네

어머니께 강건하신 몸을 허락하시고 멀고 먼 여행 즐길 수 있게 하시니
하나님의 보호하심이 한이 없어라
120세까지 건강하게 사실 수 있도록 복을 더 많이 주세요

어머니와 함께한 행복한 가족여행. 왼쪽부터 큰 매형, 형수님,
어머니, 큰누나, 형님, 작은누나, 아내, 나

Chapter 4

Winter

아름다운 색깔을 지니셨던 어머니

마음의 색깔에는
얼마나 많은 색깔이 있을까?
빨강, 파랑, 노랑, 초록, 보라.

나는 무슨 색깔?
아직은 그렇고 그런 색깔.
먼 훗날 어머니의 색깔 되고 싶어라!

대가족 3대

어머니보다 12세가 적으신 장모님은 어머니를 친언니처럼 돌봐주셨다.

어머니의 옷매무새도 만져주시고 머리 빗질도 해주실 뿐만 아니라 음식도 챙겨주셨다. 장인어른도 계시니 우리 집은 3대가 함께 사는 대가족이었다. 어머니, 장인장모님, 우리 부부, 아들 3형제, 모두 8명이 같이 살았다.

우리 집은 뒤뜰이 넓어서 어른들께서 여러 채소를 심고 기르시는데 많은 시간을 할애하시고 즐거워하셨다. 뒤뜰에는 주로 오이, 호박, 상추, 더덕, 도라지 아욱 등을 심어놓으셨다.

어머니는 내가 일을 마치고 집으로 돌아와 저녁을 먹을 때면, 식탁에 나와 마주 보고 앉으셔서 묻곤 하셨다.

대가족 3대가 한자리에 모였네! 장인장모님과 어머니, 세 아들과 아내까지.

"오늘은 다른 날버덤 더 늦었구먼, 환자 많이 봤남?"

"예, 다른 날버덤 더 많이 보구 오너라구 이렇게 늦었슈."

"오늘은 월마나 불었어? 돈 많이 불었어?"

"5만 원유."

내가 장난스럽게 대답하면, 어머니는 당치도 않은 거짓말이라는
듯 정색을 하셨다.

"에이, 그짓말. 진짜루 말혀 봐. 오늘 진짜 월마 불었어? 10만 원은
불었지?"

"그류, 오늘은 손님이 많이 오셔서 10만 원은 불은 것 같유."

"그럼 그렇지. 어쨌든가 아퍼서 오는 손님들헌티 잘혀, 알었남? 그
러구 운동두 열심히 혀야 되는겨. 너 요새 배가 더 나온 것 같은디 운
동두 열심히 혀야 혀."

어머니는 우리들이 동네에 있는 헬스클럽에 가서 운동하는 것을

알고 계셨다.

"그려유, 오늘두 운동 다녀올께유."

"그려, 잘 다녀와. 그런디 네 아내는 같이 안 가남? 네 아내허구 같이 가먼 더 좋은디."

"예, 알었슈."

언젠가 뉴스에서 어떤 사람이 운동하다가 심장마비로 쓰러졌다는 얘기를 들으신 후로는, 내가 혼자 운동하러 가는 것을 몹시 불안해하셨다.

나의 아내 또한 어머니를 정성스럽게 돌봐드렸다. 그만큼 어머니께서도 아내를 사랑해 주셨다. 아내는 슈퍼마켓에 가면 어머니가 좋아하는 소꼬리, 미역, 조기뿐만 아니라 과자와 박하사탕부터 사서 장바구니에 넣었다. 항상 하루 세 끼 식사를 정성껏 준비해 드렸고, 부득이한 사정으로 점심시간에 어머니와 함께 있을 시간이 없으면, 식탁 위에 미리 점심을 준비해 놓고 나가기 전에 꼭 어머니께 말씀을 드렸다.

"어머니, 점심은 식탁 위에 준비되었으니 맛있게 드셔요."

"그려, 알었어. 염려말구 잘 댕겨 와."

아내는 가끔씩 어머니를 내가 일하는 병원으로 모시고 오기도 했다. 보통은 어머니와 함께 슈퍼마켓이나 한국 식품점에 들렀다 오는 길이었다. 그때마다 나는 짤막하게 "오머니, 오셨슈?" 하고 인사를 드린 다음, 계속 환자 보기에 바빴다. 내가 바쁜 걸 아셨기에 어머니도 섭섭해 하진 않으셨다. 대신 병원을 둘러보시면서 기쁜 표정을 지으셨다. 대기실이 늘 환자들로 붐비니 얼마나 마음이 흐뭇하셨으랴. 환자들 앞인지라 말로 표현하진 않으셨지만, 나를 쳐다보시면서 살짝 웃어주셨다. 그렇게 병원에 들러 환자가 많은 걸 보고 가신 날에는, 저녁을 먹고 있는 내게 큰 기대를 갖고 물으셨다.

"오늘은 환자가 더 많은 것 같더구먼. 그짓말 하지말구 말혀, 오늘 월마 벌었어?"

내가 이번에도 장난스럽게 "5만 원유." 하면 믿지 않으시고 웃으면서 넘어가 주셨다.

어머니는 미역국이나 꼬리곰탕에 밥을 말아 잡수시는 것을 좋아하셨다. 반찬으로는 김치, 조기구이 등을 좋아하셨다. 그러고는 당신이 좋아하는 음식을 매번 내게도 권하셨다.

"조기 구운 것 먹어봐."

"저는 조기 구운 것 먹으면 큰일 나유, 오머니. 조기를 먹으면유 설사가 나고 배가 아파서 못 먹어유."

그러면 의아한 표정을 지으시면서 다시 확인하셨다.

"그으짓말, 그짓말이지?"

"참말이유. 조기 먹구 설사허구 배아픈 것 보실래유?"

그제야 긴가민가하시면서 내게 조기 먹이시는 것을 포기하셨다. 사실 내가 이렇게 대답한 데에는 그만한 이유가 있었다. 오래 전부터 나는 익히 어머니가 좋아하는 음식을, 어머니가 보는 앞에서, 내가 먹으면 안 된다는 사실을 알고 있었다. 왜냐하면 내가 그 음식을 먹는 순간부터, 어머니는 나를 더 먹이시려고 아예 그 음식에는 입도 대지 않으셨기 때문이다. 그러므로 그 음식을 먹으면 몸에 해롭다는 거짓말이라도 해야 했다.

나이가 차서 이제는 머리가 희끗희끗 세어버린 막내아들도, 어머니가 보실 때는 그저 어린아이 같은가 보다. 그러니 막내아들이 먹고 싶은 음식을 아무 때나 실컷 먹을 수 있도록, 당신은 아예 손도 대지 않으신 것이다. 어머니의 이 깊은 사랑을 어떻게 표현할 수 있으랴!

대부분의 어머니들이 이렇게 자식을 위해 당신의 욕구를 잠재우는 모성애를 갖고 있겠지만, 특히 우리 어머니의 나에 대한 사랑은 정말로 끝이 없는 무한대였다. 어머니의 그 깊고 넓은 사랑 속에서 살아온 나로서는 수천 번 아니 수만 번을 감사해도 모자를 지경이었다.

어머니와 나와의 대화 소재는 주로 병원 이야기, 어머니의 어렸을 때 이야기, 시골에 있는 우리 동네 사람들의 과거와 현재, 그리고 그들의 자녀 이야기 등이었다. 어머니는 옛날 처녀시절 이야기와 우리 동네 이야기만 나오면 저절로 신명이 나셨다. 나는 어머니가 이미 했던 이야기를 하시고 또 하셔도 얼마든지 좋았다. 어떤 일이나 사건 또 우리 마을 이야기를 하실 때 그 연령에도 불구하고 맑은 정신을 가지고 계심을, 하나님과 어머니 당신께 진심으로 감사드렸다. 정말이지, 99세인데도 어머니의 기억력은 대단하셨다. 우리 동네뿐만 아니고 이웃 동네에서 일어났던 일, "누구네 집의 누구는 무슨 문제가 있었으며 어떤 방법으로 해결했다." "누구는 무슨 질병으로 어떻게 죽었고, 그 집의 어떤 아들이 공부를 잘해서 지금 고등학교 선생님이 되어 잘살고 있다." 등등 하나도 잊어버린 일이 없으셨다.

어머니는 연세에 비해 건강한 편이셨기에 여전히 한순간도 가만히 계시질 않으셨다.

어머니에게 가장 중요한 일은 장인장모님과 함께 농사짓는 일이었다. 그런데 채소 심을 땅을 더 늘리고 싶으신 욕심에, 자꾸 잔디밭을 없애고 밭을 만드셨다.

언젠가 아내와 함께 정원수 파는 곳에 가서 진달래꽃 나무 두 그루를 사와 우리 집 앞에 심어놓은 적이 있었다. 며칠이나 지났을까. 어머니가 나뭇가지를 다 꺾어놓는 바람에 나무가 죽고 말았다. 대체 무슨 일인가 싶기도 하고 화도 나서 어머니에게 여쭤보았다.

"어머니, 진달래꽃 나무를 며칠 전에 사서 심었넌디 나뭇가지가 다 꺾여버려 살긴 틀린 것 같구먼유. 도대체 왜 꺾었슈?"

"나무가 크면 나뭇가지도 크져, 내가 심은 채소가 자랄 수 읎것기에 그렸어. 돈 주구 산 나문 줄은 몰렀구먼."

나는 처음에 짜증스럽게 여쭤본 일이 마음에 걸렸다. '내가 어머니를 이렇게 대해서는 안 되지. 벌써 99세의 노인이시고, 생각도 짧으신 분인데…….' 어머니 마음을 아프게 해드린 것 같아 무척 후회가 됐다. 내가 다시 고쳐서 말씀드렸다.

"어머니, 제가 어머니가 일구시는 밭 옆에 나무를 심은 것이 잘못이었구먼유. 나무 잘 꺾으셨슈. 꺾지 않으셨으면유 내년에는 가지가 번성혀서 어머니가 심으신 채소 하나도 못 먹을 뻔혔슈."

어머니가 그제야 미소 지으셨다. 그러고는 손수 심으신 채소를 위해 열심히 일하셨다. 그런 어머니의 모습을 보고 있자니, 가슴에 박힌 못이 빠진 것처럼 마음이 편해졌다.

그런데 어머니는 우리 집을 너무 못마땅하게 여기셨다. 정원 관리사가 매주 한 번씩 와서 화단정리와 잔디관리를 해주고 가을에는 떨어진 나뭇잎 등을 관리해 주었는데, 나는 그분이 소비한 시간을 계산해서 돈을 지불해 왔다. 아마도 어머니는 쓸데없이 잔디밭도 넓고 나무도 많아, 정원관리에 경비가 너무 많이 든다고 생각하신 것 같다. 이 점이 항상 불만이셨다. 그래서 어머니는 내게 심심하면 말씀하시곤 했다.

"집 빨리 팔구 시내 좋은 집으루 이사 가잖께. 네 빙원 가다 보면 잔디두 하나 읎구 나무두 하나 읎어서 낙엽 떨어지는 것두 읎구 월마나 좋은 집이 많은지 물러. 거기루 이사가. 애 에미 친구, 우리 집에 자주 오는 그 복덕방 아주머니헌티 집 판다구 청헤봐, 어서."

／이른 봄의 우리 집 전경.

세상 물정 너무 모르시는 나의 어머니
아무리 말씀 드려 깨우쳐 드리려고 발버둥 쳐도
마이동풍인 불쌍하신 나의 어머니

그러나 그는 가장 사랑하는 나의 어머니
이 세상의 모든 것을 다 준다 해도 절대로 바꿀 수 없는
단 한 분밖에 없는 나의 어머니

어머니께 손발이 다 닳도록 효도하고
마음껏 섬기며 함께 오래오래 살고 싶은
나의 생명보다 더 소중한 나의 어머니

어언간 어머니 연세 99세
주님이여 간구하오니 어머니 아프지 말게 하시고
저와 함께 맑은 정신으로 오래 살게 하여 주시옵소서

어머니가 집을 팔고 이사하라고 재촉하실 때면 나의 대답은 언제
나 똑같았다.

"오머니, 저도 이 집이 싫어유. 잔디밭이 너무 넓구유 나무두 너무
많어서유. 낙엽은 맨날 긁어두 그대루 있잖아유. 그려서 그 복덕방
아줌마에게 우리 집 팔어달라구 내놨슈. 조금만 더 기다려유. 무슨
소식이 있을 거구면유."

그러면 내 말이라면 무조건 믿으시고 순순히 받아들이시는 어머니답게, 집이 얼른 팔려 나무와 잔디가 없는 관리비 안 드는 좋은 집으로 이사 가기만을 기다리셨다.

우리 집은 대지의 3분의 2가 평평한 잔디밭이었고, 나머지 3분의 1은 나무숲이었다. 이 나무숲속에는 대부분 아름드리 참나무들이 많았는데, 그 사이사이로 크고 작은 나무들도 꽤 여러 그루였다. 문득 내가 시골에서 학교를 다닐 때가 생각났다. 인삼밭마다 햇빛이 직접 인삼에 닿지 않도록, 햇빛막이를 해주곤 했다. 인삼은 직사광선에 약한 대신 그늘에서 잘 자라는 식물이었다. 만약 나뭇잎으로 무성한 우리 집 나무숲속에 인삼 씨를 뿌린다면, 그늘이 져서 인삼이 잘 자랄 수 있을 것 같았다. 나는 그 길로 책방으로 가서 인삼재배에 관련된 책을 읽어보았다. 책에는 "산삼은 새들이 먹고 소화가 되지 않은 인삼 씨가 똥에 섞여 배설될 때, 그곳에서 인삼이 나서 자란 것"이라고 씌어 있었다.

나는 형님께서 보내주신 인삼 씨를 새가 똥 싼 것처럼 숲속 여기저기에 뿌려 보았다. 아니나 다를까? 다음해에 인삼 싹들이 여러 군데에서 보였고 잘 자라고 있었다. 내가 일터에서 집으로 돌아와 인삼 자라는 것을 보는 것도 하나의 즐거움이었다. 하루는 어머니께서 나무숲으로 오셔서, 인삼을 바라보고 있는 나에게 물으셨다.

"인삼 많이 컸남?"

"오머니, 오머니, 들어오지 말어유. 인삼 밟으시면 안 되유."

혹시라도 인삼을 밟으실까봐 경솔하게 큰 소리를 내었다.

그때는 미처 깨닫지 못했는데 어머니가 돌아가신 후에야, 인삼이
보고 싶어 오신 어머니께 내가 잘못했다는 생각이 들었다.

　'아, 내가 크게 잘못했지. 그까짓 인삼이 뭐 그렇게 대단한 것이라
고. 어머니가 좀 밟으시면 어떻다고. 어머니도 얼마나 자라는 인삼
들이 보고 싶으셨을까?'

　지금이라도 멀리 떠나신 어머니께 용서를 빌어본다.

　'오머니, 이것 보셔유. 인삼이 여기저기 잘 자라고 있어유. 물두
안 주구 비료두 안 주니 틀림없이 산삼이나 똑같어유. 이젠 잘 보이
시쥬!'

　또한 우리 집 뒤뜰에는 배나무, 사과나무, 감나무, 무화과나무 등
과일나무가 많았다. 가을이 되면 이 과일들은 다람쥐와 새들의 밥이
돼주었다.

우리 집 숲속에서 자라는 인삼.

어머니가 직접 농사지으셨던 야채와 채소들.

어머니는 옛날에 고향에서 곡식을 쪼아 먹는 새를 쫓기 위해 허수아비를 만드신 것처럼, 우리 집에서도 새나 다람쥐의 접근을 막기 위해 온갖 방법을 다 쓰셨다. 허수아비를 만들지는 않으셨지만 그 대신에 온갖 비닐조각, 종잇조각, 천조각 등을 나뭇가지에 걸어놓으셨다. 심지어는 아이들 책상 위에 있던 반짝반짝 빛이 나는 CD판까지 동원하여 나뭇가지에 걸어놓으셨다. 그러고는 새와 다람쥐, 토끼들이 어머니께서 정성스럽게 설치해 놓은 것들 때문에, 무서워해서 도망을 가든지 아니면 아예 접근하지 못하기를 기대하셨다. 그렇지만 동물들은 어머니의 꾀에 넘어가지 않고, 더 신이 나서 익어가는 과일을 즐기고 있었다.

이를 보신 어머니는 어머니대로 속상해하셨고, 아이들은 아이들대로 책상 위에 있어야 할 CD가 나뭇가지에 걸려 있으니 속상했고, 나와 아내는 우리 집 주위의 나뭇가지 위에 비닐조각, 종잇조각, 천조각 등이 무질서하게 걸려 있으니 보기에 안 좋아서 속이 상했다.

그러나 우리들은 어머니가 돌아가신 후에도 나뭇가지에 걸려 있는 것들을 떼어내지 않았다. 어머니가 남기신 흔적으로 생각하여 한동안 그대로 놔두었다가, 오랜 시간이 지난 후에야 할 수 없이 어머니께 미안한 생각을 하면서 치워버렸다.

어머니의 백수잔치

어머니가 99세 되던 생일에 백수잔치를 해드렸다.

백수白壽의 백 자는 한문으로 일백을 의미하는 '백百' 자에서 맨 위의 한 일一을 뗀 '백白' 자를 의미한다. 여기서 유래하여 실제로도 100세에서 한 살 적은 99세의 생일을 축하해 드리는 잔치가 바로 백수잔치이다.

그날 나는 연회장을 빌려 친척, 친구, 교우, 지인, 환자, 목사님 등등 모두 150여 명을 초청하여 예배를 드린 후, 어머니께 화기애애하고 보기 좋은 백수잔치를 해드렸다.

그때까지도 건강하신 편이었고 정신 또한 대단히 맑으셨다. 어머니는 색동저고리에 분홍치마를 입으시고 미장원에 가서서 마치 신부화장처럼 깔끔하고 예쁘게 화장하신 후, 이 연회에 참석하셨다. 내가 보기에도 건강미 넘치시고 연세에 비해 젊어 보이셨다.

식구들과 함께 케이크를 자르시는 어머니.

내 마음이 다 뿌듯했다. 장수의 복을 받으셔서 많은 자녀들과 하객들에게 축하를 받으시는 어머니를 바라보니, 마냥 기쁘기만 했다.

예배와 기도가 끝난 후 어머니께 축하인사를 드리는 순서가 되었다. 우선 식구들이 각 세대별, 가족별로 앞으로 나와 어머님께 만수무강하시라고 큰절을 올렸다.

장끼자랑 시간에는 어머니가 처녀시절에 불렀던 노래라고 하시면서 〈달아 달아 밝은 달아〉를 부르셨다. 처음부터 끝까지 하나도 틀리지 않고 잘 부르셔서, 축하객으로부터 환호와 큰 박수를 받으셨다.

"달아 달아 밝은 달아, 이태백이 놀던 달아. 저 달 속에 계수나무. 금도끼로 찍을까? 은도끼로 찍을까? 금도끼로 찍어내어, 양친부모 모셔다가 천년만년 살고 지고……."

이 노래는 그 옛날의 부모에게 극진한 충효사상을 잘 나타낸 것 같다.

이후 음악에 맞춰 나는 어머니와 함께 덩실덩실 춤을 추었다. 이 때 기분을 어떻게 표현할까? 수많은 축하객들 앞에서 99세 되신 어머니와 손을 잡고 춤을 추고 있으니, 무척 자랑스럽기도 하고 행복하고 기뻤다. 오늘의 이 기쁜 백수잔치를 갖도록 어머니의 건강을 지켜주신 하나님께 감사함을 느꼈다.

'달아 달아 밝는 달아'를 노래하시는 어머니.

나와 함께 덩실덩실 춤추시는 어머니.

축하객들의 장끼자랑과 노래자랑도 분위기를 돋우는 데 한몫했고, 손자들의 트리오 악기연주 백수잔치를 더욱 빛나게 해주었다. 우리들은 끝 무렵에 '어머님 은혜'를 다 같이 합창했다.

　　"나실 때 괴로움 다 잊으시고 기르실 때 밤낮으로 애쓰는 마음. 진자리 마른자리 갈아 뉘시고 손발이 다 닳도록 고생하시네. 하늘 아래 그 무엇이 넓다 하리요, 어머님의 은혜는 가이 없어라. 사람의 마음속에 한 가지 소원 어머님의 마음속에 오직 한 가지, 아낌없이 일생을 자식 위하여 살과 뼈를 깎아서 바치는 마음. 이 세상에 그 무엇이 거룩하리오 어머님의 사랑은 끝이 없어라."

　　내가 마지막으로 인사를 드리면서 모든 백수잔치의 순서를 끝마쳤다.

　　"저의 어머니는 우리 집에 있는 큰 고목나무와도 같습니다. 어머니는 언제나 우리 집에 고난과 시련이 찾아오지 않도록 강풍과 눈보라를 막아주십니다. 강풍을 막기 위해선 고목나무가 있어야 되듯이, 우리 집이 의지할 수 있는 힘을 가지신 어머니를 위해 기도를 부탁드립니다. 120세까지만 사실 수 있게 해 달라고 하나님께 기도해 주세요. 감사합니다."

어머니의 백수잔치
나에게는 생소한 말이었지만
하나님은 나에게
백수잔치 선물을 주셨네

그 크고 값진 선물
어머니는 기뻐서 춤을 추시고
자녀들은 노래하고 연주하며
감사하며 기뻐했네

어머니는 추억의 노래 부르시고
아들과 음악에 맞춰 덩실덩실 춤추시니
축하객 어른들
모두 감동되어 손뼉 치셨네

어머니께서 생각하시니
지난 세월 빠르기도 하여라
나이가 99세지만
눈 깜짝할 사이에 99년이 지났네

푸닥거리하고 경 읽어대고
집의 기둥마다 부적을 붙이시던 나의 어머니
아마도 하나님이 미국 땅에 보내셔서
하나님의 딸로 만드셨나봐

어머니는 우리 집의 중심
우리들의 의지가 되시니

부디 건강하셔서서 120세까지!

어머니 아시지요?

1년만 더 살란다!

어머니는 일찍 주무시는 편이었는데 보통 저녁 8시나 9시 무렵에 잠이 드셨다. 그리고 아침 일찍 5시 반 내지 6시면 일어나셨다. 나는 어머니가 건강해지시면서 그 시간 이후에 한 번도 침대에 누워 계시는 걸 본 적이 없다. 그만큼 부지런한 분이셨다.

아침 일찍 일어나셔서 긴 지팡이를 짚으신 채 채소를 돌아보신 후, 드라이브웨이driveway에 가끔씩 나 있는 풀들을 지팡이로 톡톡 쳐서 죽이셨다. 그렇게 톡톡 아스팔트 바닥을 치는 소리가, 나에게는 어머니가 일찍 일어나 운동을 하시는 것처럼 생각되었다. 그때마다 나는 어머니께 잘하시는 일이라고 말씀드렸다.

"오머니, 운동 삼아서유 더 많이 지팽이루 때려유. 그렇게 허시면유 운동이 되어서 몸이 훨씬 더 튼튼해져유."

나는 아침에 일어나면 우선 어머니 방으로 들어가서, 어머니께서 덮고 주무시던 이불을 들춰보는 것이 하루일의 시작이었다. 어머니가 워낙 작은 체구였기 때문에 이불을 들춰보지 않고서는, 일어나셨는지 아직도 주무시는지 구분할 수 없을 때가 많았다.

나는 이불을 들출 때마다 간절하게 그 이불 속에 어머니가 계시지 않기를 바랐다. 아침에 일어났을 때 어머니 방에 어머니가 계시지 않아야 안심이 되었던 것이다. 만일 어머니가 그때까지 침대에 누워 계시다면, 틀림없이 몸에 이상이 생겼다는 신호였다.

"오머니, 어디 아퍼유? 왜 아직두 안 일어나유? 빨리 일어나셔서 밖에 돌아다녀유."

어머니가 누우신 채로 대답하셨다.

"허리가 아퍼서 그려. 요샌 좀 더 아프구먼. 신신파스를 많이 붙였으니 좋아지것지."

엑스레이를 찍어보니 5번째 척추에 압축골절이 생겼다. 연세가 많으시다 보니 골다공증으로 뼈가 상당히 약해지셨나 보다.

그러나 워낙 부지런한 분이시기에 며칠 후부터는 그전과 똑같이 새벽부터 일어나셔서 집 주위를 돌아보셨다. 드라이브웨이 위에 나뭇잎이나 작은 나뭇가지가 떨어져 있으면 깨끗하게 치우시고, 잔디밭에 앉아 잡풀을 뽑으시고, 채소밭에도 물을 주시고 김을 수시로 매주셨다.

어머니가 아침 일찍 일을 시작하실 때면, 집 뜰에서 종종 어머니

집에서 직접 농사지으시고 수확한 야채를 다듬으시는 어머니.

와 대화를 나눌 때가 있었다. 나는 한 가지 말씀밖에 드릴 말씀이 없
었다.

"오머니, 오래오래 사셔야 돼유."

"욕되는 소리 말어. 그건 욕이여. 오래 살면 너희들헌티 큰 짐만
되는겨. 그런 소리 당체 허지마, 알었남?"

어머니가 갑자기 정색을 하시면서 말씀하셨다.

"오머니, 그런 말씀 마셔유. 제가 어머니 읎수면 워디서 생겼대유.
오머니는 우리 집에 있는 큰 고목나무유. 고목나무가 버티구 서 있
시야 우리 자손들이 기대어 의지허구 살지유. 어머니는 우리덜이 기
대구 살 수 있는 큰 고목나무니께 오래오래 120세꺼정 사셔야 돼유."

그때마다 어머니에게서 한결같은 대답이 돌아왔다.

"그러면 1년만 더 살란다."

이렇게 1년만 더 살란다고 대답하신 지가 벌써 20년이 넘었다. 어

머니도 오래오래 사셔서 우리를 지켜주시고 우리가 의지할 수 있는
고목나무가 되어달라는 막내아들의 말이, 싫지는 않으신 눈치였다.

어머니
이제 정말로 100세가 되셨네요
항상 나와 함께 계시기를 원하시는
나의 어머니
어머니 오래오래 건강히
나와 함께 사셔야 해요

사시는 동안
너무 순박하셔서
내가 터무니없는 거짓말을
어머니를 위해 마구 해대어도
그대로 받아주시는
티 없이 시골스런 나의 어머니

어머니 연세 벌써 100세 되시지만
어머니는 왜 그렇게 젊게 느껴지시는지
어머니로 인해 복을 많이 받은 나
어머니와 함께 더 오래오래 살면서
어머니를 기쁘게 해드리고 싶네

어머니께 마음껏 해드리고 싶네

어머니 더욱 오래오래 사세요
"1년만 더 살란다."
그 1년만이 벌써 20년이 지난 세월
지나고 보니 20년이
너무 빨리 지나갔어요
하나님 20년 수를 더하게 하여 주시옵소서!

하나님의 은혜

우리 집은 원래 불교 집안이었다. 내가 어렸을 때 기억나는 것은 우리 집 기둥마다 불교 부적이 붙어 있었고, 누가 아프면 살풀이를 했다는 것이다.

밤새껏 시루떡을 쪄서 접시에 담아두고 빨간 황토 흙을 뒷산에서 퍼 가져와, 시루떡이 담긴 접시와 황토 흙을 대문 앞에 놓은 후에 그 떡 주위에는 된장국을 뿌렸다. 그 당시에 살풀이는 무슨 어려운 일이 있을 때나 누가 병이 들었을 때, 이를 해결하거나 치료하기 위해 잡신을 불러들여 그에게 비는 것이었다. 우리 마을의 거의 모든 집들이 이에 의존하고 있었다. 살풀이를 한 집 앞을 지나가면 늘 된장 냄새가 코를 찔렀다.

그런데 이상한 것은 살풀이를 했다는 말은 많이 들었어도, 살풀이를 해서 병이 좋아졌다거나 병이 낫다는 소리는 한 번도 들어본 적이 없다는 것이다.

그런데 살풀이를 해서도 해결을 못 보면 좀 더 단계를 높여 경쟁이를 데려오곤 했다. '경'을 읽어 귀신을 쫓아내는 방법이었는데, 경쟁이는 경을 읽으러 올 때 두드릴 북을 가져오고 남자 점쟁이는 머리에 수건을 두르고 여자 점쟁이일 경우는 세모진 고깔모자를 썼다.

점쟁이는 북을 치면서 "각항조강 십니긔 묘묘 이슬묘" 하고 주문을 외워댄다. 한창 경 읽기가 무르익으면, 미리 정해 놓은 사람이 '대'(약 1m 길이의 막대기 한 끝에 종이를 갈기갈기 찢어 만든 수술이 달려 있음)를 잡는다. 이때에는 대를 잡은 사람의 손이 떨리든지 아니면 대가 떨리는데, 대 잡은 사람이 여기저기를 돌아다니다가 갑자기 한곳에 머무르게 된다. 이것을 '대가 내렸다'고 한다. 대가 내린 곳에 바로 귀신이 있다고 생각하여, 그곳에서 집중적으로 경을 읽는 것이다.

그 당시 우리 집 근처에는 약방도 없고 개인병원도 없었다. 치료를 받고 싶어도 받을 데가 없었다. 그러니 누가 아프면 치료방법이라곤 경을 읽거나 살풀이밖에 없다는 인식이 꽉 차 있었다. 마을사람들 대부분이 다른 방법은 아예 생각조차 할 여유가 없었다.

큰 조카딸 혜영이가 생각난다.

혜영이가 세 살 때 심한 감기증상과 함께 몸에서 몹시 열이 났다. 마침내는 눈알이 돌아가고 몸이 뻣뻣하게 굳어지는 경기가 일어났다. 동네사람들의 권고로 부랴부랴 여러 점쟁이들을 불러들여 봤지만 아무 소용이 없었다. 결국은 조카를 잃고 마는 슬픔과 아픔을 겪어야 했다.

　그때 만약 귀신 때문에 경기를 일으킨 것이 아니고, 감기에 의한 고열 때문이라는 것을 알았다면 얼마나 좋았을까. 그랬더라면 20리 떨어진 홍성읍의 소아과라도 얼마든지 데리고 갔을 것이다. 또 그때 만약 우리 집에서 신문을 보거나 라디오를 들어서 건강에 대한 상식을 갖추고 있었더라면, 고열로 인해 경기가 나타날 때는 벌벌 떨고 있어도 이불을 덮어주지 말고 온몸을 물수건으로 찜질해 주어야 된다는 것을 알았을 것이다. 그러나 상식이 전혀 없다 보니, 혜영이가 떠는 것을 보고는 무조건 두꺼운 솜이불을 덮어주었다. 그러니 열이 더 오를 수밖에.

　내가 11살, 혜영이가 3살 때에 그런 일이 일어났었다. 그 일이 일어나기 며칠 전만 해도 혜영이와 함께 우리 집 바깥마당에서, 콩 바심 후에 마당가의 풀 속으로 들어간 콩알을 한 알 한 알 주웠던 생각이 난다. 콩 바심 후에 풀 속으로 숨어버린 콩알을 주워오는 일은 늘 내 몫이었다. 나는 이 일을 가장 싫어했다. 지루하고 재미도 없고, 아무리 콩알을 주어도 끝이 보이지 않았다.

　이런 상황에서 세 살 먹은 혜영이가 쫓아와서, 그 작은 고사리손으로 나를 도와 콩을 주웠던 것이다. 콩을 함께 주우면서 재미있는 대화를 나눈 것까지는 기억하는데, 아무리 생각해도 그 대화의 내용이 어떤 것이었는지는 도무지 떠오르지 않아 안타깝기만 하다.

　귀엽고 예쁘장한 얼굴에 까만 눈동자를 지녔던 나의 첫 조카 혜영이! 오늘따라 혜영이가 무척 보고 싶고 그리워진다.

그 당시 우리 집은 그만큼 시대와 세상에 뒤떨어져서 살고 있었다. 게다가 집안 대대로 유교와 불교가 혼합된 종교를 따르고 있던 완고한 집안이었다.

그런 환경 속에서 반세기 이상을 살아오신 어머니였기에 자연스럽게 집안의 전통을 따르면서, 좁은 시골 동네에 갇혀 사실 수밖에 없었다. 그러시던 어머니가 넓은 미국 땅에 오셔서 20년 이상을 아들며느리와 세 손자, 그리고 사돈들과 함께 사시게 되었으니 이 또한 하나님께서 나의 집에 내려주신 큰 복이었다.

우리가 사는 동네는 무척 조용한 동네였고 아주 시골스러웠다. 장모님은 나의 어머니보다 훨씬 젊으셨기 때문에, 사돈관계임에도 불구하고 여러 가지로 어머니 시중을 다 들어주셨다. 마치 서로 돌봐주면서 사랑해 주는 시어머니와 며느리 관계 같았다. 장모님은 때가 되면 어머니에게 손수 밥상을 차려드리기도 하셨다. 제일 고령자이신 어머니를 필두로 장인어른과 장모님, 이렇게 나이 드신 세 분이 서로 화합하여 돕고 사시는 것을 보고 있노라면, 아내와 나 둘 다 먹지 않아도 배가 부르고 무척이나 행복한 느낌이었다.

시간이 흘러 내 아이들도 대학에 들어가게 되고, 이제는 집에 어른들만 남게 되었다.

그러던 중 어머니와 장인장모님, 나와 아내, 그리고 몇몇 분을 합하여 총 12명이 목사님도 없는 상태에서 우리 집에서 개척교회를 창립했다. 목사님이 안 계셨기 때문에 여러 가지로 부족한 내가 집사로서, 대예배에서 설교를 맡아한 적도 여러 번 있었다.

그때마다 어머니는 걱정 어린 표정으로 나에게 슬그머니 다가오
셔서 말씀하시곤 했다.

"애야, 너무 힘들게 허지 마. 너 목사 될라구 그러지? 허지 마, 힘
들어."

언제부턴가 아들, 며느리를 따라서 자연스럽게 불교에서 기독교
로 개종하신 어머니였다. 그러나 아직까지도 어떤 상황에서든 아들
이 최우선이었다. 아들을 조금이라도 힘들게 하는 일이라면 어떤 일

크리스마스트리 옆에서 세 손자의 세배를 받고 덕담을 들려주시는 어머니.

에도 양보가 없으셨다. 아들 걱정에 언제나 노심초사하셨던 어머니였기에 어찌 보면 당연한 일이었다. 그런데 이러셨던 어머니가 어느 날부터 자연스럽게 기도를 하시기 시작했다.

"내가 매일매일 너희 가족들과 한국에 사는 형 식구들을 위해, 한 사람 한 사람씩 이름을 모두 불러가면서 하나님께 기도하고 있단다."

정말이지 하느님의 놀라우신 은총과 은혜의 결과였다.

어머니 손을 꼭 잡고

어머니는 우리 집에 계시는 동안 대체로 건강하게 사셨다.

그러나 허리 병은 쉽사리 낫지 않으셔서 여전히 파스를 많이 붙이고 계셨다. 어머니 방에만 들어가면 늘 파스 냄새가 코를 찔렀다. 그 때문에 피부가 건성이 되어버려 많이 가려워하셨고, 가려움에 바르는 연고도 끊이지 않았다.

연고 하니까 어머니가 좋아하셨던 '바셀린' 연고가 생각난다. 어머니는 예전부터 몸 어딘가에 이상이 있으면 바셀린부터 찾으셨다. 심지어 눈이 침침하면 눈에도 바셀린을 바르셨다. 바셀린은 분명히 어머니에게만큼은 만병통치약으로 통하고 있었다.

"오머니, 바셀린 연고를 왜 그렇게 좋아혀유?"

"이 바셀린 연고는 만병통치약여. 피부, 눈, 코 어디에 발러두 월마나 잘 낫넌지 물러. 옛날에 손이 터서 피가 났을 때두 쇠기름덩어리를 바르는 것버덤 바셀린이 훨씬 좋았어. 지금은 바셀린이 그때버덤 두 훨씬 잘 들어."

언제인가 어머니 방에 내려가 보니 눈이 침침하시다면서, 바셀린 연고를 눈을 뜰 수 없을 정도로 이겨 바르고 계셨다. 나는 깜짝 놀랐다. 바셀린은 피부과용이지 안과용이 아니잖은가.

"오머니, 제발 이 바셀린 연고를 눈에만은 바르지 마셔유. 눈이 상해서 앞을 볼 수 없게 나뻐지면 워떡헐려구 그려유? 제발 눈에는 바르지 마러유, 알었슈?"

"알었다. 그런디 바셀린은 바르기만 허두 좋아. 그려도 인저는 안 바르께, 걱정허지 말구 올러가."

그러나 어머니는 그렇게 여러 번 당부했는데도 언제 그랬냐는 듯 다음날에도 얼굴, 몸, 눈 할 것 없이 닥치는 대로 바르셨다. 우리들은 바셀린을 사드리는 데도 바빴다. 나중에 카타락트 수술을 하셔서 시력이 좋아진 후에는, 더 이상 눈에는 바르시지 않는 듯해 그나마 다행이었다.

어느 날 어머니가 층계를 내려가시다가 미끄러지시는 바람에 오른쪽 손목이 부러지셨다. 오른손에 깁스를 하고 왼손 한 손만 쓰셔야 했기 때문에, 거동하실 때나 일을 하실 때 여간 힘들고 불편한 일이 아니었다. 깁스를 하는 동안에는 공기가 통하지 않아 상상을 초월할 정도로 가려워진다. 그렇지 않아도 나이가 드시니 등과 배, 허벅지, 다리 등등의 모두 피부가 건성 피부가 되어 늘 가려움증을 호소하셨는데, 깁스까지 하게 되셨으니 그 고통이 오죽했겠는가.

아내와 상의 끝에 나는 깁스를 제거할 때까지, 하루 24시간 어머니를 돌봐드리는 간병인을 두기로 했다. 가려움증도 문제였지만 혹시라도 거동하시다가 잘못하여 넘어지시는 날에는, 엉치뼈가 골절될 수도 있기 때문이었다. 골다공증은 노인이 되면 다 갖게 되는 질병이라고 해도 과언이 아니었다. 뼈에 칼슘이 부족하여 모든 뼈가 약해져서 쉽게 부러질 수 있는 상태가 골다공증이다. 더구나 100세가 되신 어머니의 뼈는 말해 무엇하랴. 이를 미연에 방지하기 위해서 간병인을 둔 것이다.

또 언젠가는 어머니가 물약으로 된 설사약을 마시다가 사래가 들리셨는데, 그 때문에 기관지가 수축되어 호흡곤란까지 일으키셨다. 결국 응급차에 실려 병원으로 옮겨지셔서 응급처치와 3일간의 입원 치료를 받으셔야 했다. 연세가 적지 않아서인지, 어머니는 그때부터 자꾸만 몸에 이상이 생기시고 부쩍 힘들어하셨다.

그 다음해에는 구토를 자주 하셨다. 음식이 잘 소화되지 않고 검은 색깔의 대변을 보셨다. 이후부터 어머니의 건강상태가 급속도록 나빠지기 시작했는데, 걷는 것도 힘들어하실 만큼 눈에 띄게 쇠약해지셨다.

내가 운동을 시켜드리기 위해 어머니의 손을 붙잡고 방 안을 걷고 있을 때였다. 방을 3바퀴 반쯤 걸으시고는 그대로 침대 위로 쓰러지셨다. 깜짝 놀라 나는 어머니를 차에 태우고 응급실로 달려갔다.

피검사를 해보니 빈혈이 아주 심한 상태였다. 피 주사 2병을 맞고 나서 가까스로 회복은 되셨지만 여전히 기력이 없으셨다. 응급실에서 일반 병실로 옮겨가신 어머니를 아내와 작은 누나가 돌봐드렸다. 집에서 준비해 온 식사를 먹여드리고, 운동을 시켜드리기 위해 병원 복도를 함께 걷기도 했다. 나 역시 진료 일이 끝나자마자 곧장 어머니가 입원해 계신 병원으로 달려갔다.

"오머니, 좀 워때유? 배 아픈 것은 좀 좋아지셨슈? 밥을 많아 잡수셔야 혀유. 그래야 빨리 회복되어 근강해지지유."

"괜찮혀, 많이 좋아졌어. 빙원 지금 끝났남? 일 너무 허지 마. 밥은 에미가 가져온 흰죽 먹었어."

"오머니, 빨리 회복되시려먼은유, 억지루래두 많이 잡수셔야 혀유. 오머니가 드시는 밥이 약이라구 생각하시구 억지루라두 많이 드셔유, 알었슈?"

"그런디 말여, 밥을 조금만 먹어두 잘 내려가지 않는개벼. 뱃속에 있는 창자가 꼭 맥힌 것 같어."

"그러시면 한 번에 많이 잡수시지 말구 조금씩 조금씩 자주 드셔유. 그려야 토허지 않을 거여유."

"의사 선상님두 그렇게 허라구 혀서 그렇게 먹구 있어."

"오머니, 운동 삼어서 저허구 같이 걸어유."

어머니는 힘이 없어 피곤하신 얼굴 표정을 지으시면서 대답하셨다.

"낮이두 네 누나가 와서 나허구 복도를 두 바퀴 돌구, 네 아내와두 두 바퀴 돌었어. 더 많이 돌아야 되남?"

"오머니, 피곤허셔두 저허구 두 바퀴만 더 돌아유."

"알렀어."

어머니는 언제나 머리를 손바닥으로 매만지고 옷매무새를 고쳐서, 당신에게 흐트러짐이 없음을 확인한 후에야 병실을 나가곤 하셨다.

"오머니, 그냥 나가두 괜찮어유."

"아녀, 네 체면두 있넌디 잘 허구 나가야지."

어머니를 부축하여 복도를 걷는 동안 어머니와 나는 대화를 많이 나누었다. 복도 한 바퀴가 족히 70~80m는 될 것 같았다. 어머니에게는 결코 짧은 거리가 아니었다.

"오머니, 힘들어유?"

"아직은 괜찮은디, 그려두 이제 그만 걷구 들어가자."

"오머니, 이제야 겨우 두 바퀴밖기 안 돌었슈."

"그려? 그러면 한 바퀴만 더 돌어."

"알었슈."

나는 어머니 손을 꼭 잡고 어머니의 걸음걸이에 맞춰 걸어드렸다.

간호사실 앞을 지날 때마다 간호사들이 서투른 한국어로 "할머니!" 하든지, 아니면 영어로 "하이!" 하면서 어머니와 나를 반갑게 맞아주었다. 어떤 간호사들은 손뼉까지 쳐주면서 어머니를 응원해 주기도 했다. 주로 외과 환자들이 입원하고 있는 병동이었는데, 내 환자들이 입원할 때에도 같은 병동으로 들어오기 때문에 나에게 매우 친숙한 간호사들이었다.

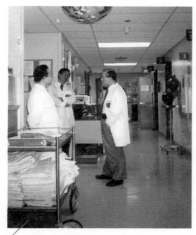
동료 의사들과 함께 교포를 위한 무료건강
진료에 참가했던 모습.

항상 회진을 돌며 환자를 보던 비뇨기과 의사 정진우가, 어머니를 운동시켜 드리기 위해 어머니 손을 꼭 잡고 함께 걷는 모습이 보기에 좋았던 모양이다. 혹은 100세 되신 어머니가 저렇게 잘 걷는 모습을 보고는 어머니의 건강하심에 감격해서였는지도 모른다.

어머니는 3바퀴를 도시더니 피곤한 기색이 역력했다. 불과 얼마 전까지만 해도 우리 집뿐만 아니라, 목에 이름패를 걸고 이웃동네까지 가셔서 나물을 뜯어 오시던 어머니였는데. 갑자기 쇠약해지신 어머니의 모습을 보니 가슴이 아려왔다.

내가 집으로 돌아갈 시간이 되어 몸을 45도 각도로 굽혀 정중히 인사하면, 어머니는 보통 때와 다른 나의 인사 자세를 보시고 빙그레 웃으셨다.

"그러지 마러. 집에 어서 가."

"오머니, 저 인제 집에 갈게유. 걱정 말어유. 월마 안 있어 다 나을 거예유. 오늘 저녁 편히 주무셔유. 내일 또 올게유."

어머니가 침대에 누우신 채로 손을 흔드셨다.

"어서 가."

나는 잠시 어머니를 말없이 바라보다가 병실에서 나왔다. 그때 간호사실에서 할 이야기가 있다고 하면서 나를 불렀다.

"닥터 정, 우리들이 놀라운 사실을 발견했어요."

"그게 뭡니까?"

"어머님과 병실을 함께 쓰시는 필리핀 여자 환자 보셨어요?"

"네, 알고 있습니다."

"그분은 87세지만 거동을 못하고 늘 누워 있는 환자입니다. 그런데 오히려 연세가 훨씬 많으신 닥터 정 어머니께서 그 환자에게 다가가셔서는, 손으로 오렌지 껍질을 깐 후 꾹 눌러서 그 즙을 환자 입에 조금씩 떨어뜨려 주시는 거예요. 이 모습을 본 한 간호사가 다른 동료들을 다 불러서 함께 보게 됐어요. 그때 그 광경을 사진으로 찍어두었더라면 좋았을 텐데, 그렇게 하지 못해 안타까워 죽겠어요. 우리 모두 닥터 정 어머님의 진심 어린 행동에 무척이나 감격했어요."

"그랬군요. 그렇게 생각해 주셔서 고맙습니다."

역시 나의 어머니는 선량하시고 정도 많고 사랑도 많으신 분이었다. 간호사의 말을 듣고 있으니 어머니가 새삼 자랑스러웠다.

다음날 아침 일찍 위내시경실로 갔다. 어머니는 마취제에 취해, 내시경 침대 위에서 평화로운 모습으로 잠들어 계셨다. 위내시경 카메라를 통해 모니터를 보니, 식도의 마지막 부분이 헐어 있었다. 게다가 위의 마지막 부위도 헐어 있어서 출혈의 흔적이 보이는데다 심하게 좁아져 있어서, 음식이 그 부분을 통과하는 데 힘이 들었던 것이다.

위장내과 의사의 소견에 따라 좁아진 부위를 고무풍선으로 넓혀주었다. 다행히 그 후 완전히 회복되셔서 짜장면을 잡수실 정도까지 되었다. 우리 식구들은 생각보다 빨리 회복되신 어머니를 보고 기뻐서 어쩔 줄 몰라 했다. 그러나 이주일 후에 전과 같이 음식이 내려가지 않는 증상이 나타났고 심한 구토로 이어졌다. 또다시 어머니를 응급실에 모시고 가서, 다음날 전신 마취 하에 위의 좁아진 부분을 늘려드렸다. 이런 치료를 두 번 더 받고 나니, 강철 같은 정신력의 소유자였던 어머니도 점점 지쳐 가셨다.

나는 수술을 통해 이를 완전하게 치료해 드리면 어떨까 하고 생각해 보았다. 어머니는 혈압도 정상이고 당뇨도 없으셨다. 나를 비롯하여 외과의사, 심장내과의사 모두 어머니가 수술 받으실 만큼 건강하다는 결론을 내렸다. 즉 피검사와 컴퓨터 단층촬영, 심장 초음파 검사에서 모두 정상이었고, 심장출력 역시 정상이어서 심장내과 선생님도 어머니가 수술을 받을 수 있는 체력을 가지고 계시다고 말했다. 외과의사에게 수술에 대해 자세히 물으니, 위의 윗부분을 작은 창자가 시작되는 부분으로 연결시켜, 음식이 좁아진 부분을 통과하지 않게 하는 것이 제일 적합한 수술이라고 설명했다. 결정을 내린 후 내가 어머니께 말씀드렸다.

"어머니, 자꾸 좁아진 부분을 늘리는 것보다는 수술을 해서 완치하여 편히 사시는 것도 하나의 방법인데, 어떻게 생각하세요? 이것만 빼고 심장이랑 다른 장기는 모두 좋대요."

두말할 것도 없이 어머니는 나를 믿으신다면서 "니가 알아서 혀!" 하셨다.

어머니가 난생 처음으로 수술을 받으시러 들어가셨다. 얼마나 지났을까, 초조함으로 입술이 바짝바짝 타들어갔다. 마침내 수술실에서 나온 외과의사가 아무 문제 없이 잘 끝났다고 말해 주었다. 순간 안도의 한숨이 쏟아져 나왔다.

이윽고 큰 수술을 잘 견뎌내신 어머니가 회복실로 옮겨졌다. 편안한 잠을 주무시다가 약 한 시간 후에 잠에서 깨어나신 어머니, 우리들이 어머니의 손을 꼭 잡고 큰 소리로 말했다.

"어머니, 눈 떠봐요."

그 소리가 들리셨는지 어머니가 살며시 눈을 뜨셨다. 그 후부터 차츰 회복이 되어 회복실에서 외과 중환자실로 옮기신 후에는, 간단한 식사도 할 수 있으셨다. 나의 큰 아들도 할머니가 보고 싶어 멀리서부터 달려왔는데, 다행히 어머니도 큰 아들을 알아보시면서 반가워하셨다. 그러나 어머니의 정신이 약간 흐려져 있는 것 같았다.

당시에는 큰 수술을 받으신 데다 일시적인 현상이라고만 생각했다. 우리는 무엇보다 수술이 잘 끝났다는 사실에 안도하면서, 어머니에게 인사를 드리고 담당 간호사에게 잘 부탁한다는 인사말을 남긴 채 집으로 돌아왔다.

그날 밤 11시쯤 되었을까, 우리 집 전화벨이 울렸다. 간호사에게서 걸려온 전화였다.

"정 선생님, 어머니께서 갑자기 심장마비를 일으키셔서 돌아가셨습니다. 여러 가지 방법을 써보았지만 소생시키지 못했어요."

나는 정신이 아득해졌다. 내 눈으로 보기 전까지는 어머니가 돌아가셨다는 사실을 믿을 수 없었다. 어머니의 죽음은 전혀 상상조차 하지 못한 일이었고, 이번 수술을 통해 꼭 건강을 되찾아드려 내가 항상 말하고 기대했던 120세까지 사실 수 있게 하겠다던 나의 꿈은 산산조각이 나버리고 말았다.

내가 만약 어머니에게 수술하도록 권고하지 않았다면 더 오래 사셨을 텐데 하는 후회가 들었다. 무엇보다 어머니께 미안하고 죄스런 마음이 나의 뇌리에 꽉 차 있었다.

어머니를 멀리 보낸 나는 영영 어머니를 그리며 사는 불효막심한 아들이 되고 만 것이다.

왜 대답이 없으세요?

병실에 들어가 보니 어머니의 모습은 평상시와 같이 단아하고, 편안히 주무시는 모습 그대로였다.

"어머니, 눈떠 보셔요."

내 간절한 부탁에도 무정하신 어머니는 아무 반응이 없었다. 그렇지만 찬찬히 들여다보니 어머니가 "눈을 뜨려고 애쓰지만 눈이 떠지지 않는구나. 조금만 기다려 봐, 눈을 다시 뜰 수 있을 것 같다."라고 곧 입을 열어 말씀하실 것만 같았다.

나는 어머니의 손을 만져보고 쓰다듬어 보았다. 손가락, 손톱, 손바닥 모두 다 내가 항상 만지고 놀던 그 손이었다. 처녀시절에는 봉숭아꽃으로 예쁘게 물들었을 손톱들과 나의 바지에 묻어 있던 마른 밥풀을 싹싹 긁어서 떼어주시던 바른쪽 둘째손가락의 손톱을 다시 한 번 만져보았다. 눈물이 방울방울 어머니의 손으로 굴러 떨어졌다.

이 귀한 손으로 일생 동안 쉬지 않고 일하시며 우리가 입는 옷도 만들어 주시고, 내가 배가 아플 때마다 "배앓이야, 물러가라. 내 손이 약손이다." 하시며 배를 살살 문지르셔서 복통까지 사라지게 해주시던 능력의 약손, 어머니의 손!

친구들과 싸워 자주 터져버린 저고리 겨드랑이를, 손가락에 골무를 끼신 채 실과 바늘로 꿰매주셨던 그 손!

호미를 들고 밭을 매기 위해 항상 분주하게 움직이셨던 어머니의 바지런하고 소중한 손!

그 손이 이제는 움직이지 않고 가만히 있다. 울음이 복받쳐 나왔다. 입술을 깨물며 참아보지만 꺽꺽거리며 참지 못하고 흐느낄 수밖에 없는 나.

자꾸만 어머니와 함께했던 시간들이, 이제는 영원히 오지 않을 그 날들이 생각난다.

다시는 볼 수도 없고 들을 수도 없고 만질 수도 없고 이야기할 수도 없다. "어머니!"라고 사무치게 불러보고 또 불러보지만 대답이 없으시다.

이제는 멀리 아주 멀리 떠나가 버리신 나의 어머니!

손발이 다 닳도록 나를 기르시기 위해 고생만 하셨던 나의 어머니!

어머니는 마지막 숨지실 때 담당 간호사에게 "내가 먼저 천국에 가니 나중에 오라."는 말씀을 남기셨다고 한다.

눈물을 닦으며 어머니의 얼굴을 다시 한 번 쳐다보니, 내가 그동안 잘못해 드린 일들만 마치 활동사진을 보듯 끝없이 마음을 스쳐 지나간다. 이미 일어난 일들이고 어떤 방법으로도 되돌릴 수 없다. 너무 늦었다. 고칠 수도 없고 회복시킬 수도 없다.

만약 어머니 살아생전에 어머니에게 잘못했던 일들이 지금처럼 생생하게 느껴졌더라면, 그 잘못을 바로잡기 위해서라도 나는 더 어머니에게 매달려 죽도록 사랑해 드렸을 텐데. 그토록 사랑하시고 아끼시던 막내아들의 부름에도 아무 대답 없이 누워만 계신 어머니의 모습에, 가슴만 무너져 내리고 속이 새까맣게 타들어 간다.

일단 뉴욕에서 장례를 치르고 형님과 상의한 끝에 고향에서 다시 장례식을 치르기로 했다.

아내와 나는 한국행 비행기를 탔다. 우리 둘은 객실에 나란히 앉아 있지만, 어머니는 아무도 없는 캄캄한 지하실에 외롭게 누워 계심을 생각할 때, 정말이지 아들로서의 도리가 아닌 것 같았다. 허전하고 먹먹한 심정은 이루 말할 수 없었다.

아내와 나는 둘 다 가슴에 큰 상처를 안은 채 깊은 상념에 빠져들었다. 어머니의 환하게 웃으시던 얼굴, 살짝 화가 나신 얼굴, 속상해하시던 얼굴……. 과거에 수많은 일들이 어머니 눈앞에 닥쳤을 때, 그 일들을 처리하는 과정에서 지어 보이시던 어머니의 표정들이 하나 둘씩 떠올랐다. 만일 어머니가 살아계셨더라면 지금쯤 비행기 안에 셋이 나란히 앉아, 마음껏 웃음꽃을 피우면서 고향 얘기를 나누었을 것이다.

스튜어디스가 저녁식사를 가져왔다. 나와 아내는 식사하는 대신

어머니 손을 꼭 잡고 90번 째 생일을 축하해 드린 게 엊그제 같건만, 이제는 불러도 불러도 대답이 없으신 어머니.

에 한동안 말이 없었다. 둘 다 어머니 생각이 동시에 났던 것이다. 어머니를 아래층에 두고 둘이서만 식사를 하려고 하니, 먹고 싶은 생각도 전혀 안 들고 수저도 손에 잡히질 않았다. 우리는 한참이 흐른 후에야 서로 아무 말 없이 식사하기 시작했다.

보고 싶은 어머니,
왜 말이 없으세요?
같은 비행기를 탔는데
우리 여기 있으니 올라오셔서
우리와 이야기해요.

어머니,

거기 춥지 않으세요?

외롭지 않으세요?

우리와 함께 계시고 싶지 않으세요?

옆에 앉으셔서 그전처럼 옛이야기 해주셔요

어머니, 왜 대답이 없으세요?

내 마음이 답답하기만 해요.

어머니와 함께 같은 비행기 타고

20여 년 만에 고향에 가는데 이게 뭐예요.

어머니 속상해요.

우리가 어떻게 해도 이제는 대답이 없으신 어머니의 고집을 꺾을
수 없었다.

나와 아내는 옆에 계셔야 할 어머니가 정작 옆자리에 계시지 않아,
절로 눈시울이 뜨거워졌다. 어머니가 그리도 사랑하시고 그리워하
시던 고향 땅이 점점 가까워지고 있었다.

어머니가 살아계셨을 때는 어머니이시기에, 다른 이들의 어머니
처럼 자식을 사랑하는 것에 대해 특별한 감정을 갖지 않았다. 그 고
마우신 사랑에 대해 좀 더 깊이 생각하지 못했던 것이다. 오히려 당
연하게만 여기고 아무 생각 없이 지나쳤을 때가 대부분이었다.

어머니의 사랑은 우리가 살아가는 데 꼭 필요한 공기와 닮았다.
공기 역시 우리가 수고하지 않아도 저절로 얻게 되는 것이다. 그렇

지만 반대로 공기가 없으면 5분도 견디지 못하는 것이 사람이다. 공기가 없으면 이 땅의 모든 생물체가 사라진다는 것을 모르는 사람은 없을 것이다. 그런데도 그렇게 중요한 공기를 주신 하나님께 감사함을 느끼지 못한다.

하나님께서 공기를 지어주셨고, 그 공기를 숨쉬기 편하게 우리 콧속에까지 넣어주셨다. 너무 충분하게 주셔서 서로 더 많이 가지려고 경쟁하거나 싸울 필요도 없다. 이 위대하신 하나님의 은혜 또한 당연한 것으로 여기고, 고마워하지 않을 때가 더 많은 것이다.

자식을 위한 어머니의 놀라우신 사랑과 희생을 겉으로만이 아니라 더 깊숙이 들여다본다면, 그 맛이 사탕이나 꿀보다 달고 맛있음을 누구나 깨닫게 될 것이다.

그러나 그 맛을 느끼려는 노력이 없다면, 그 누구라도 그 맛을 느끼지 못하는 것이 또 어머니의 사랑이 아닌가 싶다.

나 역시 어머니의 따뜻한 품과 사랑의 달콤한 맛을 제대로 느끼지 못한 채, 어머니를 먼 곳으로 보내드리고 나서야 비로소, 그전에 그런 귀한 사랑과 희생이 있었는데도 이를 깨닫지 못한 바보스러웠던 자신을 발견할 수 있었다.

고향에 도착하여 어머니 장례를 치르기 전에 내가 제일 먼저 한 일은, 마을에 있는 교회 목사님을 초청한 일이었다. 우리 집은 전통적으로 불교 집안에 가까웠지만, 나는 아버지와 함께 합장하여 기독교식으로 어머니 장례를 치러드렸다.

이 또한 하나님의 뜻이라고 굳게 믿었다. 이를 계기로 형님과 형수님까지 교회에 다니시게 되었고, 제사 대신에 예배를 드리는 기독교 가정이 되었다. 이 모든 것이 하늘나라에 계신 어머니께서, 우리 가족을 위해 끊임없이 기도해 주신 덕분이리라. 예수님을 영접하시고 그 깊이 뿌리박힌 이교도를 타파하신 능력의 어머니였다.

아름다운 색깔을 지니셨던
나의 어머니

　죽음, 나는 죽음에 대해 어렸을 때에는 특별히 생각해 보지 않았다. 공교롭게도 우리 가족과 친척 어른 중에서 내 생애 처음으로 돌아가신 분이 바로 나의 어머니셨다. 어머니가 돌아가시고 나니 전과는 달리 죽음에 대하여 더 깊이 생각하게 되었다.

　죽음이란 사람에게만 존재하는 것이 아니다. 생명을 가진 우주만물에 두루 존재하는 것이다. 이 세상의 살아 있는 모든 생명은 하나도 예외 없이 모두 죽게 돼 있다. 아무리 오래 살려고 발버둥 쳐봤자누구도 죽음을 이길 자는 없다. 죽음은 우리가 태어나는 순간, 이미정해져 있는 것이다.

　얼마 전 뉴스에서 2천년을 넘게 살고 있는 고목나무를 본 적이 있다. 2천년을 산 고목나무의 모습은 우리가 일반적으로 알고 있는 푸르른 나무가 아니었다. 여기저기 썩어서 큰 구멍이 여러 개 나 있었고, 나무의 원 줄기는 어떤 이유에선지 중간에서 사라져 아랫부분만 남아 있었으며, 고작해야 잔가지 몇 개로 힘들게 생명을 유지하고 있는 비정상적인 나무였다.

2천년을 살아왔다고 자부할 수 있는 나무였지만, 지금은 나무의 특징도 모양도 희망도 모두 사라져 버린 채, 얼마 남지 않은 삶을 간신히 버티고 있는 모습이었다. 왠지 사람의 일생을 보는 듯해 씁쓸해졌다.

사람이라면 누구나 생로병사의 과정을 거치게 마련이다. 나는 이 과정을 어떻게 임하느냐에 따라 그 사람의 색깔이 나타난다고 생각한다. 그 색깔로 말미암아 주위사람들에게 좋고 나쁜 영향을 끼칠 수도 있고, 또 사람들로부터 존경과 멸시를 받는 존재가 될 수도 있다. 어차피 죽는 것이라면 사는 동안만이라도 가장 아름답고, 주위사람들이 보았을 때 부러워할 만한 색깔로 사는 것이 진정으로 보람된 일이 아니겠는가.

나 자신과 나의 가정을 위해 열심히 사는 것도 중요하지만, 내 이웃을 위하고 지역사회와 국가, 더 나아가 온 인류를 위해 산다면 "가장 좋은 색깔을 가지고 산다."고 말할 수 있을 것이다. 말은 쉽지만 복잡하고 힘든 세상에서 그런 색깔로 산다는 것은, 어찌 보면 가장 힘든 일 중 하나일 것이다.

나보다 남을 더 중하게 여기고, 남에게 주는 것을 좋아하되 자기가 준 만큼 되돌아오기를 기대하지 아니하며, 상대를 무조건적으로 배려해 준다면 누구보다 마음 편히 기쁘게 살 수 있으리라. 이러한 것을 내게 산교육으로 알려주신 분이 바로 어머니셨다.

나의 어머니는 정말로 아름다운 색깔을 지니신 분이었다.

자기 자신은 그토록 희생하시고 자식들에게 주신 사랑은 엄청나게 크셨다. 그 어렵고 힘든 시집살이 속에서도 이웃들을 열심히 챙기셨고, 집으로 찾아오는 거지조차 모른 체하지 않으셨다. 한 사람한 사람 사랑채로 불러들여 정성껏 밥상을 차려주셨고, 친척이 오면그 바쁜 와중에도 인절미를 손수 만들어 대접하셨으며, 없는 살림에도 밥만큼은 밥사발에 꾹꾹 눌러 수북하게 담아주셨다. 누구라도 밥을 먹다 남길 눈치가 보이면 밥그릇에 물을 부으셔서, 밥알 한 톨까지 알뜰하게 먹게 하셨던 참으로 현명하신 분이기도 했다.

고향 땅에서 눈이 오나 비가 오나 새벽부터 밤늦게까지 한시도 쉬지 않고 일만 하셨던 나의 어머니. 어머니는 내가 사는 미국에 오셔서도 우리 집안을 구석구석 돌봐주셨다. 바닥을 쓸어주시고 닦아주시고 치워주시고, 채소를 심고 보살피고 거두어주셨다.

어머니가 우리들을 돌봐주시고 집안일을 살펴주셨기 때문에, 나는 맘 편히 나의 일만 하면 되었다. 그러나 어머니가 돌아가시고 나니 이제는 내가 어머니가 하시던 일을 도맡아해야 했다. 봄에는 다음해 봄에 씨를 뿌리기 위해 어머니가 잘 간직해 두셨던 무, 배추, 갓, 오이, 호박씨를 찾아놓고 밭을 일구어야 했다. 어머니를 닮고 싶은 마음에 나는 겨울을 지낸 밭을 일구어 씨를 뿌리고 열심히 물을 주었다. 이제는 퇴근 후나 쉬는 날에도 어머니가 맡아하시던 일이 오롯이 내 차지가 되었다.

차고에 가면 어머니가 사용하시던 호미와 손수 만드신 대나무 빗자루 등이 그대로 남아 있다. 채소를 가꾸기 위해 그것들을 사용할 때마다 나는 어머니가 부쩍 그리워진다. 지금도 종종 어머니가 생각나거나 보고 싶어지면, 이제는 빈방이 되어버린 어머니 방에 들어가 본다. 성경책 옆에 놓여 있는 어머니 사진을 물끄러미 바라보다가, 나지막하게 "어머니!" 하고 불러본다. 아무 대답이 없으시다. 내가 어머니 방에 들어가면 그렇게도 좋아하시던 어머니가 더 이상 계시지 않는다.

그러나 나는 느낄 수 있다. 지금 비록 이곳에 계시진 않아도, 내 가슴 깊숙한 곳에서 늘 나와 함께하고 계심을! 어머니의 말씀 한 마디, 행동거지 하나하나, 모두 다 내 귀와 눈에 담아 마음에 차곡차곡 쟁여두었다.

백수잔치 때의 참으로 고우신 나의 어머니.

나의 남은 삶이 얼마나 될지 모르지만, 모쪼록 나도 아름다운 색깔을 지니셨던 나의 어머니와 같은 삶을 살다 가고 싶다.

마음의 색깔에는
얼마나 많은 색깔이 있을까?
빨강, 파랑, 노랑, 초록, 보라.

나는 무슨 색깔?
아직은 그렇고 그런 색깔.
먼 훗날 어머니의 색깔 되고 싶어라!

오늘도 나는 내 몫을 다하기 위해 정성껏 진료에 임하고 있다. 그것이 어머니가 내게 가장 바라는 일일 것이기에.

어머니가 돌아가시고 나서 내게는 한 가지 버릇이 생겼다. 환자들에게 꼭 부모님에 대해 묻는 것이다. 하루는 나와 비슷한 연배의 환자가 진찰을 받기 위해 들어왔다.

"혹시 부모님이 생존해 계신가요?"

"네, 살아계시긴 한데 한국에 계십니다."

"부모님이 살아계신 것은 하나님께서 주신 축복 중의 축복입니다. 돌아가시면 이 세상에 안 계시고 영원히 돌아오시지도 않습니다. 멀리 떨어져 계시더라도 여유만 되신다면 자주 찾아뵙고 최대한으로 잘해 드리세요. 부모님께서 얼마나 기뻐하시겠어요? 만일 자주 뵐 수 없는 형편이라면 전화라도 자주 거셔서 대화로 기쁘게 해드리세요. 제가 경험해 보니 돌아가시고 나면 해드리고 싶어도 못해드리는 안타까움이 있습니다."

어떤 때에는 어머님과 함께 미국에서 살고 있는 환자가 올 때도 있다. 이때는 내가 더 신이 나서 환자에게 말을 건다.

"어머님과는 같이 사시나요?"

"예, 저와 살고 계십니다."

"생존해 계시는 동안 어머니께 잘해 드리세요. 돌아가시고 나면 잘못해 드린 것들이 슬라이드 돌아가듯 끝도 없이 돌아갑니다. 그때는 후회해도 이미 늦어서 아무 소용이 없어요. 불러도 대답이 없으시고, 만지려고 해도 허공 뿐 만질 수가 없거든요. 그러니 살아계신 동안 대화 많이 하시고, 좋아하시는 음식 모시고 다니면서 많이 사드리고요. 어머니의 손발도 마음껏 만져드리고, 머리도 실컷 쓰다듬어 드리세요. 만일 대화 중 의견차이가 난다 해도 어머니 의견에 따르는 것으로 엮어나가, 어머니를 될 수 있으면 마음 편하고 기쁘게 해드리세요."

내가 진심을 담아 말해서 그런지 내 환자들은 한결같이 그렇게 하겠다고 하면서 기쁘게 진찰실을 나갔다. 내가 그들에게 굳이 그런 얘기들을 한 것은, 부모님이 돌아가신 후에 나와 같은 후회를 덜하게 해주고 싶어서였다.

나는 지금도 언제 어디서든 어머니가 나를 지켜주고 계시다는 확신이 든다.

내가 힘이 들 때도 외로울 때도 절망할 때도 바람처럼 부드럽게 내 볼을 쓸어주시는, 촉촉한 어머니의 손길을 느낄 수 있다.

이 세상에서 가장 사랑하는 사람인 어머니를 잃은 상실감은 그 어떤 것으로도 채울 수 없지만, 어머니를 생각하며 어머니를 본받으며 내게 주어진 몫의 삶을 살다보면, 분명 언젠가는 그 환한 미소를 지으시며 나를 꼭 끌어안아 줄 어머니와 만나게 되리라.

그날 나는 어머니 앞에서 당당하게 말씀드릴 것이다.

어머니에게 부끄럽지 않은 아들이 되기 위하여, 하루하루 내가 할 수 있는 최선을 다하여 열심히 살다가 왔노라고.

그리고 마지막으로 세상에서 가장 크고 우렁찬 목소리로 외칠 것이다.

"사랑합니다, 어머니!"라고.

권선복(도서출판 행복에너지 대표이사)

어머니는 위대합니다

'어머니'라는 단어가 주는 의미가 점점 퇴색해 가는 요즘입니다. 부모와 자녀 간의 패륜 범죄가 하루가 멀다 하고 벌어지는 이때에, 어머니에 대한 절절한 사랑이 한가득 담겨 있는 책을 만난다는 것은, 그 자체가 가슴 뭉클한 감동이며 메마른 삶을 토닥이는 따뜻한 위로일 것입니다. 머리가 희끗희끗한 저자가 돌아가신 어머니를 추억하며 한 자 한 자 정성껏 써내려간 이 한 권의 책 속에, 우리네 어머니의 고귀한 향기가 오롯이 배어 있습니다.

책장을 넘기면서 저자의 유년 구수한 추억담에는 절로 미소가 지어졌고, 어머니께서 자식들을 위해 불철주야 일하시며 가난을 부지런함으로 이겨내시는 부분에서는 가슴이 먹먹해졌습니다. 어떠한 역경에도 굴하지 않고 언덕 위에 우뚝 서 있는 한 그루의 장송(長松)과 같던 어머니! 그 어머니를 본받아 가난을 이겨내고 당당히 서울대 의대에 합격하여 어머니의 기쁨이 돼드린 저자! 이후 미국에서 어머니를 모시고 살면서도, 늘 어머니를 저자 인생의 첫 번째로 삼고 봉양하는 모습에서는 진한 감동이 밀려왔습니다.

　그렇듯 책 『사랑하는 나의 어머니』는 구구절절 목메어 부른 사모곡思母曲임과 동시에, 세상의 모든 어머니들께 바치는 송사頌辭입니다. 그동안 잊고 지냈던 어머니의 모정이 얼마나 위대한지를, 어머니의 품만큼 경건하면서도 숭고한 우주가 늘 우리 곁에 있다는 사실을 깨닫게 하는 책입니다.

　"훌륭한 어머니는 무엇을 원하느냐고 묻지 않고 그것을 준다."는 영국 속담이 있습니다. 저자의 어머니를 비롯하여, 오로지 자식들에 대한 사랑 하나로 몸이 부서져라 그 모진 세월을 버텨내신, 이 땅의 모든 훌륭하신 어머니들께 해당되는 말이 아닐까 싶습니다. 지난 6개월간 이역만리 미국에서 수십 차례의 이메일에 즉시 답변을 주시며 애틋한 정이 살아있는 책을 출간할 기회를 주신 정진우 박사님에게 진심으로 감사를 드립니다.

　5월 가정의 달을 맞이하여 '어머니'의 의미를 가슴 깊이 새길 수 있는 작품을 독자들 앞에 떨리는 마음으로 내놓습니다. 많은 분들이 이 책을 통해 건강다복하고 만사대길한 행복에너지가 샘솟는 나날이 되시길 기원드립니다.

권선복 드림

『긍정이 멘토다』 2탄 공저자를 모집합니다!

개요

1. 공동 저자: 총 36명
2. 책 전체 분량: 380쪽 내외(1인당 10쪽 내외)
3. 원고 분량: A4용지 5장(글자크기 10포인트, 줄 간격 160%)
4. 경력(프로필): 10줄 이내
5. 사진: 자료사진 3매, 사진 설명 20자 미만
6. 신청 마감일: 2014년 6월 30일
7. 원고 접수 마감일: 2014년 7월 31일
8. 출간 예정일: 2014년 10월 31일

긍정, 행복, 성공에 관한 이야기를 독자들에게 전하고 나눌 수 있는 내용의 원고를 자유로운 형식으로 작성하여 제출해 주시면 행복에너지 소속 전문작가가 독자들이 읽기 편하도록 전반적인 윤문과 교정교열을 할 예정입니다.(원고는 ksbdata@daum.net 으로 송부해 주시기 바랍니다.)

책 발행비용은 100만 원이며 저자에게 발행 즉시 100부를 증정합니다.
발행비용은 신청 시 50만 원, 편집완료 시 50만원을 '국민은행 884-21-0024-204 도서출판 행복에너지 권선복'으로 입금해 주시면 되겠습니다.

자세한 문의는 언제든지 하단의 전화, 이메일을 통해 연락을 주시면 성실히 답변을 드리오며 원고 내용이나 책에 관해 궁금하신 분들은 도서『긍정이 멘토다』를 직접 참조해 주시기 바랍니다.

도서출판 행복에너지: www.happybook.or.kr
대표이사 권선복
HP: 010-8287-6277   Tel: 0505-613-6133   E-mail: ksbdata@daum.net

꿈을 심는 희망의 새 길

나용찬 지음 | 256쪽 | 값 10,000원

"애국자가 따로 있는 것은 아니다. 자신의 자리에서 맡은 책임을 다하고, 고향을 사랑하며, 타인을 위해 자신을 희생하는 것만으로도 누구나 애국자가 될 수 있다."라는 저자의 목소리가 경제위기와 계층갈등으로 신음하는 대한민국 사회가 무엇을 지향하고 어떠한 방향으로 나아가야 할지를 명쾌하게 짚고 있다.

나도 힘들고 아프고 고통스러웠다

최영미 외 24인 지음 | 244쪽 | 값 15,000원

서울 신림동 아름다운교회는 각종 고시에 합격하는 청년들이 많은 교회로 알려졌다. 이미 고시에 합격한 청년들의 간증을 엮어 책을 출간하여 많은 주목을 받은 바 있다. 아름다운교회가 두 번째로 출간하는 이 책은 일반 장년 성도들의 간증을 엮은 책으로, 삶 속에서 경험한 은혜의 경험을 웅숭깊게 그려 낸다.

더불어 사는 사회

최태정 지음 | 256쪽 | 값 10,000원

『더불어 사는 사회』는 한 명의 낙오자도 없이, 구성원 모두가 행복한 삶을 성취하기 위해 무엇을 해야 할지를 저자의 경험을 바탕으로 풀어낸다. '열정, 섬김, 신의, 성찰, 지역, 희망'이라는 여섯 가지 주제를 통해 한 명의 인간으로서 진정으로 추구해야 할 가치와 삶의 태도에 대해 에세이 형식으로 전한다.

사과나무 일기

박경국, 국가기록원 지음 | 420쪽 | 값 18,000원

"소중한 나의 삶을 오롯이 한 권의 '자서전'에 담다!"
『사과나무 일기』는 국가기록원 박경국 원장이 공무원 직무발명에 의해 특허등록한 '인생기록 가이드북'이다. 독자 자신이 인생 전반을 간편한 방식으로 정리해 볼 수 있는 '일기장'으로서 자서전을 준비하는 노년은 물론, 인생 설계를 고민하는 청장년층에게도 뜻깊은 선물이 될 것이다.

긍정이 멘토다

김근화 외 35인 지음 | 364쪽 | 값 15,000원

여기 긍정을 통해 몸소 행복한 삶을 증명한 36인의 명사들이 있다. 각계각층의 내로라하는 대표 인물들은 이 책을 통해 '도전, 성공, 웃음, 행복, 희망'을 주제로 자신만의 '긍정론'을 펼치고 있다. 또한 책에 담긴 저자 개개인의 비전과 혜안은 동시대를 살아가는 이라면 누구나 느끼는 고민에 대한 다양한 해답을 제시한다.

마지막 통화는 모두가 "사랑해…"였다

정기환 지음 | 296쪽 | 값 15,000원

글로써 연결되는 인간관계가 역사를 새로이 쓰고 지탱하는 힘이다. 그래서 책 『마지막 통화는 모두가 "사랑해…"였다』는 가치가 있다. 인간다움이 점점 사라지는 현실 속에서도 '사람 냄새' 나는 아날로그적 감성을 고스란히 간직함은 물론 이 시대를 관통하는 함의가, 우리 시대의 생생한 민낯이 이 한 권에 모두 담겨 있기 때문이다.

생각을 벗어라

김창수 지음 | 188쪽 | 값 12,500원

저자는 일상 속에서 느끼고 깨달은 것을 자유로이 글로 적은 모든 게 '시'임을, 우리의 삶 자체가 하나의 놀랍고 아름다운 광경임을 독자에게 전하고 있다. 이 세상에는 잘난 인생도, 못난 인생도 없다. 잘난 삶을 살겠다는 생각마저 하나의 굴레임을 깨닫고 세상이 제시하는 틀 밖으로 고개를 내밀어 진정한 희망을 두 눈으로 확인해 보자.

올드맨쏭

이제락 지음 | 264쪽 | 값 13,000원

배우에서 영화감독으로 이제는 작가로! 다양한 재주꾼, 이제락의 첫 소설! 거듭된 이별이 가져다준 상처투성이 삶을 끌어안고 살아가는 한 사내와 그 앞에 음악처럼 운명처럼 찾아온 아이의 감동적인 이야기. "이토록 위대한 만남을 위해 우리들의 이별은 거룩했다."